UMA CASA
NO MEIO
DO
CAMINHO

BARRY MARTIN COM **PHILIP LERMAN**

UMA CASA NO MEIO DO CAMINHO

SEXTANTE

Título original: *Under One Roof*

tradução: Leila Couceiro
preparo de originais: Juliana Souza
revisão: Clarissa Peixoto e Flávia Midori
projeto gráfico e diagramação: Valéria Teixeira
capa: Miriam Lerner
ilustração de capa: Andrea Ebert
foto de quarta capa: Niño M.
impressão e acabamento: Bartira Gráfica e Editora S/A

CIP-BRASIL. CATALOGAÇÃO NA PUBLICAÇÃO
SINDICATO NACIONAL DOS EDITORES DE LIVROS, RJ

M334u Martin, Barry, 1956-
Uma casa no meio do caminho: como a amizade com uma velhinha durona mudou a minha vida / Barry Martin, Philip Lerman; tradução de Leila Couceiro. Rio de Janeiro: Sextante, 2015.
240 p.; 14 x 21 cm.

Tradução de: Under one roof

ISBN 978-85-431-0164-4

1. Biografia. 2. Macefield, Edith, 1921-2008.
3. Amizade. 4. Seattle. I. Lerman, Philip.
II. Título.

CDD 979.7
14-17368 CDU 94(73)

Rua Voluntários da Pátria, 45 - Gr. 1.404 - Botafogo
22270-000 - Rio de Janeiro - RJ
Tel.: (21) 2538-4100 - Fax: (21) 2286-9244
E-mail: atendimento@esextante.com.br
www.sextante.com.br

Para Edith

e para o meu pai,

William M. Martin Jr.

1

FINALMENTE TIREI OS BISCOITOS AMANTEIGADOS DE LÁ.

Eram da marca Walkers, a única de que Edith gostava. São escoceses, e ao comê-los parece que você está ingerindo um tablete inteiro de manteiga. Lembro que ela me pediu que comprasse esses biscoitos uma vez; como não os achei no mercado, trouxe não apenas um, mas três pacotes de marcas diferentes para ver se a agradava. Edith deu uma mordida em um biscoito de cada pacote e depois os entregou de volta para mim.

– São todos seus – disse ela, furiosa, me encarando com seus olhos azuis fulminantes. – Não quero.

Com Edith, era sempre uma batalha para ver quem cedia primeiro.

Acabei saindo de novo para procurar os biscoitos Walkers, até achá-los num mercado antigo de Ballard. Quando voltei para a casa dela, ela saboreou um deles e disse:

– Ah, por esse aqui valeu a pena esperar, não acha?

Ela parecia uma professora primária ensinando uma lição simples para um mau aluno. Lá estava eu, um homem de 50 anos, uma pessoa com um cargo de responsabilidade, e mesmo assim ela sempre fazia eu me sentir como um menino.

Depois que Edith morreu, por muito tempo eu não consegui mexer em nada na casa dela. Nem naquela caixa de biscoitos. Deixei-a onde estava, naquela cozinha apertada, numa prateleira ao lado do fogão, de onde parecia me desafiar a jogá-la fora. Como se já soubesse que eu nunca faria isso. Eu queria levar os biscoitos para os rapazes da obra comerem. Cheguei a ir com a caixa até a porta da casa dela pelo menos duas vezes, mas na hora de sair eu simplesmente não consegui levar os biscoitos comigo. Mas também não podia deixá-los ali ao lado da porta, porque Edith odiava quando qualquer coisa estava fora do lugar. Então eu pegava a caixa e a colocava de volta na prateleira, onde deveria estar, com o nome "Walkers" aparecendo sobre o padrão xadrez típico da Escócia.

Acho que eu realmente não estava pronto.

Agora estou na casa dela, provavelmente pela última vez, olhando para todas essas coisas e procurando entender por que produzem um efeito tão grande em mim. Nos últimos dois meses, tenho vindo aqui, tentando encaixotar os pertences dela. Mas há muita coisa. Eu levaria metade de um dia para empacotar só os discos. São centenas de álbuns; só do Mantovani há cerca de trinta. Que outra pessoa teria trinta discos do Mantovani? E muitos do Guy Lombardo. Sem falar nas fitas cassete, que, por estarem numa estante de madeira barata, curvaram o meio das prateleiras com seu peso – fitas de Caruso, Beethoven e Benny Goodman. E CDs. Centenas e centenas de CDs. Acho que até certo ponto ela foi se adaptando aos novos tempos: colecionou LPs, depois fitas cassete e então CDs. Aí o progresso parou, mas, mesmo assim, é engraçado ver tantos CDs numa casa onde todo o resto parece ter vindo direto dos anos 1950. Enfim, eu vim à casa várias vezes para arrumar as coisas dela, mas em vez disso ficava andando em círculos por quinze minutos e então ia embora, sem tocar em nada.

Mesmo depois de todo esse tempo, sempre que entro na sala espero vê-la sentada no sofá. Não me sentei ali nenhuma vez depois de sua morte – não consigo, pois era onde ela passava o dia e depois dormia todas as noites. Acho que ainda não mexi em nada porque ela fazia muita questão de que todas as coisas voltassem para seus devidos lugares depois de usadas, ou de que nem fossem deslocadas. Há centenas de estatuetas de cerâmica por toda a casa: muitas vacas e alguns cachorros, gatos e porquinhos. Ela amava animais. Há um gato de cerâmica tocando piano, além de um cachorro apoiado nas duas patas traseiras implorando por comida. E na cozinha fica sua coleção de estatuetas de animais que vinham nas caixas do chá Red Rose. Acho que ela nem gostava muito de tomá-lo, mas adorava os brindes. Li em algum lugar que a Red Rose distribuiu 300 milhões daquelas estatuetas. Às vezes eu tinha a impressão de que metade delas estava com Edith.

Se você mudasse de lugar qualquer uma daquelas estatuetas, em qualquer parte da casa, ela notava e dizia que isso lhe dava até azia. Uma vez, minha esposa e minha filha vieram para ajudar a limpar a casa, e no dia seguinte Edith ficou muito irritada. "Onde está isso? O que aquilo está fazendo ali?", ela me perguntava. Cheguei a questionar que diferença fazia, mas isso a deixou mais nervosa, porque ela só queria que as coisas permanecessem em seus devidos lugares. Talvez fosse porque a mãe dela tivesse colocado aqueles objetos ali. As duas tinham uma ligação muito forte, então houve muitas mudanças para Edith quando a mãe morreu. Ou talvez seja mais certo dizer que várias coisas continuaram do mesmo jeito.

Acho que muitas pessoas passam por isso quando um dos pais morre. Edith não era minha mãe, claro, e em vários aspectos eu me sentia mais como um pai para ela, tomando conta como se ela fosse uma criança, embora tivesse mais idade que eu. Mesmo assim enfrentei muitas emoções parecidas com as da paternidade. A dificuldade de aceitar que ela realmente se fora. Você se questiona: eu realmente fiz tudo que deveria ter feito por aquela pessoa? Acho que, até conseguir responder a essa pergunta, você não consegue aceitar o que aconteceu. Talvez eu tenha mantido tudo no mesmo lugar por causa disso, num estado de animação suspensa enquanto eu pensava na minha relação com Edith.

Uma sequência de eventos muito curiosa me trouxe para dentro desta casinha. Eu trabalhava como superintendente encarregado do projeto de construção de um novo shopping center num terreno que estaria vazio se não fosse por uma pequena casa antiga, caindo aos pedaços, em torno da qual teríamos que fazer a obra. Eu não tinha nada a ver com a disputa; estava simplesmente fazendo o meu trabalho. Os donos do empreendimento queriam convencer Edith a vender a casa e se mudar. Ela não arredava pé, insistindo que não sairia de jeito nenhum. E ali estava eu, involutariamente envolvido no meio daquela negociação. Todos pensavam que eu estava tentando persuadi-la a mudar de ideia, mas a verdade era outra. Fiz tudo o que pude para garantir que ela ficasse.

Então, você pode perguntar, o que eu ainda estava fazendo ali? O que ia ganhar com aquilo?

É uma boa pergunta.

Acho que para quem quer analisar a amizade que se formou entre nós – e muitos parecem ter essa intenção –, é bom começar pelos livros.

Em uma prateleira, junto ao sofá, havia uma coleção de livros clássicos, como *O morro dos ventos uivantes*, *Os contos da Cantuária*, *O capital* e coletâneas com poemas de Longfellow. Todos estavam empoeirados, como se ninguém os lesse havia tempos, mas de vez em quando ela citava trechos deles, então sei que ela tinha lido todos, alguns até mais de uma vez.

Acho que essa foi uma das coisas que me aproximou de Edith. Fiquei fascinado com tanta sabedoria. Talvez porque eu nunca tivesse conhecido ninguém que lesse tanto ou soubesse tantas coisas como ela. Foi como encontrar alguém de outro planeta. Uma forma diferente de inteligência. Isso exerce uma atração sobre as pessoas.

E também, claro, havia as histórias. As histórias de Edith.

Um homem que cresce numa família como a minha não costuma esbarrar todos os dias em alguém que diz ser a prima do Benny Goodman. Ou ter ensinado passos de dança para o Mickey Rooney. Ou ter escapado de um campo de concentração nazista.

A princípio, o que pensei foi: "Ela é doida."

Não é muito lisonjeiro, eu sei. Essa foi apenas a minha primeira impressão, pura e simplesmente.

Mas à medida que comecei a visitá-la com uma frequência cada vez maior, me vi querendo escutar mais e mais daquelas histórias – bastavam alguns trechos para eu ficar interessado. Edith era como todos aqueles livros: tinha um milhão de histórias dentro dela. Talvez metade delas não fosse verdadeira. Mas só o fato de saber que podíamos encontrá-las ali já era muito interessante.

Nunca fui de ler muito. Não havia muitos livros na casa dos meus pais. Se eu fosse estudante hoje em dia, talvez me diagnosticassem com transtorno de déficit de atenção, porque não consigo me concentrar em leituras ou algo do tipo. Na minha época eu passava de ano aos trancos e barrancos. Para falar a verdade, nem assisti a muitos filmes. Se for ao cinema, caio no sono em quinze minutos. Simplesmente não sou capaz de manter o foco. Mas assisti a alguns filmes junto com Edith. Ela tinha muitas fitas de vídeo por toda a sala, a maioria das décadas de 1940 e 1950. Muitos filmes com Bette Davis, de Sherlock Holmes. Com Greta Garbo também: *Grande Hotel*, *Anna Christie* e *Ninotchka*. Alguém me disse que Edith era um pouco como Garbo, reclusa nessa casinha de 106 anos numa área decadente de Seattle – mas estava errado.

Edith não queria ficar só.

2

No primeiro dia daquele projeto, eu estava nervoso quando fui até a casa dela. Já tinha ouvido falar muita coisa. No começo nem prestei muita atenção. Como já disse, não costumo ler muito, então não havia lido as matérias no jornal. Também não sabia que todos os repórteres locais tinham medo de Edith, porque ela os colocara para correr todas as vezes que tentaram se aproximar dela. Na verdade, quando fui escolhido como superintendente para a construção daquele shopping, minha esposa me perguntou: "Ah, é aquele da velhinha que não quer se mudar?", e eu disse que não, porque tinha certeza de que, se fosse, eu já teria sido informado.

Mas quando mencionei essa questão aos meus patrões, eles confirmaram que, sim, havia uma velhinha teimosa como uma mula, com seus óculos de aro de metal, impedindo que a obra prosseguisse como planejado. Eles tinham conseguido a propriedade de praticamente toda a área que queriam, quase um quarteirão inteiro, mas ainda faltavam os direitos sobre aquela casinha dilapidada. Agora teriam que construir o shopping em torno da propriedade dela. E se alguém tentasse falar com aquela senhora, era mais provável que ela devorasse a cabeça da pessoa do que aceitasse ter uma conversa civilizada.

Na primeira vez em que vi a planta do arquiteto, reparei no pequenino retângulo delimitando a casa de Edith, com todo o futuro shopping em volta. Mais tarde, os proprietários do empreendimento e eu conversamos, e decidimos colocar, nas paredes e nos muros que davam para a casa de Edith, umas placas de aço galvanizado com pinos que penetram no concreto. Se ela resolvesse mudar de ideia e saísse da casa, poderíamos demoli-la e pôr vigas utilizando as placas de aço, preenchendo o espaço daquele pequeno retângulo. Mas se ela não quisesse mesmo vendê-la, tudo bem, eu também tinha ótimos planos para o espaço em torno dela. Para mim, era apenas mais uma obra, e das grandes. Realmente tanto fazia o que aquela senhora decidisse.

A sequência de eventos que me levaram até ali começou na primavera de 2005. Eu havia trabalhado para a mesma empresa de construção por quase dez anos. Por um bom tempo, houve muito trabalho. Aqui em Seattle, nós nos beneficiamos mais do boom de empresas pontocom do que se pensa. Eu era superintendente de projetos, encarregado de todos os operários e empreiteiros em grandes obras, como no caso dos edifícios comerciais. Era o tipo de emprego em que você se sente satisfeito, seguro, e que quer manter até se aposentar.

Então as empresas desse tipo começaram a falir e as coisas ficaram estranhas. Havia um excesso de imóveis comerciais vazios, por isso os bancos passaram a negar financiamento a todo projeto de construção que incluísse escritórios. Simplesmente não havia trabalho suficiente para as construtoras. A empresa onde eu trabalhava acabou falindo. Então consegui emprego em uma empreiteira especializada em construir casas de repouso para idosos.

Só mais tarde eu iria descobrir a ironia daquilo. Em determinado momento, o trabalho da minha vida passou a ser evitar que uma idosa tivesse que se mudar para um daqueles lares.

Eu gostava de trabalhar para o meu chefe; a empresa era pequena e ele me dava muita autonomia, então eu conseguia executar os projetos sem problemas. Estava feliz por ter conseguido um bom emprego, numa época em que o mercado oferecia pouquíssimas oportunidades. Mas naquela primavera todos os meus colegas da empresa que faliu começaram a trabalhar para outra firma, chamada Ledcor. O dono da nossa ex-empresa agora estava administrando o escritório da Ledcor em Seattle, e levou com ele parte da antiga equipe: o gerente de operações, o gerente de contas e o seu melhor gerente de projeto. Então eles me convidaram para fazer parte do time.

Eu adorava trabalhar com eles. Eram caras legais, que realmente tinham consideração um pelo outro. Estavam encarregados de um projeto importante na nova empresa e começaram a me assediar para que eu me unisse a eles como superintendente. Assédio no bom sentido, claro. Os primeiros telefonemas vieram do gerente de projeto, um cara ótimo chamado Roger Wagner. Roger não me contou detalhes sobre o trabalho, apenas que envolvia um quarteirão inteiro e que, uma vez completada essa fase, haveria outra obra em mais um ou dois quarteirões. Disse também que a Ledcor era um excelente lugar para trabalhar.

Veja bem como a coisa funciona: ele lança a isca para ver se me atrai. Se acha que estou interessado, deixa eu morder o anzol e me fisga de vez. Eu sabia o que ele estava fazendo – e ele sabia que eu sabia –, então foram conversas bem-humoradas. Mas, ao mesmo tempo, eu estava um tanto intrigado, porque, como nunca se sabe o dia de amanhã, eu não queria fechar nenhuma porta.

O próximo a me telefonar foi o gerente de operações. Ele também tentou me convencer de forma sutil, para não parecer desesperado. Isso continuou por mais um ou dois meses, até que eles finalmente me pediram uma resposta definitiva.

Foi uma escolha difícil. Eles eram como uma família para mim, mas eu não me sentiria bem em deixar meu atual emprego. Não gosto de abandonar nada sem uma boa razão. Eu precisaria de algo que me incomodasse muito naquele trabalho, mas não havia nada. Procurei um motivo que justificasse a minha mudança de emprego, mas tudo em que consegui pensar foi que a outra empresa tinha um programa de aposentadoria melhor e mais potencial para bônus, além de maior possibilidade de crescimento profissional. Mas eu sabia naquele momento que estava apenas arranjando desculpas para fazer aquilo que realmente queria fazer.

Então decidi: aceitei a proposta.

O projeto era a construção de um shopping center. A empresa imobiliária Bridge Group havia comprado grande parte de um quarteirão no bairro Ballard, uma área tranquila e agradável do outro lado de uma pequena ponte que leva ao centro de Seattle. Mas o projeto foi temporariamente interrompido assim que entrei na Ledcor, então pediram que eu fosse trabalhar em outra obra nesse meio-tempo.

Naquele Natal, enquanto eu esperava o início da construção em Ballard, um colunista do jornal *The Seattle Times* escreveu sobre um estranho fenômeno que vinha ocorrendo próximo ao local da obra. Não cheguei a ler a matéria na época, mas ouvi falar dela depois: à noite, depois que os bares fechavam, muitas pessoas que não tinham onde morar estacionavam seus carros nas ruas menos movimentadas e se instalavam por ali. Danny Westneat, o colunista, escreveu que uma noite contou um total de 41 carros bem nos quarteirões onde eu teria que construir o shopping center.

No artigo, há uma declaração de Edith, dizendo que ela calculava haver, aos fins de semana, entre duzentas e trezentas pessoas nessa colônia itinerante. Você deve imaginar que os moradores locais estavam furiosos com a passividade das autoridades sobre isso, mas ela disse: “Fazer o quê? Eles não têm dinheiro, então para onde podem ir? A meu ver, se eles não me incomodam, eu não os incomodo.” Pareceu uma opinião bem razoável. Só li esse artigo muito tempo depois, mas, quando me mostraram, fiquei surpreso: ninguém espera que uma pessoa rabugenta e com reputação de intratável aceite tão bem aquela estranha ocupação do bairro.

Às vezes as pessoas não são como nós pensamos.

Era primavera de 2006 quando obtivemos quase todos os alvarás e finalmente pudemos iniciar a construção. Cheguei bem cedo no primeiro dia, para fazer o que sempre faço no começo de um projeto: falo com os moradores das ruas vizinhas à obra, apresentando-me a eles e lhes dando o número do meu celular, para que me liguem caso tenham qualquer problema. Sempre acho que é bom fazer isso logo no início. Não dá para pensar que uma grande construção como aquela pode acontecer sem que as pessoas que moram a um quarteirão de distância percebam; nem para agir como se a obra jamais vá causar qualquer incômodo a elas. O que você pode fazer é mostrar que se importa, estar disposto a ouvir suas reclamações e tentar resolvê-las. Acho que essa é minha responsabilidade. Se alguém estivesse construindo um prédio na minha rua, gostaria que fizessem o mesmo.

O primeiro dia numa nova obra sempre me deixa inquieto, mesmo depois de tantos anos trabalhando em construção. Parece o primeiro dia na escola: fico ao mesmo tempo muito animado e nervoso. Principalmente quando é na primavera. Há algo especial no ar fresco primaveril, e naquela manhã eu caminhava pelas ruas de Ballard com esse espírito otimista, embora, para falar a verdade, o quarteirão de Edith não fosse nada charmoso. A rua ainda tinha muitos sem-teto morando em carros, e, naquela manhã, pude ver várias pessoas dormindo nos seus veículos malcuidados. Elas deixavam seu lixo bem ao lado dos carros, além de usar arbustos como banheiro, então não era uma atmosfera muito agradável.

No entanto, à medida que me aproximava da casa de Edith, eu sentia um cheiro de grama recém-aparada, o que me levou de volta aos meus tempos de criança, quando eu cuidava do gramado das casas dos vizinhos para ganhar uns trocados. O outono também me traz memórias afetivas, com o cheiro das folhas e a temperatura diminuindo de repente; isso me transporta para a época em que eu ia caçar com meu pai.

Quando é primavera, sempre acho que sinto o aroma do chiclete que vinha com figurinhas de beisebol. Provavelmente estava imaginando coisas, mas eu o senti quando me aproximei do portão da casa de Edith. Por um instante, eu era homem e menino ao mesmo tempo.

A calçada naquela rua é tomada por arbustos de amora-preta, mas isso muda assim que entramos no limite da propriedade de Edith. Seu jardim é como uma clareira na selva. E, no meio dessa clareira, a casa dela parece ter saído de um conto de fadas. Compacta – deve ter no máximo 6 metros de largura –, de dois andares, tem um porão com janelas aparentes. Fica recuada a cerca de 3 metros da calçada, e o solo tem um declive que a nivela 1 metro abaixo da rua. Isso faz a casa parecer ainda menor do que já é. Ou que ela está afundada a alguns metros da rua, cansada depois de tantos anos tentando se manter de pé.

A fachada tem um pequeno pórtico com abertura em arco. Parece uma daquelas casinhas de relógio de cuco, dando a impressão de que um passarinho vai sair da portinha a cada hora. Há um pequeno gramado, mantido caprichosamente por Edith. Hoje a grama está meio alta e com algumas ervas daninhas, mas uma das primeiras coisas que reparei assim que conheci a casa foi como a grama era verde, limpa e bem aparada. Dava um toque especial na vizinhança, um belo oásis com íris plantadas em meio a um lugar feio. Era convidativo e desviava o olhar de toda a decadência urbana do resto do quarteirão. Eu adorava ver que alguém, pelo menos aparentemente, era feliz em cuidar daquilo que tinha, mesmo que não fosse muito. A maioria das pessoas reclama do que não tem; ali havia alguém fazendo o melhor com o pouco que possuía.

Edith estava cuidando de seu jardim naquela manhã. Ajoelhada diante das plantas, parecia até que estava rezando, ou procurando por algo que havia perdido. Minha primeira reação foi de alívio. Ela me lembrou minha bisavó, uma senhora pequenina, doce e meiga, como alguém de um livro de histórias que teria um ratinho como animal de estimação. Mas eu ainda estava um pouco desconfiado, porque não sabia como Edith estava encarando o fato de que a construção seria junto à sua casa e também pelo que meus colegas me contaram sobre ela.

– Olá, eu sou Barry Martin – apresentei-me. – Sou responsável pela obra que será feita ao lado da sua casa.

E me preparei para levar um fora.

– Ah, muito prazer – respondeu ela, levantando-se vagarosamente, como se desdobrasse seus membros um a um. – Eu sou Edith Wilson Macefield.

Uma betoneira passou acelerada pela rua, emitindo um rugido alto e impedindo a conversa por um momento. Nós nos encaramos em silêncio, esperando o caminhão se distanciar. Mesmo de pé, Edith não conseguia se erguer completamente, com suas costas curvadas. Os dois olhos azul-acinzentados não conseguiam olhar para mim ao mesmo tempo, mas ela escolhia um deles para me encarar severa e fixamente, de uma forma que tornava impossível que eu desviasse o olhar. Ela era magrinha, com cabelos brancos e um rosto largo. Parecia o tipo de pessoa que se preocupava em cuidar da aparência mais do que normalmente se espera de alguém da idade dela, especialmente em situação de aparente isolamento. Ela estava usando um suéter azul de malha, calça e luvas de jardinagem, que tirou para me cumprimentar. Embora fosse pequena e frágil, seu aperto de mãos era forte e confiante. Fiquei aliviado. A revolta que eu estava esperando por parte dela não aconteceu. Mas me senti um pouco triste também, ao pensar que aquela senhora idosa vivia muito só.

– Prazer em conhecê-la, Sra. Macefield – cumprimentei.

A betoneira já havia passado e o barulho dos carros na ponte tinha parado por alguns momentos. De repente, o ambiente estava silencioso, como costuma ficar nos dias quentes de primavera. Dava até para escutar alguém aparando a grama a vários quarteirões de distância.

Eu havia me apresentado para todos os vizinhos que poderiam ser afetados pela obra, mas, mesmo sabendo que isso era apenas parte do meu trabalho, esta apresentação em especial pareceu diferente. Isso porque nós iríamos construir um shopping center precisamente em volta (nos dois lados e atrás) da casa dessa senhora. Eu não podia nem imaginar como seria isso para ela. Ou melhor, podia. Um barulho infernal, muita poeira, muito entulho e muitos danos. Meu primeiro impulso foi querer amenizar as coisas, dar a impressão de que a obra não iria perturbá-la tanto assim, mas bastou olhar para Edith uma vez para saber: ela não era o tipo de pessoa que aceitaria uma situação desagradável sem reclamar.

– Sra. Macefield, só gostaria de informar a senhora que nós iremos fazer muito barulho e que vai subir muita poeira. Não tem como evitar isso. Mas, se precisar de qualquer coisa, ou tiver o problema que for, aqui está o meu telefone. Ligue assim que acontecer algo.

– Ora, é muita bondade sua – disse ela, pegando meu cartão e colocando bem perto de um de seus olhos para lê-lo e depois guardá-lo num bolso da frente da calça. – É uma satisfação ter vocês aqui. Vai ser ótimo ter um pouco de companhia.

Enquanto conversávamos, ela pegou um saco de alpiste e começou a espalhar as sementes pela calçada.

– A senhora gosta de alimentar os passarinhos? – perguntei.

– Toda manhã – respondeu ela. – Hoje passei da hora de costume. Tive um pouco de insônia essa noite, então acabei acordando mais tarde.

– Bem, se precisar de alguma coisa, é só ligar – comecei a me despedir.

– Obrigada – disse ela. Enquanto eu já ia me afastando, ela acrescentou: – Pode me chamar de Edith.

Ouvi o barulho dos carros passando na ponte ali perto. Acho que senti o cheiro daqueles chicletes que vinham com as figurinhas de beisebol também. Olhei para trás e vi Edith se ajoelhando com dificuldade, até que sua figura ficou toda atrás da cerca de arame da obra ao lado de sua casa, como se só por um momento ela houvesse mostrado apenas um pouco de si mesma e agora voltasse a se esconder.

É engraçado como as conversas mais importantes de sua vida – ou as que apenas mais tarde têm seu valor reconhecido – podem parecer, no momento em que acontecem, muito banais.

Parei mais uma vez e me virei para olhar em direção àquela casa, solitária e esquecida naquela rua decadente. Parecia inacreditável, mas os donos da imobiliária já haviam oferecido 750 mil dólares para Edith. Quase um milhão de dólares, provavelmente dez vezes o valor real da casa, que ela recusou sem titubear. Acho que eu deveria ter imaginado, ao aceitar esse trabalho, que muitas pessoas iriam reclamar comigo por estarmos construindo um shopping gigantesco em torno daquela pequena casinha. Já havia muitos empreendimentos novos no outro lado da cidade, e muita gente criticava essa transformação por acabar com as características históricas da Ballard dos velhos tempos. E negócios continuavam a ser fechados para outras coisas ainda serem construídas. Como a casa de Edith era a última que tinha restado em seu quarteirão, as pessoas a encaravam como um símbolo, uma força contra a modernização excessiva de bairros antigos que tinham personalidade e charme. Eu era o homem trazendo as mudanças, ela era a mulher que resistia a elas. Danny Westneat, aquele que escreveu sobre os sem-teto vivendo em carros, também publicou uma coluna em fevereiro falando da posição heroica de Edith contra as novas construções. Dias depois, saiu uma matéria dele contando como aquela coluna havia "sem querer revelado uma comunidade inteira de pessoas que havia anos admiravam a resistência de Edith em manter sua casa". Ele incluiu a seguinte declaração de um morador: "Eu a aplaudo por resistir ao 'progresso' que está chegando a Ballard." Outro disse ainda: "Passei a adorar essa senhora, embora nem a conheça."

Alguém na construtora me mostrou essa matéria e, quando a li, fiquei bastante impressionado com o que o jornalista escreveu no final sobre Edith: "A forma como ela vive e a escolha que fez de não sair de casa parecem despertar sentimentos muito fortes em desconhecidos. Foi o que aconteceu comigo, embora só tenha conversado com ela três vezes. Acho que é porque ela é genuína, autêntica. Está vivendo a própria vida sem pedir ajuda, piedade ou dinheiro. O fato de considerarmos isso tão surpreendente revela muito sobre todos nós", Danny concluiu.

Vários dias se passaram sem que eu tivesse oportunidade de falar com Edith novamente, mas notava que tinha alpiste na calçada quase toda manhã antes de começarmos o dia de trabalho. Era engraçado, mas todos os operários começaram a observar aquilo – e a ficar de olho nela. Depois de algum tempo, se o alpiste não estivesse na calçada até umas dez e meia ou onze horas da manhã, alguém me avisava. Na primeira vez não cheguei a me preocupar, mas, na segunda ou terceira seguida, decidi ir até a casa dela para ver se estava tudo bem.

Bati na porta.

– Vá embora! – ouvi-a gritar lá de dentro. – Me deixe em paz!

Fiquei aturdido. Tinha certeza de que ela mudaria o tom quando soubesse que era eu, batendo na porta amigavelmente.

O barulho dos carros atravessando a ponte diminuiu, mas a ventania aumentou e quase arrancou o boné da minha cabeça. Tentei novamente.

– Edith, sou eu, Barry, da obra. Só queria saber se está tudo bem com a senhora.

– Você é surdo? – gritou ela. – Eu disse para você ir embora! Me deixe em paz!

Bom, era isso mesmo que todos me disseram que esperasse da parte dela, pensei. Eu não deveria estar surpreso.

– Que bom que a senhora está bem – falei, em mais uma tentativa de salvar a conversa, se é que poderíamos chamar aquilo de conversa. – Se precisar de algo, é só chamar.

Acho que isso a ofendeu, como se eu tivesse dito que ela não sabia tomar conta de si mesma.

– Estou ótima! Vá embora!

Caminhei de volta para a obra, confuso. Teria sido alguma coisa que eu disse? Mas o que há de errado em ir lá para dar um oi? Mais uma vez me senti como um garoto levando uma bronca da professora.

Obtive as mesmas reações nas vezes seguintes em que passei por lá, ao longo de umas duas semanas. Talvez eu devesse ficar ofendido ou chateado com aquilo, mas, para dizer a verdade, apenas senti pena de Edith. Achei que de repente ela não estivesse se sentindo muito bem e lamentei o fato de viver totalmente sozinha. Também me senti um tanto envergonhado, pois nem conhecia a mulher e ali estava eu bisbilhotando para ver se ela tinha pegado sua correspondência e tentando olhar pela janela para dentro da casa.

Comecei a pensar que talvez Edith tivesse dois lados: um educado, gracioso e simpático, que aceita a mudança em torno dela; e outro mal-humorado, ranzinza, que se irrita e se ofende à toa. E achei que de repente houvesse uma razão para isso. Na primeira vez em que vim aqui, tratei-a com dignidade e respeito, e ela reagiu da mesma forma: agradável e cortês. Vai ver que ela não gostava que as pessoas viessem aqui só para ver se ela estava bem; não gostava do que significaria aquilo, ou seja, que ela não saberia tomar conta de si própria.

Acho que é isso que acontece quando as pessoas envelhecem. Elas sabem que está chegando o momento em que não serão capazes de cuidar de si mesmas e lutam contra isso. Não querem admitir o que está acontecendo e ficam furiosas se alguém lhes lembra disso. Eu não sabia isso na época, mas esta seria a primeira de muitas lições que Edith me ensinaria. Durante o tempo em que convivemos, a casinha de Edith se tornou a minha escola. Ela fez com que houvesse aquilo que costumam chamar de continuidade, quando as coisas são passadas de uma geração para a outra.

Encontrei Edith na hora certa. Meu pai tinha 73 anos e até então era saudável, mas logo ele começaria a ter seus problemas. Se não fosse por tudo que aprendi com Edith, não teria sabido como lidar com aquilo e aceitar o que estava acontecendo com ele, nem como ajudá-lo.

Mas, naquele dia, coloquei esse tipo de pensamento de lado. Todos têm seus problemas. Eu já tinha o suficiente. Precisava construir um shopping center.

3

Fico um tempo ocioso no início de um projeto, especialmente numa obra que exige a demolição de construções antigas para que a nova seja erguida. Dois edifícios no quarteirão de Edith precisavam ser derrubados. Eu já dera todas as instruções à equipe responsável, e o melhor que eu podia fazer era sair de perto e deixá-la trabalhar. Resolvi ir até a casa de Edith, uma caminhada de no máximo 12 metros. Agora que eu já sabia o que a deixava furiosa – ou pelo menos achava que sabia –, decidira começar a falar com ela de forma diferente. Só dizia algo quando a via do lado de fora da casa, para não dar a impressão de que eu estava indo lá só para saber se ela estava bem. Mantinha um tom casual na conversa, papeando sobre mudanças no clima, os sem-teto dormindo nos carros e outros assuntos do cotidiano. Em pouco tempo já estávamos conversando diariamente junto à cerca da casa, como fazem os vizinhos, rindo da forma como os adolescentes se vestem hoje em dia, recordando como era o bairro de Ballard anos atrás, tentando lembrar o nome do antigo dono de cada loja e assim por diante.

Nessas conversas, pequenas partes do passado de Edith iam se revelando. Uma vez, estávamos falando de algo que tínhamos escutado no rádio sobre mais uma grande besteira que o governo havia feito, e ela disse:

– Não é só aqui nos Estados Unidos, acredite. Quando trabalhei para o governo britânico, vi que lá também é realmente desorganizado!

Uma van que parecia estar com o silenciador quebrado desceu do viaduto fazendo um estrondo na frente da casa dela; tive que esperar o barulho acabar para poder perguntar:

– A senhora trabalhou para o governo britânico?

– Sim – respondeu ela, sem pestanejar. – Foi assim que acabei indo parar no campo de concentração de Dachau.

Fiquei impressionado. Eu queria perguntar a ela como aquilo havia acontecido, mas, antes que eu pudesse dizer qualquer coisa, vi que seus olhos estavam marejados. Meu impulso imediato foi de abraçá-la, mas claro que não fiz isso. Compreendi por que eu estava sentindo aquilo: naquele momento, olhando para Edith, parecia que eu estava novamente na presença de uma das pessoas que mais amei na vida: minha bisavó Mimi.

Minha mente me levou de volta à época em que terminei o nono ano e minha irmã estava se formando no ensino médio. Meu pai alugou uma lancha de 35 pés e levou toda a família, incluindo minha bisavó, para fazer um cruzeiro pelas ilhas canadenses de San Juan por uma semana. Aquela viagem foi inesquecível. Adorei observar meu pai conduzindo o barco. Ele parecia tão habilidoso, confiante e no controle que me fez sentir totalmente seguro no mar. Até hoje carrego essa sensação comigo.

E também gostei muito de passar todo aquele tempo com a bisa Mimi. Eu poderia ficar um dia inteiro ouvindo as histórias dela. Ela chegou a Washington numa carroça. Uma carroça! Eu tentava imaginá-la jovem – embora seja difícil para uma criança visualizar a bisavó com menos idade –, enquanto ela me contava suas histórias de quando ouviu rádio ou falou ao telefone pela primeira vez. Ela estava viva quando os automóveis surgiram e os homens foram lutar na Primeira Guerra Mundial, e também quando voltaram para casa. E ali estava eu, apenas um menino num passeio de barco em mar aberto entre lindas ilhas, as brisas canadenses trazendo um pouco de frio, mesmo numa manhã de verão, o sol se refletindo nas águas verdes cristalinas e minha bisavó Mimi acariciando meu rosto enquanto me contava sobre a primeira vez em que ouvira o som de um gramofone.

Há alguns anos, eu estava conversando com meus filhos sobre a ida do homem à Lua. Era época do quadragésimo aniversário desse evento, ou algo do tipo, e na TV só falavam disso. As crianças começaram a me perguntar sobre o assunto, então pedi que eles tentassem imaginar como a minha bisavó deve ter se sentido naquele dia. Ela chegou a Washington em uma carroça e depois viu um homem pisar na Lua. É realmente maravilhoso. Sei que as pessoas parecem se admirar muito com os avanços tecnológicos atuais, com computadores e todas essas coisas, mas para mim isso não se compara com tudo o que minha bisavó testemunhou ao longo da vida, as mudanças que viu acontecer em torno dela.

Então olhei para Edith. Ela tinha se virado de costas para mim; imaginei que estivesse tentando se recompor. Mas aí reparei que havia um cachorrinho no jardim, e ela estava andando em direção a ele.

Era bonitinho, um desses lhasa apsos, só que com uns 17 anos, quase sem dentes e cego como um morcego. Era bem teimoso também. Havia um carrinho de mão no jardim e o cachorro, por não enxergar direito, vinha andando e bateu de cara no carrinho. Em vez de dar a volta, ele simplesmente andou para a frente e bateu com a cabeça várias vezes seguidas. Ainda levaria um tempo até eu descobrir que o cachorro tinha aprendido essa teimosia com a dona.

– Qual é o nome do seu cachorrinho, Edith?

– Ah, essa é a Mimi – respondeu. – Ela está comigo há séculos.

– Não acredito! É o nome da minha bisavó. Mimi.

Edith sorriu. Pareceu ter sentido uma alegria especial com aquela coincidência.

Durante a hora seguinte, ficamos conversando sobre amenidades. Edith queria saber tudo sobre minha família: meu filho, Willy, que tinha 16 anos e jogava no time de beisebol do bairro; e minha filha, Kelsey, um ano mais velha, que participava de competições de cheerleaders. Eu jamais saberia que existia esse tipo de competição se não fosse pela minha filha, e acabei me tornando quase um expert no assunto. Claro que Edith também perguntou sobre minha esposa, Evie, que mantém nossa família unida.

Quando mencionei o nome " Evie", os olhos de Edith arregalaram.

– Mas isso é incrível! – disse ela. – O nome de uma das minhas melhores amigas era Evelyn. Nós também a chamávamos de Evie. Uma das melhores amigas que tive. Isso foi na Inglaterra, claro. Vivemos intensamente, eu e a Evelyn.

As coisas começaram a fazer sentido. Quando Edith mencionou ter trabalhado para o governo britânico, eu ainda não tinha ligado uma coisa à outra. Pela forma como ela falava – não com sotaque, mas com uma dicção muito marcante e incomum –, dava para concluir que talvez tivesse morado em algum outro lugar por muitos anos.

– Quando a senhora morou na Inglaterra, Edith?

– Ah, sim – disse ela, sem responder propriamente à minha pergunta. – Já fazia muito tempo que eu não pensava na Evelyn. Sabe, esse tipo de relacionamento é importante. As pessoas acham que não, mas são, sim.

Era reconfortante ouvir Edith falar daquela maneira. Um pouco como estar novamente com a bisa Mimi. Achei que não seria adequado naquele momento continuar perguntando sobre a Inglaterra, a Alemanha, essas coisas, mas eu sabia que mais cedo ou mais tarde Edith voltaria a tocar no assunto. Fiquei animado por antecipação: eu mal podia esperar para ouvir mais histórias dela.

Imaginei que já fizesse muito tempo desde a última vez que alguém tinha ficado conversando com Edith no portão da casa dela só para se distrair. Quando a pessoa envelhece, os outros já concluem que ela é ranzinza, solitária, alguém que não quer nem conversar, e essas impressões erradas impedem uma aproximação maior. No caso de Edith, até acho que ela deu muitas razões para as pessoas acreditarem nesse estereótipo, mas, à medida que a conhecia melhor, eu ia percebendo que ela era muito mais que isso. Talvez fosse igual à construção do shopping que estava acontecendo bem em torno da casa dela: ao passar aquelas tardes conversando, nós conseguimos remover alguns antigos obstáculos e nivelar o terreno. Era uma sensação boa. Como iniciar uma longa caminhada, sabendo que estamos indo na direção certa.

Talvez fosse por tudo aquilo, ou não, que um dia, por volta das dez e meia da manhã, meu celular tocou.

– Alô, Barry? É você?

Eu não lembrava daquele número, mas reconheci a voz imediatamente.

– Bom dia, Edith. Sou eu, sim. Está tudo bem?

– Sim, Barry, muito obrigada por perguntar.

Houve uma longa pausa. Tive a impressão de que ela estava procurando as palavras certas, então apenas aguardei em silêncio.

– Eu gostaria de lhe pedir uma coisa – disse ela finalmente. – Não me sinto em condições de dirigir hoje. Então pensei em pedir para você me levar ao cabeleireiro. Claro que entendo se não puder, se der muito trabalho. Sei que você é muito ocupado. Não quero incomodar.

Fiquei surpreso com aquele pedido, pois havia reparado que ela valorizava sua independência acima de tudo. Quando ia ver como ela estava, eu fingia que só tinha passado na frente da casa dela por acaso, senão ela ficava com raiva. Edith parecia o tipo de pessoa que não gostava que os outros fizessem as coisas por ela, ou que não queria dar a entender de jeito nenhum que estava pedindo ajuda. Por isso seu telefonema foi tão inesperado. Além disso, foi quase um alívio para mim, porque, sempre que a via entrar no carro e sair dirigindo, tinha a sensação de que a probabilidade de ela sofrer um acidente era bem alta.

– Claro que posso, Edith. Sem problemas. Que horas?

– Tenho que estar no salão à uma e meia – disse ela. – Você poderia me buscar por volta de uma e quinze?

– Sem problemas – repeti. – Estarei esperando ao lado do seu carro. Até lá.

– Obrigada – falou ela, devagar e sinceramente. – É muita gentileza sua.

Minutos depois contei ao meu gerente de projeto, Roger, por que eu teria que dar uma saída naquela tarde. As palavras mal saíram da minha boca e ele já começou a gozação:

– Quer dizer então que você vai conduzir a Miss Daisy, é? Vou ter que registrar esse momento para a posteridade.

No horário marcado, eu estava em frente à casa de Edith, ao lado do seu Chevrolet Cavalier azul 1989. Era um carro bem resistente, com apenas um amassado no para-choque dianteiro. Ela o herdara de um amigo de quem cuidou quando ele estava doente em estado terminal. Quando ele faleceu, deixou seus pertences todos para ela, incluindo o carro.

Enquanto eu ajudava Edith a entrar no veículo, lá estava Roger, sorrindo de orelha a orelha, tirando fotos com uma câmera digital. Ele estava sendo educado para não constranger Edith, mas, quando ela já havia se sentado e eu estava dando a volta no carro para entrar também, ele foi me acompanhando e disse de novo, baixinho:

– Divirta-se conduzindo Miss Daisy.

Engraçado que eu nunca havia visto aquele filme e, quando finalmente assisti, uns dois anos depois, mal pude acreditar como vários pontos da história batiam com o que eu e Edith tínhamos vivenciado.

Eu poderia ter ido com minha picape, mas achei que seria difícil para ela subir na cabine. Mesmo assim, era meio estranho entrar no carro dela. Havia uma almofada de palha no assento do motorista para elevá-la; acho que só assim ela conseguia ter visão suficiente acima do volante. Ao me sentar, bati com a cabeça no teto e tive que sair de novo, com alguma dificuldade, colocar a almofada no banco de trás para então me ajeitar novamente. Edith riu daquilo.

– Acho que você é um pouquinho maior que eu – brincou.

– É, e também estou ficando um pouquinho mais largo a cada ano que passa – respondi.

A caminho do cabeleireiro, Edith e eu começamos a conversar sobre quanto gostávamos de Ballard. Ainda pertence a Seattle, mas sempre foi um mundo à parte. Antigamente era mais como um enclave industrial, mas já tinha um ar de bairro residencial. As fábricas e os moradores se complementavam perfeitamente. Nos últimos anos o lugar foi decaindo bastante, mas o senso de comunidade continuava, com pessoas que se importavam umas com as outras. Os moradores mais antigos de Ballard, entre eles Edith, pareciam se conhecer havia milhares de anos. E mesmo com as casas velhas e outros problemas, eles se mantinham unidos contra as tentativas de transformarem o bairro num paraíso sofisticado, agora que a modernidade estava chegando ao local.

Até consigo entender o ponto de vista deles, mas devo admitir que a construção de novos prédios estava me ajudando a sustentar minha família, então eu não tinha como reclamar.

Passamos de carro por baixo da rampa da ponte sobre o

canal que liga o estreito de Puget ao lago Washington. A ponte, que também faz a conexão entre Ballard e o resto de Seattle, é a principal razão para o ressurgimento do interesse no bairro. Houve um momento em que muitos perceberam como seria bom morar lá, com vista para o canal e, graças àquela ponte, fácil acesso ao centro da cidade. Os moradores antigos no bairro foram os únicos que não gostaram muito dessa nova onda, que consideravam uma invasão. No trajeto, Edith e eu passamos por alguns dos novos condomínios que estavam sendo erguidos, para desgosto dos habitantes da antiga Ballard.

Por um período, os condomínios novos se multiplicaram por todo o bairro. Mas chegou um ponto em que a cidade colocou uma moratória nas novas construções residenciais, reservando 20 quilômetros quadrados para uso industrial, pois as empresas e fábricas estavam perdendo terreno e havia muitos protestos a favor da verdadeira alma da antiga Ballard. A maioria dos prédios novos ficava mais para o sul do bairro, portanto fiquei surpreso, a princípio, ao saber que iríamos construir um shopping no quarteirão de Edith, onde não morava tanta gente. Mas, quando soube que estavam planejando erguer ainda mais condomínios ali perto, entendi por que tinham escolhido aquele local.

No lado oposto do canal está a marina onde os barcos do programa de TV *Deadliest Catch* ficavam atracados. Não dava para ver do carro, mas naquele dia eu tinha passado por lá mais cedo e visto um grupo de turistas. Comentei isso com Edith e também sobre como Ballard havia mudado desde a última vez que eu tinha estado aqui, o que já fazia bastante tempo. Eu vinha de vez em quando caminhar pelo cais e fazer compras numa loja de materiais de construção. Estávamos agora passando na rua da loja. Perguntei a Edith se todas aquelas mudanças a incomodavam tanto quanto aos moradores que estavam protestando.

– Não, realmente não me importo – disse ela. – Mudanças são

mudanças. Sabe, daqui a uns vinte anos o prédio que você vai construir acabará sendo derrubado também. Eles demoliram o estádio Kingdome apenas 25 anos depois de construí-lo. Ainda havia uma dívida de 20 milhões de dólares por causa dele. Isso é apenas o progresso, Barry. É o que tem que acontecer.

– A senhora parece estar bastante resignada – eu disse.

– Resignada, não – afirmou. – Realista. Há uma grande diferença entre essas duas palavras. As coisas são do jeito que são.

Tentei imaginar o que na vida dela a havia tornado tão apta a aceitar mudanças e ao mesmo tempo tão inflexível em determinados momentos.

Ainda no carro, mencionei que ouvira falar dos planos de derrubarem o restaurante Denny's, um dos grandes marcos do bairro desde os anos 1960. Eu passava por ele toda manhã a caminho do trabalho.

– Ah, está a maior confusão – comentou Edith. – Tem gente tentando conseguir status de patrimônio histórico para a construção. Sabe aquele telhado imenso e curvo? Foi projetado por um arquiteto famoso de Seattle.

– Não acredito que querem acabar com ele – lamentei.

– Não sei por que as pessoas estão revoltadas desse jeito – disse Edith. – Um Denny's como patrimônio histórico? Isso é ridículo. Mudanças acontecem. A gente tem que aprender a viver com isso.

Talvez sim. Mas quando viramos à direita em direção à Market Street – era a primeira vez que eu passava ali depois de começada a minha obra –, fiquei chocado por perceber como tudo havia mudado. Não as construções em si, mas o tipo de negócios desenvolvidos nelas. Consegui até entender melhor a reação dos moradores antigos. Passamos por uma refinada casa de chá, uma loja de equipamentos de som de última geração e um restaurante indiano onde pessoas com óculos escuros caríssimos, muito bem-vestidas, bebiam café do lado de fora. Pais e filhos em bicicletas supermodernas passavam em frente à academia de ioga Shakti Vinyasa, do outro lado da rua.

– Está tudo muito diferente mesmo – comentei. – Mas ainda gosto daqui. Sempre achei bacana o fato de tudo ser tão próximo.

– Dá para ir a qualquer lugar do bairro em cinco minutos – disse ela e, como se estivesse provando sua tese para mim, acrescentou: – Viu? Já chegamos.

Realmente levamos apenas cinco minutos da casa de Edith, numa área mais afastada do bairro, até o salão de beleza em plena Market Street.

Todos no salão conheciam Edith, e ela parecia conhecer a todos também. Cumprimentou cada um pelo nome. Se ficaram surpresos em ver Edith com um acompanhante, ninguém demonstrou nem disse qualquer coisa, e ela também não deu nenhuma explicação. Apenas perguntou à cabeleireira quanto tempo deveria demorar, e a moça disse que cerca de quarenta minutos. Edith quis saber aonde eu pretendia ir.

– Bem, tudo aqui fica a poucos minutos de distância, então é só me ligar quando faltarem uns cinco minutos para acabar que eu estarei aqui para buscá-la.

Dei meu cartão de visita para a dona do salão.

– Então está ótimo – disse Edith, inclinando a cabeça para me encarar com um olhar claro e direto. – Muito obrigada, Barry.

Ainda era cedo para almoçar, mas, já que eu estava na Market Street, decidi ir até a Totem House. É um dos lugares tradicionais do bairro. Tem um letreiro gigante e meio cafona na frente do restaurante, mas eles fazem uma ótima sopa de frutos do mar. Peguei a comida para viagem e fui dirigindo em direção à praia.

Um trem passava na ponte sobre a rodovia cerca de meio quilômetro adiante. Logo além estavam as comportas do cais; pelo fluxo da água, dava para ver que tinham acabado de ser abertas. É incrível pensar que bem ali, a oeste do centro da cidade, havia água salgada. É a extremidade do canal contrária à próxima da casa de Edith, onde a água é doce, a cinco minutos de distância. As comportas fazem a ligação entre as duas. Se tivessem acabado de ser abertas, provavelmente um barco apareceria logo. Gosto muito de visitar as comportas, pois há uma janela abaixo do nível da água através da qual dá para ver cardumes de salmões.

Passei de carro pela marina, olhando as centenas de veleiros. Uma coisa em Ballard não mudou: as pessoas amam seus barcos. Logo depois da marina, havia cerca de cem pessoas na praia, sentadas nos bancos da calçada ou deitadas em cangas na areia. Ninguém estava usando traje de banho; estava frio e a temperatura da água nessa época vai a uns 12 graus, mas fazia sol e as pessoas foram para a praia assim mesmo. Faziam piqueniques, só que de camisa e calça comprida, e se divertiam com bolas de plástico coloridas. Uma cena até engraçada.

Poucos minutos depois de eu ter chegado ao trailer da obra, meu celular tocou. Edith já estava pronta para voltar para casa, então fui buscá-la imediatamente. Ela ia me esperar na porta do salão. Ao ajudá-la a entrar no carro, senti um cheiro forte de laquê – um daqueles aromas capazes de transportar uma pessoa de volta para antigamente. Acho que minha mãe usava laquê, ou algo do tipo, quando eu era criança. Então me ocorreu que, na correria daquela manhã, em nenhum momento eu parei para pensar que essa senhora, do alto de seus 80 anos, vivendo tão solitária, ainda fazia questão de ajeitar o cabelo no salão regularmente. Isso diz muito sobre Edith e sua geração. E de alguma forma me faz lembrar aquelas fotografias antigas em que torcedores iam de camisa social, gravata e chapéu-panamá aos estádios de beisebol. Antigamente as pessoas eram muito mais elegantes e formais não só nas roupas, como na maneira de agir.

Isso era também uma forma de mostrar o respeito que tinham pelos outros e por si próprios. Acho que foi algo que se perdeu com o passar do tempo.

Quando chegamos à casa de Edith, caminhei com ela até a porta. Ainda não havia entrado lá até então. Queria ver como ela vivia ali, tão sozinha aqueles anos todos, mas eu não mataria a minha curiosidade naquele dia.

Ela se virou para mim e sorriu.

– Mais uma vez, obrigada, Barry. Você é um ótimo vizinho.

– Não foi nada. Se precisar de mais alguma coisa, é só me chamar.

E, antes que ela se despedisse, chamei:

– Edith?

– Sim, Barry?

– Seu cabelo ficou muito bonito.

Nas semanas seguintes, voltei a visitá-la, sempre no jardim da frente da casa dela. Mas uma manhã ela não estava ali fora como de costume, então me arrisquei a bater à porta. Ela estava na cozinha e disse para eu entrar.

Nunca esquecerei o momento em que entrei nesta casa pela primeira vez. Nunca. Vi uma mesa de canto logo de cara. Era igualzinha à da casa onde cresci. Estilo clássico dos anos 1950, de fórmica clara, pequena e retangular, com um segundo nível suspenso por hastes de madeira muito finas. Na parte mais alta da mesa ficava um abajur, e quando o vi quase desmaiei. Além da mesa, ele também era idêntico ao que minha família tinha quando eu era criança. Até a cor era a mesma. A base era de cerâmica, no formato de um vaso invertido, e do topo saíam umas varetas douradas com bolinhas nas extremidades. A cúpula larga era de papel amarelado translúcido, com bordas de metal em espiral e decorado com folhas de palmeira marrons.

Olhando para aquela mesa e aquele abajur, tive a sensação de voltar no tempo. Em um segundo me tornei um menino novamente, andando pela casa de minha mãe, na expectativa de que ela me oferecesse um sanduíche de pasta de amendoim com geleia, ou então com medo de que ela brigasse comigo por não ter limpado os sapatos no capacho antes de entrar.

Quando voltei ao presente, comecei a observar outros detalhes da casa. Não podia acreditar na quantidade de coisas que ela tinha: muitos livros, discos de vinil, CDs, bonecos de cerâmica e fotografias. Mesmo assim, a casa parecia muito arrumada e limpa. Tudo em seu lugar.

O sol refletia numa água-forte pendurada. Na parede havia quatro delas, que não chegavam a ser douradas nem prateadas. Todas tinham cenários de ruas de Veneza. Fiquei imaginando qual seria a história por trás das gravuras.

Quando Edith voltou para a sala, perguntei sobre elas, mas tudo que ouvi foi:

– É uma história interessante, um dia vou lhe contar.

Achei uma forma bem-educada de dizer "não é da sua conta". Então começamos a falar de outros assuntos. Ela me contou que sua amiga Gail tinha ido visitá-la naquela manhã. Edith explicou que foi babá dela e de suas irmãs quando elas eram crianças e moravam naquela mesma rua. Gail morou muito tempo no Alasca, mas voltara de vez para Seattle. Tinha levado para Edith fotografias dela, das irmãs e dos filhos das três, todos já adultos.

Foi bom saber que Edith tinha uma amiga que vinha visitá-la depois de tantos anos e, francamente, que tinha outra companhia além de mim.

Ao voltar para a obra, fiquei surpreso por ser tão tarde. Eu tinha passado a maior parte da manhã batendo papo com Edith.

Era cada vez mais fácil conversar com ela. Dirigindo de volta para casa naquela noite, fiquei tentando entender por quê. O que me fazia ficar tão ligado a ela? Sabe quando os filhos passam um fim de semana na casa de um amigo e os pais que o receberam dizem como eles foram bem comportados, educados e prestativos? Você pensa "Tem certeza de que está falando dos *meus* filhos?". Dizem que algumas crianças após certa idade conseguem se relacionar melhor com outras pessoas do que com os próprios pais. Seja porque você os conhece bem demais, seja por eles terem necessidade de se rebelar ou algo do tipo. Bem, nunca me ocorreu que o mesmo pudesse acontecer depois de adultos. De certa forma, eu achava mais fácil conversar com Edith do que jamais tinha sido com meus próprios pais.

Acho que havia duas razões para isso. Por um lado, eu sentia que Edith não iria levar tudo para o lado pessoal, como seria o caso dos meus pais. Talvez seja algo natural. Acontece isso com meus filhos também: não importa o que eles digam, impossível eu não querer voltar no tempo e tentar descobrir o que posso ter feito para causar os problemas deles. Mas a segunda razão era mais provável. Comecei a perceber que Edith era muito parecida comigo. Ela não tentava amenizar os fatos. Dizia sinceramente o que sentia. Não sou diferente. Vejo as coisas em preto e branco; se algo não está certo é porque está errado. As pessoas fazem o que podem ou querem, mas quase sempre não há dúvida sobre o que é uma atitude correta. Eu me identifiquei muito com Edith porque achei que ela também percebia o mundo desse jeito. Algum tempo depois ela me contaria histórias sobre os órfãos de guerra de quem ela cuidou na Inglaterra, e, ao ouvir isso, pensei: o que leva uma pessoa a fazer isso? Mas para ela era simples: você faz o que precisa ser feito.

Acho que sou muito assim também. Ou pelo menos espero que eu seja. Você faz o que deve ser feito e não se preocupa muito com o porquê ou como você se sente em relação àquilo. Simplesmente age. Acho que foi por isso que nos demos tão bem. Nós tínhamos algo profundo e verdadeiro em comum: um princípio sobre como viver a vida.

Claro que *nem sempre* era fácil conversar com Edith. Uma tarde dois homens apareceram na rua. Eles chamavam atenção. Ambos tinham uns 60 anos, mas ainda tentavam se vestir como jovens. Ou ao menos como uma versão de jovem dos anos 1970, meio hippie. Um deles vestia jaqueta, calça e gravata que pareciam ter sido compradas cada uma num brechó diferente. O outro tinha cabelos grisalhos e usava óculos redondos estilo John Lennon, como um remanescente de Woodstock. Para completar, estavam carregando com dificuldade uma velha e pesada câmera de vídeo, que trouxeram para entrevistar Edith. Ou pelo menos era esse o plano deles. Pensei que perguntariam as mesmas coisas de sempre – como ela resistia contra a terrível empresa imobiliária e todo aquele papo furado –, mas quando fui conversar com os dois e perguntar o que queriam com ela, fiquei surpreso com a resposta:

– Bem, você deve saber que ela já foi uma espiã – disse o homem de óculos, com a mesma naturalidade de quem diz que a pessoa já foi telefonista.

– Na verdade, não sabia, não – respondi. – Ela disse isso a vocês?

– Com certeza, cara – falou ele. – E confirmamos isso pesquisando em várias fontes.

Para falar a verdade, aqueles dois não me pareciam bater muito bem da cabeça, então não dei muito crédito ao que disseram. Deixei que prosseguissem e fui trabalhar. Horas depois, fui conversar com Edith no portão – não sei se ela chegou a falar com aqueles homens, mas eles não estavam mais ali. Então, perguntei diretamente se ela havia sido espiã.

Na mesma hora ela me mandou ir para o inferno.

– Vá cuidar da sua vida! – exclamou.

Ela estava arrancando ervas daninhas do jardim e nem mesmo olhou na minha direção.

– Não entendo por que as pessoas insistem em reviver o passado.

Pensei: tudo bem, então não vamos conversar sobre isso hoje.

Ainda estava pensando em Edith quando fui visitar meus pais naquele fim de semana. Geralmente vou vê-los a cada quinze dias. O trajeto tem um visual bonito, passando pela ponte Tacoma Narrows. Depois desse ponto a estrada é lisinha mas cheia de curvas, ao longo do canal Hood. Além do canal, também há as montanhas Olympic. Sempre paro para tirar uma fotografia, seja da neblina ou da neve nos picos mais altos, seja das nuvens se acumulando no céu sobre a serra. Ou então das praias, todas cobertas com conchas, embranquecidas pela luz do sol. Cada vez que se passa por essa estrada a paisagem está diferente.

Havia pouco trânsito, de forma que cheguei à casa deles em pouco mais de duas horas. Eles moram no campo, junto ao clube de golfe Alderbrook. Não há muitos gramados por lá, pois chove demais, então o que mais tem é musgo.

Não sei se ter conhecido Edith me fez querer ver meus pais com mais frequência. Quando se convive com alguém que é pelo menos uns quinze anos mais velho que seus pais, você começa a imaginá-los bem idosos e se sente um pouco culpado por não passar mais tempo com eles. Talvez tenha sido isso, ou então a recente mudança de comportamento do meu pai. Meus pais costumavam jogar muito golfe, mas ultimamente ele o fazia cada vez menos. Além disso, parara de vez com os jogos de carta, por exemplo. Vinha com mil desculpas para justificar por que estava desistindo dessas coisas; eu não acreditava muito, mas não queria pressioná-lo. Afinal, se ele não queria falar sobre aquilo, era direito dele. Mesmo assim, eu ia embora confuso e inquieto.

Aquele dia não foi ideal para uma visita. Os dois ficaram discutindo o dia inteiro – ou melhor, meu pai foi quem reclamou mais. Não sei o motivo, mas ele estava implicando com minha mãe por coisas ridículas, como o leite que estava no lugar errado dentro da geladeira, ou por ela ainda não ter guardado as roupas limpas no armário.

Mais tarde, no fim do dia, nos sentamos na sala e fiquei olhando para o campo de golfe pela janela. Estava vazio naquele momento. Papai se espreguiçou na poltrona reclinável e começou a me contar uma história de quando ele tinha 18 anos e foi num barco da NOAA (Agência de Pesquisa Oceânica e Atmosférica do governo americano) até o Alasca, para mapear o fundo do mar numa época em que havia um vulcão em erupção lá. O problema é que ele não conseguia se lembrar da palavra "vulcão". De repente, ele falou como se estivesse com raiva de mim: "Randy, como é que se chama o diabo daquele negócio, droga?!"

Não sei o que me assustou mais: o fato de ele estar usando termos como "diabo", que ele nunca dizia, de ter me chamado pelo nome do meu irmão ou de ele não ter se lembrado de uma palavra tão simples. Me assustei um pouco, mas tentei não ficar muito cismado.

– Vulcão, pai – eu disse.

– Ah, isso mesmo. Vulcão – continuou ele. – Bem, você pode imaginar como eu fiquei empolgado. Dezoito anos e indo para o Alasca! Uma aventura e tanto.

Enquanto eu o ouvia contar a história, minha mãe veio com dois copos d'água. Ao se abaixar para colocar um deles na mesinha ao lado da poltrona do meu pai, ela parou um pouco e me olhou como se estivesse tentando me dizer algo. Dirigindo de volta para casa aquela noite, me lembrei daquele olhar. Fiquei pensando se ela estaria preocupada com a mesma coisa que eu.

Ultimamente eu estava perdendo um pouco a paciência com o meu pai, ficando irritado com ele. Não conseguiria dizer exatamente por que, mas, quando comecei a obra em Ballard, minha mãe começou a telefonar cada vez mais para falar dele. Na maioria das vezes era sobre bobeiras – implicâncias e discussões típicas de um casal que está junto há mais de cinquenta anos –, mas a impressão que eu tinha era de que nos últimos meses eles estavam brigando mais que o normal e que o problema estava ficando sério. Ela percebeu que ele se irritava por qualquer motivo, como eu havia reparado naquele dia em que os visitara. Eu contava uma história para o meu pai, depois ele falava sobre isso mais tarde, a minha mãe o corrigia porque ele tinha confundido os fatos e do nada ele começava a gritar com ela. Isso durava pouco mais que um segundo e às vezes não era nada de mais, mas não era comum que ele agisse assim. Meu pai era o tipo de pessoa que sempre tinha tudo sob controle.

Eu não demonstrava para ele que estava chateado, claro. Fui educado para respeitar os mais velhos e até hoje ajo dessa forma. Sempre o obedecia – às vezes contra a minha vontade, mas eu nunca fiz malcriação. Eu simplesmente tinha sido criado assim. Então, mesmo me irritando bastante com as atitudes recentes do meu pai, não comentei nada com ele.

Acho que ninguém está preparado para o momento em que os pais começam a envelhecer. Eu pelo menos não estava. Fiquei em estado de negação. Não é que eu não soubesse o que estava acontecendo com meu pai. Eu só não queria saber.

Cerca de seis semanas depois de ter levado Edith para o cabeleireiro pela primeira vez, ela me pediu carona novamente. Fui buscá-la em casa no início daquela tarde, e no momento em que ela me recebeu eu já percebi que estava uma fera.

– Não gostei nem um pouco daquele telefonema essa manhã – disse ela, com a voz cheia de rancor. – Vocês continuam me cercando para sair da casa, né? Pois saiba que isso não vai acontecer, então podem parar de me importunar. Não se deem o trabalho!

Eu não tinha a menor ideia de sobre o que ela estava falando.

– Seu amigo lá da construtora – disse ela.

Edith estava agasalhada com um enorme suéter marrom e, com aquela raiva toda, parecia ainda mais curvada que o normal, como uma cobra se preparando para atacar. E continuou:

– Ele tentou parecer muito educado, mas eu sei qual é a intenção de todos vocês. Podem tirar isso da cabeça. Não vou vender essa casa. Não tem por que eu sair!

Até então eu sempre havia sido um perfeito cavalheiro com Edith, mas pela primeira vez comecei a me irritar. Conheço muita gente que via Edith como um símbolo de quem resiste e luta pelo que é verdadeiro, autêntico, essas coisas. Mas essa batalha não é minha, eu pensei. Não me inclua entre os vilões.

Fui cortês, ajudei Edith e até a levava ao cabeleireiro, então naquele momento me senti um tanto traído.

– Escute – comecei a dizer, meio surpreso por minha voz ter soado tão alta; mas eu estava indignado e continuei no mesmo tom. – Nada disso faz diferença para mim. Eu sou pago para fazer essa obra. Não vou ganhar nada se a senhora ficar na casa nem se sair dela. Vou continuar trabalhando pelo mesmo número de horas. Construirei o shopping com ou sem a sua casa na frente. Portanto, não me meta nessa confusão.

Mas fiquei mal assim que acabei de falar. O que eu estava fazendo, discutindo daquela forma com uma senhora de 84 anos? Mas Edith pareceu até ter relaxado depois de me ouvir. Ela se aproximou, saindo da parte escura da sala para um facho de luz pontilhado de poeira, que vinha da janela.

– Está bem – disse ela. – Eu lhe peço desculpas. Compreendo sua posição. Agora acho melhor irmos logo ao salão, não é mesmo?

Ela pareceu estar muito calma. Acho que estava testando até onde poderia me provocar, e, agora que já conhecia o limite, sabia melhor como se relacionar comigo dali em diante. É como se garantíssemos nossa presença até a linha que separava as nossas propriedades. Só precisávamos saber exatamente quais eram os limites.

Saímos então com o carro e passamos pela ponte. A luz do sol refletia tanto na água do canal que tive que baixar o quebra-sol. Alguns pescadores atravessaram a rua na nossa frente, próximo ao café Salmon Bay, que existia ali havia muito tempo, mas estava muito mais cheio do que costumava ficar, pelo que me lembrava. Havia um pequeno engarrafamento que dava na entrada do estacionamento naquele horário de almoço.

Achei que Edith e eu havíamos ultrapassado uma barreira naquela manhã. Ao colocar para fora nossa raiva em relação à polêmica sobre ela sair da casa ou não, acabou ficando mais fácil falar sobre aquilo. Então, ao fazer a curva em direção à Market Street, toquei no assunto novamente:

– Agora já sabe que para mim não faz diferença nenhuma se a senhora resolver se mudar ou não, certo?

– Sim, eu sei – respondeu ela.

– Bem, então posso lhe perguntar uma coisa?

– Claro, claro.

– Por que a senhora *não* quer se mudar?

Ela olhou para a janela.

– Por que eu deveria me mudar? – questionou ela, com a voz retomando aquele tom enfezado. – Para que lugar nesse mundo eu iria? Não tenho família nenhuma. Não há outro lugar para mim. Esta é a minha casa.

– Então não é pelo motivo que as pessoas pensam, né?

Ela se virou para mim.

– Nunca é o que as pessoas pensam.

Achei que já havíamos encerrado aquela conversa. Porém, mais tarde, depois que a trouxe de volta do salão, ela retomou o assunto.

Acompanhei-a até dentro de casa, para ter certeza de que ela não precisaria de mais nada antes de eu voltar ao trabalho. Abaixei-me para acender a luz do abajur na mesinha de canto e percebi que Edith estava sentada no sofá, olhando para mim. Ela parecia ainda menor, encolhida, quietinha, sem a postura contraída e furiosa de antes.

– Barry, eu queria lhe contar uma coisa – disse ela, a voz embargando um pouco.

Virei-me e olhei para ela, em silêncio.

– Minha mãe morreu bem aqui, neste sofá – falou. Seus olhos se encheram de lágrimas. – Voltei para os Estados Unidos para tomar conta da minha mãe e ela sempre disse que queria morrer em casa, não em uma... *casa de repouso*. Ela me fez prometer isso. E morreu bem aqui, Barry. É aqui que eu quero morrer também. Aqui mesmo na minha própria casa, neste sofá. Não estou lhe pedindo para me prometer, só quero que você saiba. Todos querem que eu me mude daqui e acham que isso vai ser melhor para mim. Mas eu sei do que preciso. Eu preciso ficar bem aqui. Esta é a minha casa. Quero viver aqui e quero morrer aqui. Você entende?

Olhei para aquela mulher, sob a luz suave filtrada pelo tecido fino das cortinas. Ela parecia muito frágil e muito forte ao mesmo tempo. Muito vulnerável e muito impenetrável. Muito carente e ainda assim com uma independência feroz. Fiquei comovido com o que ela me contou e senti uma estranha vontade de protegê-la. Foi um pedido bastante simples e parecia injusto demais que ela precisasse lutar por isso. Até mesmo um prisioneiro condenado à morte pode escolher sua última refeição.

– Acho que entendo, sim – eu disse. – Obrigado por me contar isso.

– Bem, obrigada por me escutar.

Ela olhou para baixo e depois em minha direção. E continuou:

– Obrigada por tudo, Barry. Sabe o que você é? Um verdadeiro ser humano.

Não soube exatamente o que ela quis dizer com aquilo, mas imaginei que fosse uma coisa boa.

– Obrigado, Edith. Até amanhã.

– Sim, até amanhã. Diga à sua esposa que mandei lembranças. Eu adoraria conhecê-la um dia desses.

E foi isso. Senti que havíamos ultrapassado outra barreira, em direção a um novo território. A situação era ao mesmo tempo um pouco assustadora e intrigante, porém, mais do que isso, acho que nos tornamos mais próximos, parte da vida um do outro de um jeito que ainda não éramos apenas alguns minutos antes.

Fechei a porta da casa dela com cuidado e voltei para o meu trailer na obra, tentando clarear a mente e me concentrando nas tarefas que precisava executar. Eu me senti culpado por ter passado tanto tempo fora do trabalho aquele dia, mas, ao mesmo tempo, muito bem devido a tudo que acontecera.

4

Fiquei surpreso com a autossuficiência de Edith naqueles primeiros meses. Mas ela não fazia tudo absolutamente sozinha. Um amigo dela, um rapaz chamado Charlie, passava na casa regularmente. Ele parecia uma cama desarrumada. Alto e magrelo, com longos cabelos grisalhos, era mais novo que Edith, porém mais velho que eu; talvez tivesse uns 60 e poucos anos. Charlie era uma dessas pessoas que envelhecem mas mantêm o estilo hippie. Não sei como se tornaram amigos, mas pareciam se conhecer havia muitos anos, desde o tempo da antiga Ballard. Ele fazia as compras de Edith e também a ajudava na manutenção da casa, mas não passava muito tempo com ela depois que acabava suas tarefas. Charlie me disse que era gerente de projetos em construções, embora sempre desconversasse quando eu tentava saber mais sobre o seu trabalho. Mesmo assim, ele estava ajudando Edith, então concluí que deveria ser um cara decente.

Charlie foi o primeiro a me contar sobre os assistentes sociais, uma manhã no final do verão.

– Eles estão cercando a Edith de novo – disse ele.

Charlie tinha essa mania de falar das coisas sem antes explicar do que se tratava. Às vezes eu precisava de um tempo para entender do que ele estava falando.

– Bom dia, Charlie. Quem a está cercando? – perguntei.

– Os assistentes sociais. Voltaram a perturbar a Edith. Se acham que vão convencê-la a se mudar, estão muito enganados.

Demorou até que ele contasse a história numa ordem cronológica compreensível, mas, uma vez que juntei os pedaços, tudo fez sentido. O Estado já estava atrás de Edith havia algum tempo, com a preocupação de que ela não fosse mais capaz de se cuidar sozinha. Não podiam obrigá-la a ir para um asilo – não tinham provas de que ela estava em perigo ou algo parecido –, mas aparentemente a estavam pressionando bastante. Charlie disse que eles a visitavam com alguma frequência, insistindo que ela estaria muito mais segura e confortável e que sua vida seria muito melhor se ela fosse para uma casa de repouso. Lembrei o desdém de Edith ao falar *casa de repouso* quando me contou sobre a morte da mãe. Só de ouvir aquilo também senti certa repulsa.

Naquele momento comecei a entender melhor por que Edith se exaltava tanto quando pessoas da minha empresa ligavam para ela oferecendo mais dinheiro para que se mudasse. Ela devia se sentir numa guerra com duas frentes de batalha só para ficar em sua casa: de um lado, o Bridge Group e, de outro, os assistentes sociais. Tenho certeza de que, para os ouvidos de Edith, ambos os oponentes estavam dizendo: "A senhora é incapaz de cuidar de si mesma agora. Deixe-nos fazer isso por você."

Acho que ninguém gosta de ouvir que não pode mais tomar conta de si próprio. Muito menos uma senhora independente e durona como Edith.

Charlie foi embora e bati à porta dela. Queria perguntar sobre os assistentes sociais, mas, quando entrei, depois de ela ter me chamado, vi que Edith estava numa mesinha bamba num canto da sala, digitando num... Bem, nem sei como se chamava aquilo. Era um cruzamento entre uma máquina de escrever elétrica antiga e um computador atual. A coisa devia ser de uns vinte e cinco anos atrás. Era formada por um pequeno monitor e um teclado cinza-escuro com teclas brancas – não como os teclados modernos, e mais como os de uma máquina de escrever. Eu vi a marca Whisperwriter gravada nele, e Edith catava milho bem devagar.

– Bom dia, Barry – disse ela. – Desculpe, mas ainda preciso terminar de digitar. Meus dedos não funcionam tão bem como antigamente.

O sol refletia no monitor, então eu não conseguia ver o que ela estava escrevendo, mas, quando Edith se virou e me pegou olhando para a tela, eu me senti mal por ser tão enxerido.

– É apenas uma crônica – revelou ela, percebendo a minha curiosidade. – A mente ainda é ágil, mas a droga desses dedos não querem cooperar.

Foi a primeira vez que a ouvi usar alguma palavra ofensiva.

– Quer dizer que a senhora é escritora? – perguntei.

– É, já escrevi muito – respondeu ela. – Aquele ali é um dos meus livros.

Olhei em direção à bancada para onde ela apontou e vi um calhamaço de capa dura chamado *Where Yesterday Began* (Onde o ontem começou). O título estava em letras vermelhas, sobre as silhuetas de um homem e uma mulher olhando para o pôr do sol.

– Quem é Dominelli? – perguntei ao ler o nome do autor.

– É Do-mi-*li*-ni – ela me corrigiu. – Domilini. Era o meu pseudônimo. Escolhi esse porque…

Mas ela não completou a frase. Antes que eu pudesse perguntar, ela havia se levantado.

– Porcaria, não consigo mais escrever – disse ela. – Vou fazer um chá. Você quer um também?

Enquanto ela andava até a cozinha, arrastando os pés, abri o livro para ler as orelhas. O que vi me deixou boquiaberto.

SOBRE O AUTOR

E. Wilson Macefield (Domilini) nasceu no estado do Oregon em 1921 e cresceu em Seattle e Nova Orleans. Ela serviu como agente secreta na Segunda Guerra Mundial. Foi capturada e mantida presa em Dachau, de onde fugiu, levando 13 crianças judias consigo. Casou-se com um homem de Yorkshire e viveu por treze anos na Inglaterra, onde adotou e cuidou de 27 filhos.

Após a morte do marido, retornou aos Estados Unidos, para tomar conta da mãe. Em 1984, ela conheceu e se casou com um italiano do Velho Mundo que acabou morrendo num acidente durante a lua de mel. Ela escreveu durante a maior parte de sua vida e obteve sucesso na Europa.

"Não consigo parar de escrever", ela diz, "mesmo que não leiam meus livros. É um hábito que está enraizado na alma." Ela gostaria de ser clara como Maugham e expressar as importantes verdades de Locke, Lichens e Poe.

Dessa vez, quando ela voltou para a sala, eu estava intrigado demais para ter vergonha por minha bisbilhotice. Nem sabia o que perguntar primeiro.

– Edith, pelo jeito a senhora viveu uma vida e tanto – comentei.

– É, eu vivi muitas vidas – disse ela.

– Quem são essas crianças mencionadas aqui? Onde elas estão agora?

Ela começou a me contar a história mais louca. Não me lembro de grande parte, porque fiquei muito estupefato na hora. Aparentemente, ela chegou a retornar para os Estados Unidos, mas foi "intimada" a voltar para a Inglaterra – essa foi a palavra que ela usou – por um homem que havia conhecido numa festa por lá. Parece que os dois tinham se dado muito bem. Ele era bastante rico e perguntou a ela o que faria se tivesse uma quantia infinita de dinheiro.

– Eu disse que só havia uma coisa que uma pessoa de princípios poderia fazer numa situação dessa – contou ela, com seu olho bom focando algum ponto do lado de fora da casa, como se estivesse tentando enxergar algo muito, muito longe. – Criar um orfanato para todas as crianças que perderam os pais naquela guerra terrível.

Então ele a levou de volta para a Inglaterra e lhe deu um castelo na Cornualha para que ela abrisse um orfanato.

"E lhe deu um castelo na Cornualha" é uma frase que com certeza ninguém que eu conheço já ouviu na vida.

Ela continuou, contando sua ida à Escócia para comprar algumas ovelhas que iria criar na propriedade do castelo.

De repente, Edith ficou em silêncio. Eu queria saber mais sobre sua história. Claro que eu tinha um milhão de perguntas. Ela liderou uma fuga de Dachau? Casou-se com um homem de Yorkshire? Era ele o dono do castelo? Domilini seria ele ou o "italiano do Velho Mundo"?

Mas não obtive respostas. Por ora, ela tinha encerrado o assunto.

– Passado é passado – disse Edith. – O chá esfriou. Vou requentar. Chá morno tem gosto de xixi, se me permite dizer.

Ela foi andando vagarosamente até a cozinha, suas mãos trêmulas fazendo a xícara chacoalhar em cima do pires. Passou pelo facho de luz que vinha da janela, e as minhas perguntas ficaram pairando no ar assim como as partículas de poeira suspensas que eu via na parte iluminada.

As dúvidas que eu tinha em relação ao meu pai foram respondidas naquele verão. A saúde dele vinha se debilitando, sem dúvida. Às vezes ele esquecia o nome da minha irmã, Malinda, o que a deixava preocupadíssima. Ou então ele fazia uma pergunta à minha mãe e cinco minutos depois perguntava a mesma coisa. Também estava com dificuldade de fazer contas de cabeça, o que o deixava furioso, pois sempre fora bom nisso. Mais furioso do que deveria, na verdade. De vez em quando ele tentava calcular, por exemplo, 15 por cento de 150 dólares e já falava um monte de palavrões quando não conseguia. Como eu disse antes, era muito estranho ouvir meu pai usar palavras de baixo calão, e só isso já nos fazia desconfiar de que algo errado estava acontecendo com ele. Mas papai nunca falaria sobre isso. Ele é daquela geração criada para apenas se fechar e guardar os sentimentos dentro de si mesmo, então nós da família acabávamos não insistindo no assunto.

Exceto Malinda. Minha irmã mais velha é a mais mandona dos três filhos. Digo isso como elogio. Ela é aquela que vai dizer "chega! Vamos fazer o que é preciso" e pronto. E foi o que aconteceu nessa situação. Por sugestão dela, ou insistência, para ser mais preciso, minha mãe acabou levando o papai ao médico. Ele passou por todos os tipos de exame nas primeiras semanas: coordenação motora, memória, exame de sangue, ressonância magnética, tudo. Meu pai não estava gostando nada daquilo, mas aceitou assim mesmo.

E ainda bem, porque o diagnóstico apontou o que todos nós temíamos mas não tínhamos coragem de falar em voz alta.

Doença de Alzheimer.

É um baque terrível ouvir que seu pai tem esse mal. Não importa a idade, o pai sempre é uma figura bastante significativa na vida de uma pessoa, especialmente um pai como o meu, que sempre havia sido competente, se mantendo no comando de tudo. Não dava para imaginá-lo debilitado, se esquecendo das coisas, incapaz de tomar conta de si mesmo. Tentei não pensar muito no que o futuro reservava a ele, pois era doloroso demais.

Por incrível que pareça, meu pai lidou com o assunto melhor que eu. Fui visitá-lo após a confirmação do diagnóstico e percebi que ele estava bem mais calmo. Era quase como se a maior frustração dele não fosse esquecer as coisas, e sim desconhecer por que ele estava com aquelas dificuldades. Quando obteve uma resposta, um nome para aquele problema, ele pareceu se sentir melhor. Papai sempre foi bom em resolver contratempos; encontrava a melhor saída para qualquer situação. A partir desse momento, era como se ele estivesse pensando: "Ah, por que vocês não disseram antes? Agora que sabemos com o que estamos lidando, podemos descobrir o que devemos fazer."

Não seria fácil, claro. Mas pelo menos parte do vapor já tinha saído da panela de pressão.

Ao dirigir de volta para casa, fiquei pensando em quando eu ia pescar com meu pai quando era criança. Houve uma vez, no Canadá, que ele me ensinou a fazer fogueira. Nós tínhamos nos afastado do lago por causa da chuva e subimos uma encosta, seguindo uma trilha sob as árvores. Estávamos num grupo grande: meu pai, meu irmão, alguns amigos da família; apenas homens naquela manhã. As mulheres não gostavam muito de ir pescar quando o tempo não estava bom e tinham preferido ficar no acampamento. Observei com atenção meu pai juntando algumas folhas de pinheiros, colocando uma pinha no meio delas e uns galhos secos por cima. Ele acendeu as folhas com um fósforo. Quando as chamas começaram a subir, ele pegou um galho de salgueiro, ou talvez de bordo, que achou ali perto, arrancou as lascas e o atravessou na truta que havíamos pescado no lago. Depois disso, posicionou o peixe sobre o fogo. Talvez tenha sido a mágica do momento, mas aquela truta estava muito mais saborosa do que qualquer outra que eu já tinha comido em casa. Ainda posso sentir a casquinha, a carne macia, o óleo do peixe escorrendo pela minha boca.

Geralmente a família toda ia acampar, às vezes com alguns amigos. Mas enquanto eu dirigia de volta para casa naquela noite, meus pensamentos me levaram de volta para o dia em que só eu e meu pai saímos para pescar, eu devia ter uns 12 anos. Minha mãe tinha ido com meus irmãos visitar uns parentes na Carolina do Norte, mas eu não pude ir porque trabalhava como entregador de jornais. Então, naquele fim de semana, meu pai me levou para pescar em Nason Creek, perto da Floresta Nacional de Wenatchee. Para chegar lá, tivemos que subir a serra pela Passagem de Stevens, o que foi muito legal, especialmente para um garoto de 12 anos. Do alto das montanhas, a mais de 3.500 metros do solo, parecia ser possível ver tudo abaixo de nós, inclusive pedras, árvores e um córrego que ia dar num rio. Na margem oposta havia uma velha estrada e trilhos de trem. Um telhado impedia que caísse neve ou quaisquer outros detritos decorrentes de uma avalanche, por exemplo, sobre os trilhos. Essa ferrovia foi abandonada há muito tempo porque era muito difícil fazer sua manutenção, e agora, olhando do carro, parecia um daqueles trilhos de brinquedo largados por uma criança que já cresceu e não quer mais brincar com seu trenzinho.

Foi muito especial passar aquele tempo só com o meu pai. Ele era um cara tranquilo, mas muito brincalhão. Enquanto descíamos a serra pela Rota 2 – uma estrada longa, sinuosa e ladeada por árvores, o céu imenso nos envolvendo, as nuvens cheias pairando –, ele fez algo que adorava: criou desafios para me fazer pensar. Como, por exemplo, precisar dizer um oxímoro. "Eu sei um", ele disse. "Anão jumbo." E não sei por que, mas na hora me pareceu uma das coisas mais engraçadas que eu já tinha ouvido.

Naquela noite, dormimos no trailer adaptado à picape. Antes

de eu cair no sono, meu pai começou a contar histórias de pescador. Eu tinha pescado mais peixes do que ele no primeiro dia, então ele disse que, bem, estava apenas aguardando.

– Não gosto de pegar peixes pequenininhos, como os que você pescou – disse ele, num tom levemente jocoso, sem deixar claro se estava falando sério ou não. – Estou só esperando aparecer o maior peixe de todos. Você vai ver.

Saímos de novo no dia seguinte bem cedo e, dito e feito, coisa de uma hora antes de a gente ir embora, a linha dele começou a puxar e papai pescou o maior salmão que eu já tinha visto. Ele ficou implicando comigo durante toda a viagem de volta para casa: "Não se preocupe, Barry, aqueles peixinhos que você pescou também vão ser bons de comer" ou "Foi até bom você não ter tentado pescar nenhum peixe grande dessa vez, podia acabar se machucando". Fingi estar furioso com esses comentários, mas meu pai podia ver pela expressão do meu rosto que eu estava nas nuvens. De brincadeira, dei um soco em um dos braços fortes dele, que dirigia a picape na direção do pôr do sol, de volta para casa. Apenas meu pai, eu e uma grande caixa de isopor repleta de peixes.

5

A CASA DE EDITH, QUE JÁ TINHA UMA APARÊNCIA MELANCÓLICA e solitária por si só, ficou ainda mais triste depois que as outras casas e os outros prédios da rua foram demolidos. Parecia um daqueles únicos remanescentes de bombardeios em alguma cidadezinha na Segunda Guerra Mundial, imagem que provavelmente era até familiar para Edith, agora que eu já sabia mais sobre o passado dela. No quarteirão inteiro só restavam agora a casa de Edith e um pequeno restaurante chamado Mike's Chili Parlor, numa esquina. O Mike serve uns cachorros-quentes com chili até bons – ficaram famosos depois que o lugar apareceu no programa de TV *Drive-ins, Diners and Dives*, do canal Food Network. Comi muito lá durante o tempo que trabalhei na obra. A Bridge Group decidiu desde o início não demolir o restaurante, com medo de alguém alegar que a estrutura era patrimônio histórico. O Mike's está lá há séculos. Além disso, não se encontra no perímetro do shopping, então não fazia diferença. Ao contrário da casa de Edith.

Mas houve outros problemas com o projeto. Por exemplo, o solo estava contaminado com chumbo. Isso nem foi uma grande surpresa; chumbo é geralmente um subproduto de indústrias. A área havia sido aterrada nos anos 1920, para ficar acima do nível do mar. O material para o aterro estava contaminado com chumbo que devia ser residual de alguma fábrica – uma fundição, talvez –, e havia também um pouco de arsênico. Todos esses resíduos deveriam que ser retirados da área.

Então lá estávamos nós, escavando 4 metros abaixo do solo num quarteirão retangular, o que significa que tínhamos 48 mil toneladas de material contaminado para transportar até o local próprio para descarte. Foi um processo longo e barulhento, mas Edith não pareceu se importar. Na verdade, tive a impressão de que estava gostando de toda aquela agitação à sua volta. Ela andava até a frente da obra, ficava assistindo ao nosso trabalho e acenando para os operários, que ao passar perto dela acenavam de volta e diziam: "Oi, Edith, tudo bem?" Ou seja, um ótimo relacionamento.

Nossa preocupação não era apenas com o solo. Numa obra como essa, quando um buraco imenso é escavado, também é preciso se considerar a pressão exercida por caminhões que passam nas ruas adjacentes. Para reforçar a fundação, temos que fincar no solo estacas gigantescas de quase 1 metro de largura. Elas devem ser cravadas com uma profundidade duas vezes maior que a da parte que fica acima do solo, então tinham cerca de 12 metros. É uma tarefa e tanto, mas precisa ser feita; sem as estacas, o pavimento das ruas adjacentes poderia afundar em direção ao nosso buraco.

Mas nunca se sabe o que se pode encontrar numa escavação. Certa tarde, quando estava caminhando em direção a um canto do terreno, percebi um grande volume no carregador de uma das escavadeiras. Vi que era algum recipiente metálico, talvez um barril de óleo. A primeira coisa que pensei foi: "Podemos cortá-lo ao meio e improvisar uma churrasqueira." Porém, ao chegar mais perto, percebi que o formato evidenciava algo bem mais perigoso.

Uma bomba.

Parecia uma daquelas usadas em bombardeios aéreos na Segunda Guerra. Não tinha uma cauda com aletas, mas havia quatro parafusos onde essas peças poderiam ser anexadas.

Perguntei ao operador da escavadeira o que ele achava que era aquilo e ele respondeu:

– Sei não, mas tem mais um monte dessas coisas bem ali.

Fui até o local para o qual ele apontou e realmente havia uma pilha de uns dez objetos iguais àquele bem à vista. Falei para operador o que eu achava que era e ele ficou branco como um fantasma, imóvel.

Anunciei para todos os operários que eles deveriam sair do terreno da obra e liguei para a polícia.

– Qual é a sua emergência, senhor? – perguntou a telefonista.

– Acho que encontrei uma bomba – respondi.

Foi a única forma que arrumei de explicar o que tinha visto.

Silêncio no outro lado da linha. Finalmente, ela falou, como se estivesse se dirigindo a algum louco:

– O senhor encontrou o quê?

Ela podia até pensar que estava falando com um louco, mas eu não queria ser um louco morto. Repeti que achava que tinha encontrado uma bomba.

Em poucos minutos, dois carros de polícia apareceram. A princípio trataram o incidente como se fosse algo pouco grave. Quando viram a pilha do que pareciam ser torpedos antigos, a atitude deles mudou completamente. Na mesma hora, acionaram o esquadrão antibomba por celular, pois não queriam fazer o chamado pelo rádio e dar à imprensa a chance de descobrir a notícia e colocar a cidade toda em pânico. Percebi que um dos técnicos ambientais contratados pela imobiliária ainda estava em seu escritório no terreno. Me aproximei dele e disse:

– Com licença, que parte de "isso pode ser uma bomba e explodir" você não entendeu?

Ele se levantou e, com um suspiro mal-humorado, foi embora.

Dez minutos depois, o esquadrão antibomba, o FBI e muitos outros carros de polícia chegaram ao local, além dos meus patrões da Ledcor. Observamos da rua enquanto policiais e agentes faziam buscas por todo o terreno. Fui até o motorista de um caminhão preto do esquadrão antibomba que estava estacionado na rua e perguntei se ele gostaria que eu abrisse o portão da obra para ele entrar.

– Não, estou com um equipamento aqui que vale 1 milhão de dólares – respondeu. – Não posso colocar isso em risco.

Olhei para os policiais que faziam a investigação no local onde tínhamos achado as bombas.

– Bem, mas há muitos homens lá dentro – eu disse. – Não tem problema para eles se explodir?

Na maior naturalidade, ele respondeu:

– Se perdermos aqueles policiais, nós poderemos substituí-los imediatamente. Já esse equipamento é difícil de repor.

Nesse momento, aquele mesmo técnico ambiental que não parecia estar levando o caso a sério veio até mim e começou a me passar um sermão, como se fosse meu superior. Ele estava "oficialmente me dando uma advertência" de que a Ledcor seria responsável por tudo que acontecesse naquele local. Começou a questionar por que nós não havíamos isolado toda a área e a dizer que a segurança de todos era nossa responsabilidade. Estava exaltado e não parava de falar. Tentei acalmá-lo, ressaltando que a polícia já tinha assumido o controle da situação, mas quanto mais eu fazia isso, mais nervoso ele ficava. Por fim, agarrei o seu colarinho com uma mão, o seu braço com a outra e o levei para fora do local. Os policiais ali perto nem se abalaram, embora um deles tenha tentado com muito custo segurar o riso.

Após cerca de uma hora, o esquadrão antibomba fez um raio X daqueles objetos metálicos. Depois disso, e também ao final do trabalho dos cães farejadores, a polícia declarou que não eram bombas, embora não soubessem ao certo o que eram. Pediram que um dos operários quebrasse um dos objetos com golpes de escavadeira – o que foi um momento tenso –, mas não havia explosivos nem nada dentro. Nunca descobrimos o que era aquilo, afinal; a empresa contratou vários experts, mas ninguém chegou a uma conclusão. O melhor palpite foi que eram estabilizadores utilizados em barcos de pesca. Eles são colocados na extremidade de um cabo, um de cada lado do barco, e têm função semelhante à da vara que equilibristas seguram quando passam por uma corda bamba, ou seja, manter o equilíbrio.

Como eu disse, ao começar a escavar um terreno, nunca se sabe o que será encontrado.

Terminamos o trabalho de escavação por volta de novembro, uma época que é perfeita para cavar à procura de outra coisa: mariscos. Todo ano, no outono, Evie e eu levamos nossos filhos para uma praia em Ocean Shores, e fazemos o mesmo na primavera. Esse ano não seria diferente. Partimos de carro para lá numa sexta à noite, junto com um casal de amigos e os filhos deles. Sempre vamos com um grupo de amigos, geralmente pessoas que nunca foram lá para catar mariscos antes, porque essa é uma experiência inesquecível.

Ficamos sempre num condomínio, o Polynesian, bem em frente à praia. Depois de nos instalar, nos sentamos à beira da piscina para beber e conversar enquanto as crianças brincam na água. Mas nunca ficamos acordados até tarde, porque no dia seguinte levantamos bem cedo. O ideal é catar os mariscos na chamada "maré negativa". Há quatro níveis de maré por dia, dois altos e dois baixos, mas algumas vezes por ano, em algumas regiões, ocorre uma maré bem mais baixa que o normal, perfeita para cavar a areia molhada em busca de mariscos. Naquele fim de semana, esse momento seria de manhã, então foi quando dirigimos até a praia.

Estacionamos a picape lá por volta das 8 da manhã e carregamos pás e bombas de sucção, eu e Willy com macacões de pesca, Evie e Kelsey com botas especiais de borracha que vão até o quadril. O cenário na praia é incrível: 5 mil pessoas, talvez mais, ao longo de 5 quilômetros de praia. Fiquei frustrado por aquela maré negativa não ser de noite, quando o visual é ainda mais fascinante: todas aquelas pessoas carregando lanternas de querosene ou usando capacetes de mineiro, com aquela luz na frente, formando milhares de pontos luminosos onde quer que você olhe. Como se fôssemos um monte de lanternas chinesas vivas suspensas no ar.

Era uma manhã fria, chuvosa, fazia um tempo horrível, mas todos estávamos animadíssimos (especialmente os adultos. Uma boa dose de Bloody Mary de manhã consegue dar o tom certo para o resto do dia. Um desjejum de campeões, como sempre dizemos).

Muitos de nós carregávamos uma bomba de sucção. Trata-se de um tubo de metal de cerca de 1 metro, como um cilindro de carro, com um manete em forma de T no topo, onde fazemos força para enterrar o apetrecho na areia. Há um pequeno buraco nesse manete, que tapamos com o dedo polegar na hora de afundar a pistola. Assim, cria-se um vácuo e muita areia é sugada quando o cilindro é puxado.

Nosso grupo permaneceu junto o tempo todo, procurando sinais de existência de mariscos. Se você pisa com força na areia, o marisco se enterra deixando uma pequena marquinha redonda na areia, como se uma bola de golfe tivesse batido ali. É nesse ponto que você enfia a bomba de sucção. Geralmente encontramos o marisco no monte de areia sugado, ou então dá para vê-lo a olho nu pelo buraco. É preciso ser ágil, porque os mariscos nessa praia são do tipo canivete, enormes, do tamanho da palma da mão, e conseguem entrar na areia muito rápido.

Kelsey já estava agachada, com o rosto bem próximo à areia, o braço dentro de um buraco. Em segundos, ela pegou seu primeiro mexilhão. Mas Willy era o melhor catador de todos; o limite estabelecido por lei era de quinze mariscos por pessoa, e em meia hora ele já havia esgotado sua quota, portanto não tinha o que fazer além de implicar com a "moleza" dos outros:

– Melhor andar logo, pai, porque senão vou começar a catar os que faltam para você! E para a mamãe também!

A esse ponto já estávamos ridiculamente sujos, molhados, enlameados, com areia em cada poro do corpo, mas mesmo assim todos rimos, porque não nos restava outra opção. E também é maravilhoso estar numa aventura com parentes e amigos, além de continuar uma tradição familiar. Meu pai me levava para catar mariscos, mas de uma espécie menor, que vive em praias rochosas e não se enterra muito fundo, basta um ancinho ou uma pá para retirá-los. Com esses do tipo canivete é uma batalha.

Uma batalha que costumamos ganhar, claro, embora às vezes aconteçam alguns contratempos. A regra é nunca ficar de costas para o mar. Naquela manhã, Kelsey se esqueceu disso por um minuto, e uma onda grande veio e a derrubou sentada na areia. Ela se levantou cuspindo, totalmente ensopada, e não dava para saber se estava prestes a dar uma risada ou um grito. Ela fez as duas coisas, claro. Foi a coisa mais engraçada que poderia acontecer tão cedo: numa praia gelada do estado de Washington, o céu clareando, sua filha sacudindo a cabeça como um pastor-alemão molhado e sua esposa suja de lama caindo do seu lado de tanto rir.

Quando todos alcançamos a cota permitida de mariscos, fomos para a estação de lavagem com nossos baldes. Funciona assim: você mergulha os mariscos em água fervendo apenas por alguns segundos para abri-los, depois os joga em água fria para que eles não cozinhem. É todo um processo: com a concha aberta, você tira o marisco em si e corta o chamado "pé" com uma tesoura. O pé é bem grosso e deve ser cortado ao meio. Também é preciso abrir o pescoço, a parte que sai da concha, para tirar a areia. É bem trabalhoso, mas vale a pena.

Depois, fomos para a casa onde ficavam nossos amigos Joe e Kelly para preparar os mariscos. Primeiro, os mergulhamos em ovos levemente batidos e em seguida passamos em farelo de biscoito salgado, para então fritá-los em manteiga e azeite. Claro que depois de todo o frio, toda a lama e todo o trabalho que tivemos na praia, acharíamos apetitosa até uma bota velha, mas duvido que haja algo mais saboroso que aqueles mariscos fritos. Felizmente, eu aproveitei muito aquele momento – ainda não tinha a menor ideia de que seria a última viagem para catar mariscos que eu faria por um bom tempo.

Novembro é uma época muito fria e chuvosa em Seattle, e já fazia uma semana que eu não via Edith, então, ao voltar daquela viagem achei que seria bom ver como ela estava e lhe contar que a obra estava prestes a entrar numa fase bem menos barulhenta, agora que tínhamos terminado as escavações e fincado as estacas. Bati à sua porta, mas ninguém atendeu.

No dia seguinte, vi Charlie e ele me contou o que houve:

– Ela ainda está no hospital – disse ele. – Provavelmente vai demorar até transferirem a dona Edith para a reabilitação.

Como sempre, ele começava a contar a história pelo meio, sem explicar o que havia acontecido antes.

O que ocorreu, ele finalmente me disse, foi que ela havia caído da escada, e com isso, quebrado três costelas.

Eu me senti terrivelmente culpado. Nas últimas semanas, eu vinha trabalhando um pouco longe da casa de Edith, portanto não estava prestando muita atenção nela. Sei que não poderia ter feito nada para impedir o acidente, mas sentimento de culpa é assim: nem sempre precisa de um motivo para existir.

Eu disse a Charlie que estava preocupado com ela lá sozinha no hospital:

– Sabe, pessoas idosas ficam internadas muito tempo, daí acabam pegando pneumonia e...

Não tive coragem de finalizar aquele pensamento. Mas Charlie entendeu o que eu queria dizer e o que falou em seguida me assustou.

– Bem, há uns dez anos eu tenho esperado que ela morra, mas, até agora, continua aí – disse ele.

Achei até que havia detectado um tom de irritação na voz dele, mas não soube bem por que, então não pensei mais no assunto.

Não vi Edith por algumas semanas. Eu quis visitá-la no hospital, mas não tinha certeza se era apropriado. Achei que ultrapassaria nossos limites. Uma coisa é fazer uma visita quando você está trabalhando a poucos metros da casa de alguém; outra é aparecer quando essa pessoa está longe, na cama de um hospital. Não conseguia achar isso adequado, mas continuava me perguntando se deveria visitá-la ou se eu seria inconveniente ao fazer isso. Outra coisa que me impediu de ir lá foi, para falar a verdade, o fato de eu estar cada vez mais assoberbado no trabalho.

Mais tarde, quando eu soube quem tinha ido visitá-la e o que ocorrera, achei até bom eu não ter ido lá.

Eu estava numa reunião de rotina na obra, quando Angela, uma das arquitetas do projeto, me contou o que houve.

Parece que Rick e outros colegas da minha empresa entraram em contato com Charlie e todos eles foram visitar Edith no hospital, levando com eles um contrato. Tinham aumentado a proposta de compra da casa dela para 1 milhão de dólares.

Não pude acreditar naquilo.

Mas, conhecendo Edith, não tive a menor dificuldade de acreditar no que aconteceu em seguida.

Aparentemente, Edith ficou muito furiosa com todos eles – sentiu-se insultada porque foram visitá-la quando ainda nem havia se recuperado. Ela os xingou de "bando de abutres". Colocou-os para fora do quarto, dizendo exatamente aonde eles deveriam enfiar aquele milhão de dólares. Estava ainda mais nervosa por terem levado Charlie junto, como se ela não fosse capaz de tomar uma decisão sozinha.

– Bem, parece que não deu muito certo, né? – comentei com Angela.

– Não, acho que o tiro saiu pela culatra – respondeu.

Semanas depois, eu estava andando até o trailer da obra e vi Edith na frente de sua casa, alimentando os passarinhos. Parei para cumprimentá-la e conversamos um pouco. Ela parecia ainda mais frágil do que antes, mas não fiz qualquer comentário sobre isso.

– Então, o Charlie tem lhe ajudado a fazer as compras de supermercado? – perguntei.

– Não, acho que ele não vai aparecer de novo por um bom tempo.

Ela falou como se aquilo não fosse nada de mais, mas eu sabia que havia acontecido algo sério entre os dois. Fiz mais algumas perguntas e finalmente ela me contou que, quando rejeitou a oferta de 1 milhão de dólares da imobiliária, Charlie havia ficado furioso. Muito furioso. Ele estava com as chaves da casa de Edith e jogou-as na direção dela, dizendo: "Agora a senhora vai se virar sozinha!", antes de sair batendo a porta.

Fiquei horrorizado. Não consegui entender por que ele havia ficado tão bravo. A casa era dela; a decisão era dela. Perguntei a Edith se eu poderia ajudá-la de alguma forma.

– Obrigada, é muita gentileza sua – respondeu ela –, mas uma senhora muito boazinha que conheci no centro de reabilitação veio aqui. O nome dela é Joanie. Ela e o marido são voluntários lá no centro e agora estão me ajudando. Aliás, ela está ali dentro de casa agora mesmo.

Fiquei feliz em saber disso. Nas semanas seguintes também vi Gail, amiga de Edith, uma ou duas vezes; ela estava visitando Edith com mais frequência ultimamente e às vezes eu conversava com ela também. Gail estava certamente do lado de Edith, ou seja, não via qualquer motivo para que a amiga tivesse que sair da casa, se ela não quisesse. E Joanie também aparecia sempre, trazia compras de supermercado, aparava a grama, entre outras formas de ajuda. Até que, de repente, ela desapareceu e Charlie voltou. Quando perguntei a Edith por que Joanie não vinha mais, ela disse, daquela forma um tanto brusca que lhe era peculiar:

– Eu a mandei dar o fora daqui.

Mais uma vez levei algum tempo até descobrir o que havia acontecido; em conversas com Edith e Charlie acabei entendendo tudo. Edith tinha caído de novo. Ela não se machucara dessa vez, mas não conseguiu se levantar e acabou fazendo as necessidades no chão mesmo. Joanie ficou horrizada ao ver aquilo. Limpou tudo, mas imediatamente telefonou para os assistentes sociais. Edith não gostou dessa atitude, porque os assistentes sociais começaram a falar de novo em declará-la incapaz de morar sozinha. Edith não sabia a quem recorrer, então chamou Charlie. Ele veio ajudá-la, mas também disse que estava se mudando para outro bairro, Arlington, a mais de uma hora de distância. Deixou claro que ainda poderia ajudá-la com as compras todas as terças-feiras e que dava para perceber que Edith estava perdendo o controle da situação. Pela primeira vez parecia que estava mesmo.

Foi a partir dali que tudo mudou. Não foi uma decisão que eu tomei, a de começar a ajudar Edith. Àquela altura, nem parecia ser algo que teria tanta importância. Mas foi então que as vidas de Barry Martin e Edith Wilson Macefield começaram a convergir, de uma forma que ninguém poderia imaginar. Muito menos eu.

Quando as coisas mudam dessa forma, é como tentar ver a lua se mover no céu. Você pensa que percebeu algum movimento, mas foi apenas uma ilusão de ótica causada por uma nuvem que passou. Depois de algum tempo, porém, você se distrai e, de repente, quando volta a olhar para a Lua, que estava bem ali, ela mudou totalmente de posição.

Agora que Joanie não vinha mais e Charlie só podia ir a Ballard uma vez por semana, Edith precisava de um pouco mais de ajuda, pois ainda estava com aquelas costelas quebradas dificultando os seus movimentos. Alguns dias depois, ela pediu que eu a levasse de novo ao cabeleireiro. Depois, me telefonou dizendo que precisava ir ao médico, mas que não estava se sentindo bem para dirigir, e perguntou se eu poderia levá-la. Respondi que sim, claro, e isso se tornou um hábito. Dali para a frente eu mesmo comecei a marcar as consultas dela. Era mais fácil porque assim eu podia agendá-las de forma que não prejudicasse meu horário de trabalho.

Uma tarde, ela estava comentando que não sabia o que iria fazer para o almoço, então eu disse que um dos colegas da obra poderia trazer algo para ela do McDonald's, já que ele ia lá. Sugeri o sanduíche Big Tasty, e, quando o descrevi, ela disse:

– Ah, está ótimo, quero com alface e tomate. Mas não me traga batatas fritas, engordam muito.

Mandei um dos rapazes ir comprar os lanches e pedi também que trouxesse um milk-shake de baunilha para ela. Foi nesse dia que descobri que ela adorava doces. Ela colocou o canudo no copo e não parou de sugar até que não sobrasse uma gota da bebida. Depois disso, passou a me chamar uma vez por semana para pedir um hambúrguer e "um daqueles negócios de baunilha".

Com o tempo, passei a comprar o almoço para ela com cada vez mais frequência e também a levá-la para mais consultas médicas. De repente, as semanas viraram meses, e já passávamos bastante tempo juntos. Não foi estranho, porque quando a mudança é gradual, fica difícil perceber o exato momento de transformação da vida, a não ser depois de um bom tempo, quando você consegue olhar para trás e ter essa compreensão.

Quando eu estava com Edith, geralmente só conversávamos sobre assuntos como as condições climáticas, a vizinhança e coisas assim. Nunca havia perguntado diretamente a respeito de toda a polêmica em torno dela – sobre como havia se tornado uma heroína aos olhos de muita gente. Se eu apenas mencionasse algo a esse respeito, ela dava de ombros e mudava de assunto.

Mas um dia ela resolveu se abrir. Eu perguntei:

– Edith, como a senhora está se sentindo com toda essa obra? O barulho incomoda muito? Estamos iniciando o trabalho cedo demais ou terminando muito tarde? A senhora precisa tirar uma soneca após o almoço?

– Ah, não está ruim, Barry – disse ela, tentando abocanhar o seu Big Tasty com dificuldade.

Percebi que as mãos dela estavam tremendo mais do que de costume. Ela continuou:

– Antigamente, havia um depósito de lixo aqui atrás. Às cinco da manhã era caminhão para lá e para cá. Eu conhecia os rapazes que trabalhavam lá. Boa gente, como você. Sei que todos têm um trabalho a fazer. Não posso deixar que isso me afete. Dei duro quando era jovem e sei o que significa ganhar o próprio sustento honestamente. Nunca vou reclamar de ninguém por isso.

Foi a segunda vez que ela mencionou ter trabalhado. Na primeira foi em relação ao governo britânico, e eu já havia lido nas orelhas do livro que Edith tinha sido agente secreta. E, claro, houve aqueles dois que tentaram entrevistá-la uma vez e me disseram que ela havia sido espiã. Eu estava muito curioso.

– Qual era o seu trabalho, exatamente, Edith?

Ela se virou para mim e sorriu levemente, de um jeito esquisito. Então fez uma pausa, como se estivesse ponderando o que deveria me contar. Parecia que eu estava observando alguém à beira de uma piscina que não sabia se deveria pular ou apenas colocar um pé na água para ver se estava muito fria.

– Meu caro amigo, eu já trabalhei em tantas, tantas coisas... – disse ela. – Num período de vinte anos, tive três vidas diferentes. Você sabe que eu fui espiã para os ingleses na Alemanha nazista.

Esse não é o tipo de coisa que se costuma escutar enquanto se come um hambúrguer do McDonald's.

Tentei não parecer espantado demais. Então o que aqueles dois caras apalermados haviam me dito, assim como a biografia dela na orelha do livro, era verdade! Edith não parecia se lembrar de que havia me mandado para o inferno na primeira vez que perguntei sobre isso.

– Continue – eu pedi.

– Pois bem, eu trabalhei, sim, para o governo britânico. Eu era apenas uma adolescente nessa época. Fui até o governo americano procurar um emprego. Isso foi no início da guerra, antes de os Estados Unidos se envolverem de fato. Eles não me contrataram porque eu era muito nova. Tinha só 14 anos, mas queria muito trabalhar, fazer algo importante, entende? Então, conversei com um tio que tinha contatos na Inglaterra e ele disse que poderia me arrumar um emprego no governo britânico. E pagou minha passagem para lá. Amei a Inglaterra. Amei de verdade. As pessoas lá são tão...

Ela começou a se desviar do assunto principal. Vi que novamente ela estava com dificuldades de segurar o sanduíche, e cheguei a me levantar da cadeira para ajudá-la, mas achei que talvez ela não gostasse. Decidi apenas esperar que ela voltasse a contar a história quando tivesse vontade.

– Eu estudei música, sabia? – voltou a falar, mudando o rumo da conversa. – Tocava clarineta muito bem. Meu primo Benny me deu a primeira que eu tive. Você sabe que Benny Goodman é meu primo, né?

Passou pela minha cabeça, como em outras vezes, que talvez essa senhora fosse mesmo um pouco desajuizada. Mas não falei nada.

– Em todo caso, eu tinha muito conhecimento musical. E foi isso que me abriu portas. Um homem lá do consulado gostou bastante de mim. Não sei por que os ingleses ficaram tão interessados numa adolescente clarinetista, mas um dia me levaram para uma sala de reunião com vários senhores de terno escuro e me disseram que com minha idade e minha habilidade musical eu teria o disfarce perfeito para agir como espiã. Na Alemanha.

– Uma espiã na Alemanha – repeti, tentando fazer com que as palavras fizessem sentido. – Mas o que a senhora tinha que fazer nesse trabalho?

Nisso, Edith se calou. Ela limpou os lábios com o guardanapo, que colocou cuidadosamente sobre a mesa, com o que restava do sanduíche por cima. Ela virou-se para a janela, respirou fundo e depois expirou fortemente, como se estivesse tentando expulsar suas memórias.

– Você vai me levar ao médico amanhã? – perguntou.

– Claro que vou, Edith – respondi. – Duas da tarde. Eles já enviaram sua receita médica para a farmácia. Vou lá buscar os remédios da senhora hoje à tarde, no caminho para o centro.

Percebi que ela não queria mais falar sobre o passado, então não insisti. Acho que estava começando a entender como as coisas funcionavam com Edith. Ela abria uma porta por alguns momentos, mas depois, por alguma razão, decidia que estava na hora de fechá-la. Não adiantava eu tentar colocar um pé na porta para mantê-la aberta. Eu tinha que aceitar o seu ritmo.

Pouco tempo depois daquele dia, nós avançamos um pouco mais na relação. Charlie ligou para Edith numa manhã dizendo-lhe que o tempo estava horrível, então não poderia fazer as compras de supermercado para ela. Então Edith ligou para mim, chorando, desesperada, explicando o acontecido e falando que por isso ela acabaria morrendo de inanição, sem comida nenhuma em casa.

Até me surpreendo que Edith nunca tenha sido atriz, porque ela parecia ter um talento incrível para dramatizações. Fui até lá e mostrei a ela que ainda havia comida suficiente. Aparentemente ela gostava de comidas congeladas, ou pelo menos o Charlie pensava que ela gostava. De qualquer forma, me ofereci para fazer as compras dela naquele dia. Não gastaria mais do que vinte minutos do meu tempo e faria uma grande diferença para ela.

Acho que umas duas semanas depois, ao passar na casa de Edith depois do expediente, estávamos sentados conversando quando soou o alarme do timer da cozinha.

– Ah, é o meu jantar – disse ela, e me ofereci para ir tirar a comida do forno.

Ao me apoiar no fogão para abrir a porta do forno, quase me queimei feio. Era um daqueles fogões dos anos 1950, sem isolamento térmico, que ficam tão quentes do lado de fora quanto do lado de dentro. Na hora pensei que um dia desses Edith, com a pele tão fina quanto um lenço de papel e andando com o mesmo equilíbrio de um pinguim perneta, ia acabar tropeçando, caindo e se queimando naquele fogão.

E foi assim que passei a fazer o jantar para ela todas as noites.

Não dava muito trabalho para mim. Eu tinha criado um sistema perfeito. Colocava a comida congelada no forno, ia até o mercado fazer as compras dela, voltava rapidinho, guardava as coisas na despensa ou na geladeira, e aí o jantar já estava pronto. Em outras noites, eu ia para o trailer da obra trabalhar um pouco, ou então ficava na casa de Edith batendo papo.

Ela acreditava que era necessário preaquecer o forno por trinta minutos antes de esquentar qualquer coisa, do contrário nada cozinharia direito. Edith me obrigava a usar o timer para marcar esse tempo e me dava a maior bronca se eu colocasse a comida no forno antes de o alarme tocar. Mas, às vezes, se não tivesse esse tempo para esperar, eu simplesmente adiantava o cronômetro, ela pensava que o forno já estava preaquecido da forma que ela achava ideal e eu podia colocar a comida mais cedo sem problemas. Quando se trata de cuidar de uma pessoa idosa, estas são as pequenas coisas que ou o enlouquecem ou você simplesmente aceita. Eu decidi aceitar.

Até tentei sugerir que ela comprasse um forno de micro-ondas, mas ela nem quis me ouvir.

– Essa casa não sustenta um micro-ondas – argumentou. – Ela tem 100 anos, e a fiação elétrica não vai dar conta dessas coisas modernas. Além disso, os alimentos não ficam totalmente quentes quando você os esquenta no micro-ondas. Ficam frios no meio.

Então, em vez de continuar tentando convencê-la, o que nunca consegui de maneira nenhuma, simplesmente continuei indo lá para esquentar a comida dela no forno. Era fácil e até reconfortante. Para nós dois, para dizer a verdade. Porque nas noites em que apenas ficávamos sentados conversando aguardando o jantar ficar pronto, Edith me contava mais histórias. Algumas eram extraordinárias.

Para se ter uma ideia, uma noite e notei uma fotografia interessante numa estante empoeirada da sala. Era Edith, usando óculos de aro de metal e segurando uma clarineta, lembrando muito o próprio Benny Goodman.

– Edith, com que idade a senhora começou a tocar clarineta? – perguntei.

– Bem, eu não era um grande talento. Meu primo Benny me deu uma de suas clarinetas velhas e foi por isso que comecei a estudar.

Foi a segunda vez que ela mencionou ser prima dele, e eu não sabia se acreditava ou não. Enquanto eu pensava nisso, fui olhar os inúmeros discos de vinil que ela tinha de Benny Goodman, e o que vi em um deles me surpreendeu. Havia um autógrafo com uma dedicatória dizendo: "Para minha prima Edith. Com amor, Benny".

Ora, quem diria? Agora eu não tinha como duvidar daquela história.

– Edith, quando foi que a senhora viu o seu primo Benny pela última vez? – perguntei.

– Bem, isso faz muito tempo. Ele morreu há vinte anos, sabe?, mas foi bem antes disso. Na época de Chicago.

Resolvi aproveitar aquela deixa.

– Quem mais a senhora encontrava na época de Chicago, Edith?

– Ah, aquela turma toda: Tommy Dorsey, Jimmy Dorsey, o grupo dos Lombardos, formado por Guy, Victor e Carmen. Guy era o líder da banda, mas acho que os irmãos eram mais talentosos. Nós viajávamos muito, então víamos os músicos em lugares diferentes. Maurice Chevalier vinha de Paris de vez em quando. Geralmente encontrávamos Guy em Nova York. Era o máximo passar o ano-novo com ele tocando. Tommy Dorsey era um amor de pessoa. Lembro quando ele ainda estava começando, precisando de dinheiro, e comprei um dos saxofones antigos dele. Não sei por quê. Afinal, o que eu iria fazer com um saxofone? Mas achei que deveria ajudá-lo.

Edith estava mexendo em alguma coisa no seu suéter, como se um botão se soltando ou algo descosturado fosse mais importante que o fato de um dia ela ter comprado um saxofone de Tommy Dorsey. Tentei fazer mais um monte de perguntas, mas, como de costume, ela encerrou o assunto logo depois de introduzi-lo.

Olhei de novo para o disco. "Para minha prima Edith. Com amor, Benny".

O alarme do timer tocou. Era como se dissesse "o seu tempo acabou".

6

Os DONOS DA IMOBILIÁRIA QUE FINANCIAVA A OBRA VINHAM sempre me perguntar sobre Edith. Nunca me pediram para marcar um encontro com ela, mas não conseguiam entender por que ela era tão apegada àquela casa. Realmente não acho que eles estivessem tentando tirar vantagem sobre ela. Eles viam apenas uma casa totalmente isolada num quarteirão, uma casa que já vira dias melhores, com uma escadaria velha que não era adequada a uma moradora idosa e com uma cozinha superantiquada, e pensavam: se ela aceitasse o dinheiro, poderia comprar uma casa mais de acordo e contratar alguém para cuidar dela, sua vida seria bem melhor. Eles sabiam que aquela visita ao hospital havia sido um desastre – isso ficou claro –, mas mesmo assim buscavam, cuidadosa e educadamente, mais uma chance de conversar com ela.

Então um dia conversei com Edith sobre Rick Gervais, um dos donos da imobiliária, que já tinha sido jogador do San Francisco 49ers, um time de futebol americano. Disse a ela que Rick era um cara muito legal – o que é verdade – e que eu iria junto se ela quisesse conversar com ele. Uma semana depois, aconteceu a reunião. Foi engraçado ver aquele ex-jogador de futebol imenso se espremendo numa cadeira naquela casa pequenininha. Era como se o gigante do pé de feijão tivesse descido para conversar com as pessoas do vilarejo. O encontro foi cordial – Edith até nos ofereceu chás e biscoitos amanteigados Walkers –, e Rick disse a ela que facilitaria tudo que fosse possível caso ela aceitasse fazer a venda. Explicou que levaria alguém para tirar fotografias da casa de modo a se basear nelas para que o novo lugar aonde ela fosse morar ficasse exatamente igual ao de antes. Ele mencionou o milhão de dólares novamente, com a maior naturalidade, como se alguém oferecesse essa quantia por uma casinha modesta todo dia. E não parou ali: além desse valor, eles comprariam uma casa nova onde ela poderia viver pelo resto da vida e só depois disso eles retomariam o imóvel. Edith nem piscou.

– Não sei para que eu precisaria de 1 milhão de dólares – disse ela. – Se eu adoecer, não vai dar para pagar as despesas do hospital e, se eu não ficar doente, não vou precisar de dinheiro nenhum. E se você vai fazer o lugar novo ficar igual a esse, bem, essa casa já é assim, então para que eu me mudaria?

Ela terminou a negociação ali. Enquanto Rick se despedia, no entanto, Edith admitiu que iria pensar no assunto, e acho que ela realmente começou a ponderar mais. Eu ainda não sabia dizer se a empresa estava propondo algo que seria bom para Edith ou se queria que aquilo fosse melhor para ela porque também seria para nós. Pensei muito nessa questão ao longo daquele ano.

Depois que Rick foi embora, Edith começou a arrumar seus bonequinhos de cerâmica que ficavam no parapeito da janela, como se eles tivessem se movido sozinhos na noite anterior. Estava calada e eu não sabia ao certo como ela estava se sentindo.

Comecei a conviver cada vez mais com Edith. Fazer o jantar dela, entregar o almoço, levá-la para o cabeleireiro e para as consultas médicas consumiam bastante tempo. Felizmente, minha mulher e nossos filhos davam o máximo de apoio que alguém poderia esperar de uma família. Evie foi maravilhosa. Ela nunca disse com todas as letras que tinha orgulho de mim por eu ajudar Edith, mas eu podia perceber, pelo modo de agir e pelas perguntas que me fazia, que em sua opinião eu estava fazendo a coisa certa. Ela valoriza as pessoas boas. Como Gail, que ainda visitava regularmente a senhora que havia sido sua babá tanto tempo atrás. Indivíduos como ela precisam ser respeitados.

Sinceramente, o tempo que eu passava com Edith não estava atrapalhando em nada a minha vida em família. Na maioria das vezes, depois do expediente, eu sabia que poderia fazer as compras e o jantar de Edith e ainda chegar em casa quase na mesma hora que eu chegaria se tivesse saído mais cedo e ficado preso no trânsito na hora do rush. E eu não poderia simplesmente parar de ajudar aquela pessoa de uma hora para outra. Não se eu quisesse colocar a cabeça no travesseiro e dormir tranquilo à noite.

E eu nunca conseguia esquecer o que Edith havia me contado. Ela já tinha decidido de que jeito queria viver o resto da vida e também como desejava morrer. Eu sempre pensava que não tinha por que ela não realizar sua vontade. Mas se ela precisasse de alguma ajuda para conseguir isso, então eu estaria à disposição.

Dias depois, eu estava almoçando com Edith e ela começou a falar de como um monte de repórteres ficava ligando, insistindo em entrevistá-la. Comentei que isso me deixaria maluco.

– Não me importo – disse ela. – Apenas digo para eles me deixarem em paz. Depois nem penso mais naquilo.

– Puxa – eu disse, e então brinquei, citando um famoso poema inglês –, você é um homem melhor que eu, Gunga Din.

Ao ouvir isso, ela me lançou aquele olhar maroto e distante e parou de comer. Levantou-se e recitou o poema completo:

Na Índia ensolarada, onde por um tempo vivi
Servindo Sua Majestade, a Rainha,

De todos os soldados de pele escura,
O melhor homem que já conheci
Foi o *bhisti* do regimento, Gunga Din!

Ela parou por um segundo para conferir a minha reação. Eu estava admirado por ela saber de cor todos aqueles versos. Acho que nem se me pagassem eu seria capaz de recitar dois versos de qualquer poesia. Realmente nunca consegui me concentrar em livros; leio uma página e já começo a pensar em tudo, menos nele. Mas lá estava Edith, como uma verdadeira oradora, gesticulando, contando a história com muita desenvoltura. No final, ela recitou os últimos versos com tanta emoção que pensei que ela fosse chorar:

Embora eu tenha lhe surrado e chicoteado,
Pelo Deus que a criou,
Você é um homem melhor do que eu, Gunga Din!

Esperei que Edith fosse ficar radiante de orgulho ao terminar, mas ela apenas curvou-se para fazer uma leve mesura, como se não tivesse feito nada de mais, e voltou a se sentar. Eu disse a ela que não tinha entendido a história direito e, como se fosse uma professora, ela me explicou tudo: que *bhisti* era um carregador de água para os soldados; quem era o autor do poema, o escritor inglês Rudyard Kipling; e qual era a guerra a que ele se referia. Ela me ensinou o significado de algumas das palavras estrangeiras nos versos. Eu estava adorando aquilo. Acho que eu não havia entendido aquele poema quando o ensinaram na escola – na verdade, eu não entendia praticamente nenhum deles –, mas agora, pela primeira vez, realmente senti vontade de aprender.

Algumas noites depois disso, eu estava zapeando na TV

quando vi Cary Grant gritando: "Din! Din!" E adivinhe só: era a adaptação de *Gunga Din* para o cinema. Uma grande coincidência. Acho que não teria parado para assistir àquele filme se não fosse por Edith. Graças a ela, consegui entender o que estava acontecendo nas cenas. Como eu poderia saber qualquer coisa sobre aqueles sargentos ingleses e seu carregador de água nativo se Edith não tivesse recitado o poema inteiro para mim? Mas agora tudo estava claro e eu podia compreender a honra, a glória e o sacrifício que estavam sendo retratados naquele filme. Talvez eu tenha compreendido um pouco melhor até a própria Edith.

Aquele se tornou um dos meus filmes favoritos. E não sei por que – como já mencionei, nunca tive o que se pode chamar de uma relação íntima com os livros –, mas, quando fui à casa de Edith depois daquilo, peguei emprestado o livro de Kipling e o levei para casa. Queria decorar o poema e recitá-lo para ela. Me empenhei, durante uma semana, a fazer isso aos poucos. Tentei também lembrar da entonação que ela tinha dado às palavras, pois sabia que se eu não fizesse isso direito ela iria me interromper e me corrigir, dizendo: "Não, não, você tem que colocar a ênfase *aqui*."

Não sei por que senti essa necessidade de impressioná-la. Talvez tenha sido porque ela havia me impressionado muito. Uma senhora de 85 anos, ainda completamente lúcida e afiadíssima. E tão cheia de emoção, de histórias... Eu queria que ela me contasse mais. Queria saber mais sobre ela.

E assim, sem perceber, fui me enredando cada vez mais na vida de Edith. Primeiro fazendo um pouco aqui e ali, depois me comprometendo cada vez mais de uma forma que não havia mais volta. E acho que não me dava conta na época de quanto eu estava intrigado. Nunca soube se ela fazia isso de propósito, mas Edith tinha um jeito de dar pequenas pistas, um pouquinho de informação de cada vez, apenas o suficiente para lhe despertar a curiosidade e fazê-lo querer saber mais. Mas quanto melhor eu a conhecia, mais comecei a perceber que ela fazia aquilo intencionalmente, sim. Nada, absolutamente nada, do que Edith fazia era por acaso.

Alguns dias depois, quando vim buscá-la em casa para ir ao médico, ela estava assistindo a um filme no videocassete. Era em preto e branco. Na tela, Mickey Rooney e Judy Garland dançavam e cantavam.

– Que filme a senhora está vendo?

– Ah, esse é o *Louco por saias*. Ali está o pequeno Mickey. Sabia que eu dei aulas para ele?

Duvido, pensei na hora, mas o que respondi foi:

– É mesmo?

– Sim, ele era bem mais novo, claro. Eu o ajudava com as coreografias. Ótimo rapaz, muito educado.

Achei melhor deixar o assunto para lá. Ainda estava cedo para sairmos, então me sentei e fiquei assistindo ao filme com ela. Em seguida, uma banda começou a tocar uma música que eu conhecia: "I Got Rhythm".

– É o Tommy – apontou Edith. – Tommy Dorsey.

– Sério? Aliás, Edith, a senhora ainda tem aquele saxofone que comprou dele?

– Não – respondeu, e agora voltei a duvidar dela, mas claro que não falei nada, e ela prosseguiu: – O combinado era que eu ficaria com o saxofone apenas por algum tempo, até ele conseguir dinheiro para me pagar e pegá-lo de volta. Não sei por que, mas acho que ambos acabamos esquecendo aquilo. Nunca mais devolvi o instrumento. Acabei vendendo há uns sete ou oito anos.

Não soube o que pensar. Será que ela colocou aquele filme só como desculpa para me contar aquelas histórias? Ou resolvera assistir apenas porque ficou com vontade? Ela relatava as coisas de um jeito que não parecia ser para me impressionar. E sempre mudava de assunto se você insistisse em saber mais. Será que ela estava inventando as histórias e tinha medo de ser pega em alguma mentira? Ou os acontecimentos de seu passado eram reais demais e lhe causavam muita emoção? Eu não tinha a menor ideia. Enfim, o filme estava acabando e era hora de ir ao médico.

Naquele dia, foi mais difícil do que de costume para Edith se aprontar e sair de casa. Como ela tinha artrite, pensei que talvez por isso ela estivesse se movimentando tão devagar. Além disso, ela tinha um cisto ganglionar grande no cotovelo, razão pela qual estava indo ao médico. Ouvi falar que o tratamento era doloroso; depois de drenar o cisto, o médico dá uma injeção de cortisona. Edith não me parecia o tipo de pessoa que tem medo de agulhas, mas tive a impressão de que ela estava protelando a nossa saída, distraindo-se e fazendo coisas na última hora enquanto eu tentava levá-la embora.

Quando finalmente chegamos à clínica, Edith ficou de péssimo humor. Eu tinha levado no carro uma cadeira de rodas que vi encostada em sua casa e sugeri que ela se sentasse no aparato para que eu a guiasse. Primeiro, ela se irritou comigo, dizendo que não precisava desse tipo de coisa – por acaso eu achava que ela era alguma aleijada? –, e em seguida ela começou a reclamar porque eu estava demorando muito para tirar a cadeira de rodas do carro.

Ao chegarmos à sala de espera, ela estava ainda mais impaciente. Não queria conversar comigo. Nem aceitou pegar uma revista para ler. Após apenas alguns minutos, ela disse, um pouco alto demais:

– Vamos embora. Não quero ficar aqui.

Tentei me manter calmo, achando que isso ajudaria a acalmá-la também. Argumentei:

– Edith, nós já estamos aqui mesmo, viemos de longe, vamos esperar mais um pouquinho e ver o médico.

– Minha consulta estava marcada para as onze horas! Já é bem mais tarde que isso. Se eles não conseguem cumprir seus compromissos, então eu também não. Vamos dar o fora daqui!

As recepcionistas da clínica não pareciam estar prestando atenção em Edith – provavelmente acostumadas a esse tipo de paciente –, mas todas as outras pessoas na sala de espera ficaram olhando.

– Edith, acalme-se, por favor – eu disse. – A senhora está fazendo um escândalo.

Acho que eu não deveria ter dito aquilo. Ela começou a gritar comigo, como nunca havia feito antes.

– Quem você pensa que é para me dizer o que eu tenho que fazer? Você não sabe nada de porcaria nenhuma, então cale essa boca e vamos embora!

Fiquei sem ação. Não tinha a menor ideia de como lidar com ela nesse estado. Felizmente, naquele exato momento, uma das recepcionistas apareceu bem ao nosso lado. Deviam estar nos escutando, sim.

– Sra. Macefield? – chamou ela, como se nada de mais estivesse acontecendo. – Pode vir comigo? O doutor vai atendê-la agora.

– Ah, muito obrigada, querida – disse Edith, num tom calmíssimo. – Você é muito gentil.

A jovem empurrou a cadeira de rodas até a sala do médico e fui andando atrás delas, totalmente atordoado.

Eu havia visto várias Ediths naquela manhã. A que ensinou dança para Mickey Rooney. Ou não. A que comprou o saxofone de Tommy Dorsey quando ele precisava de dinheiro. Ou não. A má, a ranzinza, a boazinha, a furiosa, a elegante. Fiquei pensando qual delas seria a verdadeira Edith. Em breve eu iria descobrir: todas elas.

7

Edith vinha me deixando preocupado ultimamente. Parecia que não estava comendo nada no café da manhã, a não ser que eu fosse lá por algum motivo. E tinha emagrecido. Talvez tenha sido por nervosismo da minha parte, mas, de qualquer forma, eu me ofereci para fazer as refeições matinais dela. Sou bom na cozinha, todos costumam gostar do que eu preparo.

Mas satisfazer a todos e satisfazer a Edith são duas coisas bem diferentes.

Edith sempre comia a mesma coisa no café da manhã, algo que ela chamava de torrada encharcada e que tinha uma forma de preparo bastante singular. Primeiro colocava o pão na torradeira. Depois, fervia água enquanto fritava um ovo. Entornava a água fervente em cima do pão meio torrado e depois o pressionava com uma espátula, para tirar o excesso. Então passava manteiga e em seguida colocava o ovo em cima.

Quando me ofereci para fazer o desjejum dela, Edith me ignorou, mas continuei insistindo até que ela riu e desdenhou:

– Duvido que consiga fazer minha torrada encharcada.

Convenci Edith a me deixar ao menos tentar. Na primeira vez em que fiz a torrada, ela apenas olhou e disse:

– Hum, nem sei bem o que é isso.

Na segunda tentativa:

– Não, não é bem assim.

Mais um pouco e finalmente consegui fazer a torrada do jeito que ela gostava.

Então, agora eu vinha na casa dela todas as manhãs para fazer a torrada e em pouco tempo também almoçaria aqui diariamente. Quando estava mais ocupado no trabalho, pedia que algum dos operários comprasse o almoço dela – Edith já estava viciada no Big Tasty e no milk-shake de baunilha –, mas ela era muito rabugenta com eles. Havia dois rapazes que trabalhavam na obra, o Eddie Grande e o Ed Pequeno, e na vez que mandei o Ed Pequeno vir aqui, parece que Edith o insultou e o colocou para fora, dizendo: "Diga ao Barry para não ficar mais mandando o lacaio dele aqui para casa, seu fedelho!" Então o Ed Pequeno ficou realmente com medo de voltar. Às vezes o Eddie Grande se oferecia para vir, mas na maioria das vezes eu mesmo vinha. Era mais fácil assim.

E, para falar a verdade, era mais divertido também. Edith sempre tinha opiniões sobre tudo. Foi nessa época que Obama lançou sua candidatura a presidente. Ela não tinha nada em particular contra ele, apenas achava que ele não tinha idade ou experiência suficientes. Mas gostava mais dele do que da maioria dos outros candidatos. Para fazer Edith falar sem parar sobre política, bastava mencionar o nome de John McCain. Ela achava que, se ele fosse eleito presidente, nós acabaríamos entrando em guerra com o mundo todo.

Além disso, Edith considerava Sarah Palin uma piada como candidata a vice. "Essa mulher está lá apenas para aparecer", Edith comentou, fazendo um gesto de desprezo com a mão. "Foi escolhida para chamar atenção. Como está sempre dando opiniões polêmicas, eles acham que isso vai atrair os votos femininos. Como se a gente fosse idiota para cair nessa."

Às vezes, ela criticava os políticos em geral. "São um bando de idiotas", dizia. "Felizmente, isso não importa, porque o presidente é apenas uma figura simbólica, uma pessoa encarregada de contratar as pessoas inteligentes que realmente fazem as coisas acontecerem."

Ela era contra a guerra no Iraque também. Certamente sabia bem mais do que eu sobre como e por que os Estados Unidos se envolveram naquilo. De fato, eu não conhecia ninguém mais bem informado sobre isso – e sobre tudo – do que ela. Engraçado, mas, para uma pessoa que mal saía de casa, ela estava bem a par do que acontecia no mundo. Eu não conhecia outra pessoa que soubesse tanto sobre tantos assuntos diferentes.

Um dia, estávamos assistindo a um programa no canal PBS sobre os Três Tenores. Jamais teria assistido àquilo por conta própria, mas Edith acabou despertando o meu interesse com seus comentários. Primeiro me contou que havia poucos tenores verdadeiramente bons no mundo e que esses três eram considerados os melhores. Enquanto eles cantavam, ela me mostrava quando eles estavam realmente atingindo as notas perfeitamente e quando falhavam um pouco, e também me explicava as músicas. Foi fascinante. Mais do que isso, é incrível o fato de eu ter ficado maravilhado com algo para o qual eu não dava a mínima antes de ter me sentado ali com Edith. Claro, eu estava até meio que esperando ela me dizer que Pavarotti era primo do primeiro marido dela ou algo do tipo, mas isso não aconteceu. Pelo menos não até aquele momento.

Quando o programa acabou, perguntei a ela se gostava de alguma música menos erudita. Mal acreditei quando ela mencionou Roy Orbison. Mas depois, pensando melhor, fez sentido para mim – ele tem alguma coisa a ver com ópera. No dia seguinte, levei um CD do Roy Orbison e escutamos juntos. Além disso, mostrei umas músicas de Van Morrison, mas Edith não gostou nem um pouco. "Não há direção alguma nessa música", ela esnobou.

Mais tarde, Edith estava mexendo nuns papéis em uma caixa e então pegou uma foto e me mostrou: "Esta é a minha mãe. Acho que nunca lhe mostrei uma fotografia dela."

Olhei para a foto. Embora aparentemente tivesse sido tirada

há uns trinta anos ou mais, reconheci Edith de imediato. Ela estava sentada numa mesa de frente para uma mulher de aparência severa, mas talvez isso se devesse à típica expressão de pessoas daquela geração diante de uma câmera. Havia algumas tendas atrás delas na foto.

O relacionamento das duas sempre me pareceu esquisito. Edith era totalmente dedicada à mãe – havia largado tudo na Inglaterra para voltar e tomar conta dela –, mas, mesmo assim, algumas histórias que ouvi eram muito estranhas. Uma vez, Edith me contou que sua mãe tinha ficado tão furiosa com ela que a arrastou pelo chão segurando-a pelos cabelos. Eu tinha a impressão de que Edith sempre fizera tudo para agradar à mãe mas quase nunca isso havia surtido o efeito desejado.

– Onde vocês estavam nessa foto, Edith?

– No chalé que tínhamos nas montanhas – respondeu ela. – Minha mãe adorava aquela casinha. Mas essa foto é de antes da construção do chalé.

Edith já havia mencionado isso. Ela e a mãe tinham um terreno perto do rio Stillaguamish, cerca de uma hora ao norte de Ballard. Não havia muita pesca naquela região, mas de qualquer forma elas não eram muito de pescar, pelo que entendi. Começaram a ir lá mais para fazer piqueniques e plantar árvores frutíferas. Um dia elas mandaram construir um chalé de um cômodo na propriedade.

– Passávamos muito tempo lá – Edith me contava agora. – Minha mãe gostava de se sentar e olhar para o rio. Eu gostava de escrever. Instalei uma caixa de correio bem grande, para caberem todas as cartas de rejeição das revistas para as quais eu mandava minhas histórias – disse ela sorrindo.

Olhei de novo para a foto e achei que a mãe dela afinal não era tão sisuda assim. Engraçado como é possível olhar para a mesma fotografia duas vezes e ver duas coisas totalmente diferentes.

– A senhora foi muito generosa por ter voltado aos Estados Unidos para tomar conta da sua mãe – eu disse, devolvendo a foto para ela.

Edith pegou a fotografia, colocou-a de volta na caixa e me encarou sem demonstrar emoção alguma. E disse:

– Claro que vim cuidar dela. O que mais eu poderia fazer?

Havia passado pouco mais de um ano desde que iniciamos a obra. O projeto tinha entrado numa rotina bem regular. Os homens que trabalhavam para mim sabiam o que estavam fazendo, então não era difícil começar o dia com uma reunião, determinar o plano para as horas seguintes e depois deixá-los à vontade para fazerem o trabalho deles. A equipe era bastante eficiente e assim eu me sentia menos culpado por passar tanto tempo na casa de Edith.

Uma tarde, quando vim ver como ela estava, peguei-a assistindo ao filme *Lawrence da Arábia* na TV. Me sentei e comecei a assistir também. Então ela me contou:

– Sabe, eu morei um tempo na África, num oásis não muito longe de onde se passa essa história.

Ela soltou essa informação no ar. Tentei descobrir mais sobre isso, mas ela não respondeu minhas perguntas. Mais tarde, começou a passar na TV um programa antigo de Lawrence Welk. De repente, ela apontou para a tela, quando mostravam a banda de acompanhamento do programa tocando.

– Olhe lá, acho que é o meu tio Eddy! – disse ela.

Segundos depois, a câmera voltou a enquadrar a banda.

– É meu tio Eddy, sim, tocando o trompete!

Ela vibrou com sua descoberta. Novamente, perguntei mais sobre isso, mas ela simplesmente fingiu não me escutar. E era assim que se descobria que Edith tinha um tio que tocava na banda de Lawrence Welk ou que ela tinha morado num oásis na África – se é que aquelas coisas eram mesmo verdade. A informação vinha à tona de repente, para em seguida submergir de novo.

Estas foram as pequenas coisas que começaram a formar o nosso relacionamento: televisão, música e pequenos fragmentos de seu passado. E livros, claro. Ela adorava falar disso, embora esse assunto fosse o mais difícil para mim. Um dia, enquanto estávamos esperando o jantar dela ficar pronto, Edith começou a me explicar *Moby Dick* – enquanto eu me sentia um colegial. Ela descreveu a história como sendo uma espécie de metáfora; algumas pessoas a consideravam a representação da procura do homem por Deus, mas ela achava que era a da luta do homem contra o que ele acreditava ser o mal. E eu pensei, "nossa, isso é bem diferente do livro que li na escola".

Ou, para ser sincero, do livro que *tentaram* me fazer ler na escola. Eu certamente não consegui terminá-lo. Para mim, ler o livro inteiro teria sido mais difícil que pescar aquela baleia.

Uma noite, reparei que havia um livro sobre Hitler na estante de Edith e perguntei se ela o havia lido.

– Claro que li todos esses livros – ela respondeu rispidamente. – Por que eu teria um livro se não fosse ler?

Arrisquei fazer uma pergunta, sabendo muito bem que ela poderia explodir como uma granada na minha cara.

– Então, Edith, a senhora realmente espionou os nazistas?

Para minha surpresa, dessa vez ela nem se abalou. E começou a me contar uma história incrível.

Ela me disse que havia encontrado Hitler. Várias vezes.

Hitler estava contratando cantores e artistas para se apresentarem em grandes festas na época em que Edith chegou à Alemanha. Ela estava fingindo ser uma estudante de música e, como tocava bem clarineta, acabou conseguindo se candidatar.

Em uma das festas, Hitler levou um menininho loiro até ela. O ditador nunca chegou a dizer isso, mas Edith suspeitava de que fosse o filho dele. Mais tarde, Hitler pediu a ela que tomasse conta do garoto.

Fiquei estupefato:

– Então, o que aconteceu? A senhora aceitou o pedido? O que aconteceu com o menino? – perguntei.

– Ah, você sabe como são essas coisas – disse ela.

Mas não, eu com certeza não sabia. E achei que não iria descobrir ainda naquela tarde.

Era até estranho que não houvesse sinal de escola anunciando o início do horário de aula quando eu entrava na casa de Edith; ela agia como uma professora comigo. Não importava a tarefa que eu tivesse que executar, ela sempre a apresentava como uma habilidade que eu precisava aprender a dominar. Por exemplo, ela chegou a um ponto em que não conseguia mais manusear a tesoura para cortar o excesso de massa na base descartável da dentadura que usava, então me ofereci para fazer isso por ela. Imediatamente Edith adotou o papel de professora, como se ela fosse o mestre Yoda e eu estivesse tentando cortar o plástico usando a Força.

Não era nada tão complicado assim, e um sujeito como eu, encarregado de construir um shopping center, deveria ser capaz de ajustar uma massinha na dentadura sem problemas. Então fui logo aparando. Mas ao mostrar o resultado a Edith, ela disse:

– Ah, não, está tudo errado. Pelo amor de Deus, será que você não consegue fazer nada direito?

Falei a Edith que iria tentar de novo, enquanto imaginava ela dizendo, como Yoda: "Faça ou não faça. Tentativa não há."

Então, na segunda vez, foi: "Não, está torto", na terceira,

"Bem, agora está um pouco melhor", e, finalmente, "Ah, agora está perfeito. Nossa, dessa vez você fez melhor do que eu". De uma hora para outra eu me tornei um especialista em dentaduras e, ainda por cima, me senti o máximo porque havia agradado à professora.

Como eu dissera, Edith sempre sabia exatamente o que estava fazendo.

Foi nessa época que o shopping realmente começou a tomar forma. A fundação já estava pronta e dava para ver os vergalhões que saíam do chão. Agora estávamos colocando concreto em volta dos vergalhões e o que se via parecia mais um monte de pentes atravessados uns nos outros. Para colocar a base do primeiro andar apoiada nessas colunas de concreto – o chão em si é uma laje de concreto –, todo cuidado é pouco. Um leigo vai achar que o concreto é algo inflexível, mas na verdade é bem maleável: move-se e curva-se. Para se construir um prédio que não caia é preciso impor tensão dinâmica na laje. Então, no que será o chão, primeiro colocamos madeira compensada além de uns vergalhões e uns cabos azuis longos em posição horizontal. Ao derramar o concreto sobre esse "chão", os cabos e vergalhões ficam submersos, mas os cabos azuis ficam com as pontas para fora, de onde podem ser puxados por uma máquina especial que coloca a tensão adequada neles. Enfim, tudo isso dá ao concreto a força para se manter firme, sem rachar ou cair. E então já temos um andar construído. Daí você ergue colunas de 3 metros de altura e começa de novo o processo para construir o segundo andar.

As paredes são feitas separadamente, primeiro com a instalação de formas reforçadas com vergalhões. Depois entorna-se o concreto ali. Quando o concreto endurece, arrancamos as formas e pronto, lá estão as paredes. Tudo é uma questão de força. Nada fica de pé sozinho, mas com a estrutura, a forma e o reforço corretos, o prédio vai suportar todo tipo de impacto sem se mover um milímetro. Não muito diferente de Edith, por sinal.

Foi mais ou menos nessa época que recebi o primeiro telefonema dos assistentes sociais que cuidavam do caso de Edith. Ela já havia me contado que eles vinham de vez em quando e faziam perguntas como "Que dia é hoje?" ou "Quem é o presidente dos Estados Unidos?". Ela até se divertia com aquilo, quando não ficava totalmente furiosa. Acho que Edith havia lhes contado que eu estava sempre por perto me certificando de que ela passava bem, porque os assistentes sociais acabaram me ligando e, depois de algumas amenidades, foram direto ao ponto: disseram que a achavam incapaz de morar sozinha naquela casa. E perguntaram se eu poderia convencê-la a se mudar para uma casa de repouso.

Claramente, eles não conheciam Edith muito bem. Nem a mim.

Argumentaram que era um perigo ela morar sozinha – e se algo acontecesse? Comentei que, bem, algo poderia acontecer em qualquer lugar. E eu estava a apenas trinta segundos de distância, sempre checando se ela precisava de alguma coisa. Daí eles rebateram:

– Então, se algo de ruim acontecer, você será o responsável.

Senti o sangue ferver, de um jeito inédito para mim. Pela primeira vez realmente entendi o que Edith estava tentando me ensinar. Porque, quando respondi, pareci mais ela falando do que eu mesmo.

– E por que é que eu seria o responsável? – questionei, com a voz um tanto alta demais. – Eu vou lá todo dia para ver se está tudo bem, mas Edith é uma mulher adulta e pode tomar as próprias decisões. Ela tem 85 anos e é perfeitamente capaz de discernir o que pode e o que não pode fazer. Se ela decidiu que prefere assumir esse risco, e isso significa continuar morando nessa casa, então ela tem todo direito. As pessoas têm direitos, sabia?

Fiquei até supreso comigo mesmo ao falar tudo aquilo. E foi como tocar um sino. Uma vez que se começa, não tem como voltar atrás.

Uma das consequências disso tomou forma rapidamente. Edith recebeu a visita de um advogado – imagino que designado pelos assistentes sociais – que lhe aconselhou a assinar uma procuração designando plenos poderes para alguém caso algo acontecesse com ela. Edith simplesmente se virou para mim e disse:

– Bem, acho que vai ser você mesmo.

Surpreso, perguntei:

– Como é que é?

E ela confirmou:

– Meu procurador.

Algumas semanas depois, tive que levar Edith ao hospital. Não quero entrar em detalhes, mas digamos que ela estava com problemas em seu encanamento interno. Depois da internação, ela teve que voltar à clínica de reabilitação por algum tempo, e os funcionários de lá quiseram saber quem tinha procuração para agir em nome dela. Quando lhes contei o que Edith me dissera, eles se ofereceram para me ajudar a providenciar a papelada. Poucos dias depois, Charlie foi visitá-la, e, por acaso, eu estava lá também. Quando a funcionária da clínica apareceu e me perguntou como estava o andamento da procuração, Charlie pareceu ficar bastante perturbado.

– Que tipo de procuração você está querendo? – Charlie me perguntou, num tom agressivo.

– Não estou querendo nada – respondi, rispidamente.

Eu já estava ficando farto daquele cara, para dizer a verdade. Já fazia tempo que ele não aparecia, mas agora estava todo interessado nos detalhes da situação legal de Edith.

Foi só quando Edith voltou do hospital que comecei a juntar todas as peças. Agora que eu já dera entrada na procuração, ela começou a me dar umas pastas cheias de papéis. Uma delas tinha o seu testamento, e quase caí para trás quando o li.

O testamento dizia que, se Edith fosse declarada incapaz, então Charlie iria se responsabilizar pelos bens dela.

Isso me fez suspeitar bastante das intenções de Charlie. Comecei a entender por que ele havia ficado tão furioso com Edith por ela não ter aceitado o milhão de dólares para sair da casa - dinheiro que poderia facilmente cair bem no colo dele, se alguém decidisse que Edith não podia tomar as próprias decisões.

Nunca dá para estar totalmente certo sobre nada, mas havia uma coisa da qual eu tinha certeza: Edith iria permanecer naquela casa. E eu faria de tudo para ajudá-la.

Portanto, de certa forma, aqueles assistentes sociais estavam certos. Eu decidi me tornar responsável por ela.

8

À MEDIDA QUE OS DIAS FICAVAM MAIS CURTOS NAQUELE OUTONO, eu já não tinha mais como negar que Edith havia se tornado parte da minha vida. Eu não passava os fins de semana com ela, mas, de segunda a sexta, quando saía da obra, era para vir para cá, e eu ficava desde o sol nascer até de noite, preparando todas as refeições dela, ajudando-a no pagamento das contas da casa, aparando a grama e executando outras tarefas como fazer compras de supermercado e lavar roupas. Além disso, eu também me sentava na sala para bater papo e assistir à TV com ela. A televisão estava sempre ligada – na minha casa nunca foi assim, mas fiquei tão acostumado que, quando chegava e o aparelho estava desligado, eu estranhava.

Edith agora se limitava a usar apenas o andar térreo da casa. Desde a primeira vez que caiu, ela parou de subir a escada. Coloquei uma cadeira higiênica ao lado do sofá. Às vezes, quando eu estava no trailer da obra, Edith me ligava dizendo: "Deixei um presentinho para você", meio que segurando o riso. Eu caminhava os 29 passos até a casa dela – contei uma vez só de brincadeira, e o número não saiu mais da minha cabeça –, chegava lá e limpava o penico que ficava sob a cadeira.

Foi impressionante como minha esposa Evie se adaptou bem a tudo isso. O marido fora de casa no horário do trabalho é uma coisa; mas depois do expediente, para tomar conta de uma pessoa que nem é da família, e que a esposa viu no máximo duas vezes, bem, só mesmo uma mulher especial como Evie para entender. Mas claro que ocasionalmente ela ficava irritada.

Nas poucas vezes que cheguei em casa antes de anoitecer, Edith ligava para mim com um problema, alegando algo que me fizesse voltar a Ballard. Era só ela dizer que havia alguma coisa que eu precisava limpar imediatamente, que eu teria me esquecido de deixar água para ela ao lado do sofá – sempre tive certeza de que não fora bem isso, mas sim que ela havia usado todas as suas forças para derramar o jarro de água na pia da cozinha para me fazer voltar – ou qualquer eventualidade que o bobão aqui entrava na picape e dirigia 45 minutos até a casa dela. Então, quando tínhamos planejado encontrar amigos ou sair com nossos filhos e eu tinha que voltar para a casa da Edith, bem, isso deixava Evie furiosa.

Eu sempre conseguia perceber quando ela perdia um pouco a paciência. Meu celular tocava – o toque para as ligações de Edith era diferente – e Evie dizia: "Ah, meu Deus, lá vamos nós outra vez." Porque isso acontecia com frequência. Às vezes já estávamos sentados à mesa de jantar e o telefone tocava, então Evie concluía: "Talvez fosse melhor você jantar lá mesmo." Era compreensível que ela ficasse um pouco irritada. Quando uma pessoa tem dois filhos adolescentes e se vê sozinha em casa acaba ficando sobrecarregada. Meus filhos são ótimos, mas todos os pais sabem que essa fase é complicada, mesmo com os mais bem comportados.

Entretanto, sempre que eu perguntava se Evie estava chateada por eu passar tanto tempo com Edith, tudo o que ela dizia era que estava orgulhosa de mim. "Só uma pessoa muito especial faria o que você está fazendo", ela me falou uma noite. Evie sabia como era cuidar de uma pessoa idosa debilitada. Foi ela quem cuidou da mãe, que havia morrido há pouco tempo, e também do pai, anos antes. Quando Evie me disse isso, me lembrei também da minha própria mãe, que cuidou de um arquiteto que havia trabalhado com meu pai. O homem ficou velho e a esposa não conseguia cuidar dele sozinha. Depois que o arquiteto morreu, a mulher ficou seriamente doente, e minha mãe passou a cuidar dela também. Antes eu pensava que tudo que eu fazia era por influência do meu pai. Agora, parece que cuidar de amigos idosos tinha se tornado, sim, uma tradição familiar, mas passada pelas mulheres.

– É muito bom que você esteja fazendo isso – disse Evie. – Não é qualquer um que faz esse tipo de coisa, sabe?

– Nós fazemos – falei, e ela entendeu o que eu quis dizer.

Um ano e meio se passou desde que conheci Edith. Finalmente concluímos o processo da procuração e a primeira coisa que ela quis fazer foi mudar o testamento. Ela me disse que estava ansiosa para fazê-lo porque Charlie ainda constava como herdeiro, e enfatizou – com vários xingamentos associados ao nome dele – que queria desfazer isso.

Ela pretendia deixar todos os bens para mim.

Fiquei totalmente surpreso com aquilo. Foi tocante, mas também constrangedor. Em primeiro lugar, não acho que eu merecesse. Além disso, já havia muita gente pensando que eu só cuidava de Edith por algum interesse, sem que eu tivesse dado qualquer motivo para isso. Imagine se soubessem que ela me colocaria no testamento.

Mas era isso que ela queria, portanto eu disse que tudo bem, entraria em contato com o advogado para iniciar o processo. Para falar a verdade, protelei o máximo que pude. Achei que talvez a raiva que ela sentia de Charlie fosse passar, então dei um tempo para ver se iria mudar de ideia. A última coisa que eu queria era que as pessoas pensassem que eu estava interessado no dinheiro da Edith, então não me animei muito com o fato de colocar meu próprio nome no testamento dela. Assim, achei melhor dar tempo ao tempo.

Eu conseguia passar os fins de semana praticamente inteiros com a minha família, mas isso estava ficando cada vez mais difícil de acontecer. Eu contava com um pequeno batalhão de ajudantes que vinham ver como Edith estava: Mike, do Mike's Chili, o restaurante da esquina; Gail, amiga dela, que vinha visitá-la com frequência; e mais uma ou duas pessoas. Eu tinha os telefones deles todos no meu celular e, quando necessário, ligava para eles pedindo que levassem algo para ela comer ou fossem ver como ela estava, e me avisassem. Charlie ainda a visitava esporadicamente, embora cada vez menos. Às vezes ele ficava meses sem dar sinal de vida.

Edith ainda era mais capaz de cuidar de si própria do que eu imaginava. Mas eu ainda estava aprendendo. Estava aprendendo, à medida que os dias iam ficando mais curtos, que nós tomamos conta de pessoas idosas muito mais para nos sentirmos menos culpados ou para facilitar as coisas para nós mesmos. Nem sempre escutamos o que elas tentam nos dizer. Aprendi isso ao longo de todas as vezes que Edith empurrava minha mão, rejeitando minhas tentativas de ajudá-la a limpar comida do rosto ou a amarrar um cadarço.

Uma noite, quando eu havia esquentado macarrão com queijo para o jantar, percebi que ela estava com muita dificuldade para comer. A artrite de Edith tinha piorado tanto que ela mal conseguia fazer a rotação do pulso, então, quando levava um garfo à boca, a comida caía. A maior parte do que estava no prato acabou no colo dela. Eu achei que seria mais fácil se eu a ajudasse, então estendi a mão para pegar o garfo, mas Edith deu um tapa na minha mão, com a maior força que pôde (e bateu surpreendentemente forte, considerando-se as dificuldades dela). "Eu posso fazer isso sozinha!", gritou.

Foi preciso que isso acontecesse algumas vezes para eu aprender que é a mesma coisa que a gente faz com uma criança. Você tenta ajudá-la, não para o bem dela, porém, mais para a sua própria conveniência, de modo a terminar as coisas mais depressa. Mas ao perceber que não está fazendo aquilo em benefício dela, você para. Se conseguir respirar fundo, afastar-se um pouco e dizer: "Tá bom, faça isso sozinha, então, não vou impedi-la", poderá tornar algumas tarefas do dia mais demoradas, mas vai acabar ajudando vocês a atingirem uma harmonia maior. E também permitirá que a pessoa que está sendo cuidada mantenha um pouco mais de dignidade.

É muito difícil abrir mão da própria dignidade, especialmente para alguém como Edith, que aparentemente viveu uma vida às vezes glamourosa, outras perigosa, mas sempre eletrizante. Então imagino que seja complicado quando chega o ponto em que você tem que usar uma cadeira higiênica como banheiro e precisa de outra pessoa para limpar suas necessidades.

Edith enfrentava aquilo da melhor forma que se poderia esperar. Um dia ela me pediu ajuda para tomar banho e, pela expressão no meu rosto, percebeu que eu estava muito envergonhado em fazer aquilo. Mas ela simplesmente falou:

– Querido, se você nunca viu um par de peitos até hoje é porque a coisa está bastante feia, e se essas coisas caídas aqui lhe deixarem excitado é porque tem algo muito errado com você. Então vamos logo com isso.

Aos poucos, fui aprendendo quais eram os meus limites. Na vez seguinte que vi Edith tendo dificuldade de levar seu macarrão com queijo à boca, não falei nada. Ela comia bastante – mais até do que eu –, mas agora, antes de a comida acabar, ficava exausta com o esforço para conseguir manusear o garfo, então continuava com fome. Fiquei observando para ver quando ela chegaria nesse ponto e então perguntei, educadamente:

– A senhora gostaria que eu lhe ajudasse nesse finalzinho?

Esperei que ela fosse explodir comigo, mas isso não aconteceu. Ela apenas disse:

– Sim, obrigada, Barry, seria ótimo se você me ajudasse.

Refleti bastante sobre a diferença entre nossos dois incidentes com o macarrão e minha conclusão foi que na primeira vez eu tentei tirar dela o controle da situação, enquanto na segunda eu a deixei no controle. Foi dela a decisão de me deixar ajudá-la. Sempre demorei a aprender as coisas, mas acho que de uma vez por todas eu estava entendendo como tudo funcionava com ela.

Apesar do alívio de chegar a um ponto em que Edith e eu estávamos compreendendo um ao outro – ou compreendendo melhor –, sua saúde estava se deteriorando, pois ela vinha sentindo muita dor e dificuldade para dormir. Parecia que eu não ajudava em nada. Levei-a a vários médicos durante o outono para tentarmos descobrir a causa daquelas dores. Acho que no fundo Edith não queria saber, porque eu marcava todos aqueles exames de raio X e ressonância magnética e, quando faltavam apenas quinze minutos para nós sairmos de casa, ela já toda vestida e pronta dizia de repente:

– Mudei de ideia. Não quero ir. Esses médicos não sabem o que estão fazendo, não vai adiantar nada. Será perda de tempo.

Às vezes, se fosse algo muito importante, eu argumentava para convencê-la a ir. Mas eu já tinha aprendido muito sobre a diferença entre fazer as coisas para não me sentir culpado e fazer as coisas para melhorar a vida da pessoa que você quer ajudar. Ela era adulta e ainda capaz de tomar as próprias decisões. Se eu afirmava que Charlie estava errado ao declará-la incapaz, então tinha que ser coerente e dar a Edith a oportunidade de agir como quisesse, mesmo que depois outras pessoas criticassem sua postura. Edith podia não ter mais condições de tomar seu banho sem ajuda, mas ela podia pelo menos pensar e decidir por si mesma.

Não jantei com Edith nenhuma vez naquele outono. Dessa forma eu preservava um pedacinho da minha vida particular. Mesmo que fosse bem tarde, eu ia para casa e jantava com minha esposa e meus filhos, após garantir que Edith estava pronta para se recolher e deitar no sofá-cama. Era legal que eles sempre esperassem por mim. Eu ligava para Evie quando estava saindo e depois quando estava prestes a chegar em casa, para ela conseguir saber a hora exata de fazer e servir o jantar.

Gostávamos muito de comer peixe ou filé mignon comprado no mercado Costco, além de verduras e legumes frescos. Era muito importante que sempre que possível nós comêssemos bem e em família, para conversarmos sobre como havia sido o dia de cada um. Willy não procurava saber muito sobre Edith, mas Kelsey sempre perguntava a respeito. Nessa época, Willy estava ocupado demais com seu projeto final do último ano no ensino médio. Ele queria ser arquiteto, então resolveu projetar e construir uma pequena treliça. Eu agi como se fosse o engenheiro construtor do projeto e o tratei como meu arquiteto; disse que precisava de uma planta desenhada por ele, com perspectivas de cima e lateral, e depois o ajudei a construir o aparato.

Kelsey estava começando na faculdade comunitária e tinha dificuldades com matemática; eu a aconselhava a procurar professores particulares e outros serviços que a universidade colocava à disposição dos alunos. Ela resistiu por algum tempo, mas depois seguiu meus conselhos e isso a ajudou.

No entanto, para chegar em casa a tempo de jantar com minha família, eu tinha que executar uma rotina bastante elaborada. Depois de terminar meu expediente, eu ia para a casa de Edith fazer o jantar dela. Aquelas comidas congeladas de supermercado que Charlie comprava para ela não eram saudáveis para se comer todos os dias, então tentei tornar as refeições dela mais interessantes e nutritivas – preparando, por exemplo, peixe fresco e legumes, como eu costumava comer em casa.

Enquanto ela jantava, eu lavava a louça. Quando percebia que estava ficando cansada de manusear o garfo sozinha, eu – pedindo permissão antes – a ajudava dando sua comida na boca. Depois disso, íamos arrumar a mesinha junto ao sofá, onde ela passava o resto da noite.

Tudo tinha que estar em seu devido lugar. A caixa de lenços de papel ficava numa ponta – eu tinha que me certificar de que havia papel suficiente na caixa, do contrário ela me daria uma bronca depois. Ao lado dela eu colocava um copo d'água. Embaixo da mesa, garrafas de água com gelo, para que ela tivesse água gelada a noite toda. Eu precisava arrumá-las numa posição exata para que Edith conseguisse alcançá-las sem derramar nada. E a cadeira higiênica ficava ao lado da mesa e do sofá, de forma que Edith pudesse se deslocar, se apoiar e se sentar sem muita dificuldade. Também era preciso colocar papel higiênico na mesinha. E junto ao copo d'água eu deixava as pílulas para ela dormir.

Edith me contou que vinha acordando exatamente a cada duas horas; eu colocava o número de comprimidos suficiente para apenas uma noite. Essa foi uma das discussões que não aceitei que ela vencesse. Se eu deixasse todos os comprimidos na mesinha, ela poderia esquecer quanto já havia tomado e exagerar na dose. Ou então tentar abrir a tampa e acabar derramando as 150 pílulas no chão. Então desta vez eu tive que fazer prevalecer a segurança dela sobre sua dignidade e não arredei pé. Ela ficou bastante irritada.

Com a mesa já arrumada, eu dava sobremesa para Edith – leite com biscoitos ou sorvete. Ela escolhia cinco CDs para eu colocar no aparelho de som. O primeiro a tocar sempre era o de um tal de Richard Tauber, que ela afirmava ter sido seu marido. Os violinos soavam e então vinha aquela voz impostada com um sotaque meio alemão. Eu nunca tinha ouvido nada como aquilo na vida. Para mim parecia uma ópera, bastante formal e sério no começo, depois ficando mais agitado e impactante no meio e terminando mais suave e quase melancólico. Era como assistir a uma peça de teatro inteira em poucos minutos. Desde as primeiras notas, Edith parecia relaxar de uma forma que não conseguia durante o dia inteiro. Ela abria um pequeno sorriso, e aos primeiros versos – "Without a song, the day would never end" (Sem uma canção, o dia nunca terminaria) – eu me inclinava para lhe dar um beijo na testa e dizia boa-noite.

Uma vez, depois que eu fiz isso, ela segurou o meu braço – algo que nunca fazia – e, num tom de voz bem mais carinhoso do que o usual, me disse:

– Barry, sabia que minha mãe nunca me deu um beijo?

Eu não soube o que dizer. Apenas dei umas batidinhas de leve no braço dela e me despedi novamente. A canção de Richard Tauber estava chegando ao suave final – "I only know there ain't no love at all" (Só sei que não existe amor nenhum) – enquanto eu trancava a porta da casa e caminhava vagarosamente em direção à minha picape.

Eu sabia que não era fácil para Edith expressar os seus sentimentos. Não como ela havia feito naquela noite. É uma das coisas a que precisamos nos acostumar ao tomar conta de uma pessoa idosa: nem sempre ela foi criada para se abrir e demonstrar afeto.

Edith com certeza não foi, mas isso não me chateava. Eu mesmo sou do tipo que prefere deixar que as ações expressem o que sinto e acho que Edith era assim também – o que é estranho, levando-se em conta que ela era escritora. Então, às vezes, quando eu estava de saída e ela começava a reclamar, eu brincava dizendo "Melhor tomar cuidado ou vou derrubar o seu andador, viu, sua velhota?", e ela ria. Acho que nós dois ficávamos à vontade com esse grau de afeição. No Dia das Mães daquele ano, ela me deu uma joia para presentear a minha esposa, e eu comentei:

– Puxa, que bacana, Edith. Mas é bom a senhora atender ao telefone da próxima vez, porque Evie com certeza vai ligar para agradecer.

Eu falei isso porque muitas vezes ela não atendia ao telefone. Mas Edith retrucou:

– Não, não, eu quero que ela pense que o presente foi seu, não meu.

Então era assim, de forma indireta, que Edith demonstrava carinho ou gratidão. Era como se aproximar do amor pela porta dos fundos. Naquela noite, na hora do jantar, dei a joia para Evie. Claro que eu disse de onde o presente tinha vindo e contei o que Edith havia me pedido, por isso Evie não poderia telefonar para agradecer-lhe. "Para uma velha rabugenta, até que ela é bem boazinha", Evie brincou. Acho que foi uma definição perfeita.

Boazinha ou não, Edith estava criando cada vez mais empecilhos para eu sair da casa dela à noite, o que ameaçava minhas oportunidades de jantar com Evie e as crianças. Uma noite, quando eu já estava de saída e Richard Tauber cantava sobre um homem nascer mas não ter nenhum valor sem uma canção, Edith de repente caiu no chão.

– Estou com falta de ar! Estou morrendo!

Por um segundo entrei em pânico, mas quando olhei para ela percebi que sua pele estava rosada, o que lhe conferia um aspecto de quem estava respirando normalmente. Apertei o dedo dela para me certificar - aprendi que se você apertar o dedo de alguém e a cor rosada voltar imediatamente após soltá-lo significa que o oxigênio está fluindo; se ficar branco, a pessoa está sem respirar. De acordo com esse teste, Edith estava normal.

– É apenas ansiedade – eu disse a ela. – A senhora está bem.

Mesmo assim, tive que ficar lá até ela se acalmar.

Na metade das vezes em que saía depois de deixar Edith pronta para dormir, ela me ligava antes mesmo de eu chegar em casa. Alegava que eu havia esquecido de colocar as pílulas na mesinha, que não conseguia alcançar a água ou que o aparelho de CD não estava funcionando. Qualquer coisa – ou coisa nenhuma – para me obrigar a voltar para Ballard. Então eu ligava para Evie dizendo: "Estou na ponte, mas Edith acabou de ligar; melhor vocês jantarem logo sem mim. Desculpe."

Resisti às artimanhas de Edith o máximo que pude, mas foi ficando cada vez mais difícil. Porque agora ela estava começando a ter episódios de sonambulismo.

Ela jurava que não, mas também não conseguia explicar como em algumas manhãs eu a encontrava do outro lado da sala, caída no chão, sem roupa. Às vezes, ela acordava e, uma vez no chão – já que não conseguia se levantar e voltar para o sofá –, alcançava o telefone e me ligava às duas ou três da madrugada. Ou então chamava o Corpo de Bombeiros, e eles vinham arrombando a porta. Perdi a conta de quantas vezes tive que consertar o batente e a fechadura.

Aquilo estava começando a me deixar exausto. No meio de tudo isso eu ainda estava encarregado de uma obra de milhões de dólares. Todos contavam comigo, e era comum eu aparecer no trabalho morrendo de sono, porque tinha precisado acordar no meio da noite e ir dirigindo até a casa de Edith para ajudá-la a se levantar e voltar para o sofá-cama.

Chegou a um ponto em que ou eu tinha que passar a noite inteira lá com ela – o que eu não queria – ou contratar alguém para isso. Aparentemente, Edith não aceitava essa última opção.

Liguei para uma empresa chamada Helping Hands, que disponibiliza acompanhantes para ajudar idosos em casa. A primeira moça que mandaram parecia bastante promissora. Edith gostou dela, talvez porque ela entendesse instintivamente a diferença entre fazer coisas para ajudar a pessoa idosa e fazer coisas *pela* pessoa, o que Edith não suportava. Eu estava orgulhoso de mim mesmo por ter tido essa ideia. Até me permiti imaginar que teria o luxo de passar mais tempo com minha família.

Doce ilusão, Barry Martin.

Quando apareci lá na manhã seguinte, a mulher reclamou que teve que levantar Edith do chão várias vezes naquela noite e que não aguentava o peso.

Voltei à estaca zero.

Eles mandaram uma acompanhante atrás da outra, mas Edith conseguia achar algo de errado em todas elas. Uma era estudante universitária, um amor de pessoa, mas na primeira oportunidade Edith me disse:

– Tire essa mulher nojenta daqui.

A moça seguinte era preguiçosa demais para Edith:

– Ela assiste à televisão a noite toda e assim não consigo dormir – reclamou, embora o som das músicas tocando sem parar durante a noite nunca a tivesse incomodado.

Pensei que houvéssemos chegado a uma espécie de trégua com a quarta acompanhante. Era um pouco mais velha que as outras e parecia mais paciente com idosos; ela me disse que estava acostumada a lidar com os mal-humorados. Mas acho que ela nunca tinha trabalhado com uma pessoa tão geniosa quanto Edith.

Na primeira noite, enquanto eu dava as instruções à moça, Edith de repente se jogou no chão.

– Não consigo respirar! Estou morrendo! – gritou.

Os olhos da mulher se arregalaram. Percebi que ela ficou assustada. Eu disse:

– Edith, com toda a sua experiência de vida, tem certeza de que nunca foi atriz? Porque a senhora está dando um verdadeiro show nesse momento.

Edith se acalmou logo, mas a acompanhante, horrorizada, não durou mais que uma noite na casa.

No dia seguinte, tive uma conversa séria com Edith. Fui direto ao ponto:

– Acho que a senhora não está querendo aceitar ninguém, por melhor que seja.

– Se você parar de ficar mandando essas incompetentes para cá, talvez a gente se entenda – retrucou ela.

Percebi que ela não sabia aonde eu queria chegar com aquela conversa.

– Bem, se a senhora continuar tendo essas emergências todas as noites e não deixar ninguém ficar na sua casa, então vamos ter que fazer uma mudança – eu disse.

Ela não me perguntou o que eu quis dizer com aquilo e também não dei mais explicações, mas pelo menos notei que ela tinha ficado com uma pulga atrás da orelha.

Disse a ela que por enquanto eu não ia chamar outra acompanhante, mas só se ela tentasse fazer algo para evitar esses supostos desastres no meio da noite.

Acho que ela entendeu que havia atingido certo limite comigo, porque de repente a maioria dos problemas desapareceu. Parei de receber telefonemas dela em pânico no meio da noite. Nunca mais ouvi gritos de “Estou com falta de ar!”.

Hoje em dia, olhando para trás, acho que Edith estava me testando mais uma vez, a fim de descobrir qual era o meu limite. Ela queria saber se eu continuaria ao seu lado quando as coisas se tornassem mais difíceis e até que ponto eu estava disposto a ajudá-la. Afinal, essa era uma mulher que – se a história dela era verdadeira – tinha conseguido enganar os nazistas; eu não deveria estar surpreso por ela ser mais esperta que um superintendente de construção de meia-idade. Ela conseguiu o que queria – nós não contrataríamos nenhuma acompanhante, pelo menos por enquanto –, mas eu havia colocado um ponto final nos excessos dela. Por ora.

O sonambulismo também parou. Foi naquela época que várias matérias saíram nos jornais dizendo que pílulas para dormir surtiam esse efeito colateral nas pessoas. Pesquisei um pouco e descobri que cada tipo de remédio para dormir – Ambien e seu genérico, cápsulas de efeito imediato ou de liberação lenta – pode ter um efeito diferente do outro. Insisti com o farmacêutico para dar a ela uma versão diferente da pílula que ela estava tomando, só para ver se funcionava melhor. E deu certo. Edith conseguiu dormir a noite toda de novo e eu voltei a jantar normalmente com a minha esposa.

No entanto, na primeira noite em que Edith tomou o remédio diferente, resolvi ficar até algum tempo depois de ela dormir, só por precaução. Foi quando notei um livro na prateleira. Era *Moby Dick*.

Eu sabia que jamais conseguiria lê-lo inteiro, mas, depois das nossas conversas, resolvi abri-lo. Não fui além da primeira frase: "Podem me chamar de Ismael." Essa frase é muito conhecida, claro, mas pela primeira vez refleti: não é uma forma estranha de começar um livro? Ora, ou o nome do cara é Ismael ou não é; se não é, e ele só quer que o chamemos desse jeito, por que ele não quer que saibamos seu verdadeiro nome?

Coloquei o livro de lado e decidi que talvez no dia seguinte, à luz do dia, eu perguntaria isso a Edith.

9

Todo mundo que trabalha em construção sabe que quando alguma coisa pode dar errado numa obra, provavelmente dá mesmo. Se eu fosse o tipo de pessoa que faz apostas, teria apostado que caso a lei de Murphy se aplicasse a esse projeto, teria algo a ver com os cabos de alta-tensão.

Eu já tivera uma experiência ruim com esse tipo de cabo – aqueles que você vê suspensos entre postes na rua. Eles são considerados de alta-tensão porque transmitem no mínimo 50 mil volts. Não têm nenhum isolamento, portanto, se uma pessoa toca neles, já era. É morte instantânea.

Alguns anos antes, eu estava construindo uma estação de tratamento de esgoto perto de uns cabos de alta-tensão. No início da obra, tivemos um treinamento de segurança específico sobre isso, porque um dos operários teria que trabalhar num caminhão com a bomba lança de concreto, que chegava bem próxima desses cabos. Era necessário manter todo tipo de equipamento no mínimo a 3 metros de distância para evitar choques elétricos. Bem, a bomba lança era bem longa, alcançava uma altura equivalente a vários andares de um edifício. O operador trabalhava na base da lança, com um controle remoto em formato de caixa que tinha uma espécie de corda ligando-o até a bomba.

Do outro lado da obra, estávamos escavando um buraco bem fundo para instalar uma tubulação de esgoto com 2 metros de diâmetro, e em seguida iríamos colocar nessa vala uma grande caixa metálica, chamada de "caixão". Parece meio tenebroso, mas na verdade é um mecanismo de segurança – tem uns 6 metros de comprimento e é feita de aço duplamente reforçado, para que os operários fiquem ali dentro e não sejam soterrados caso a terra desabe sobre eles durante a obra.

Estávamos descendo o caixão gigante até a vala por meio de fios suspensos num guindaste, e um deles se rompeu. Houve um estrondo inimaginável quando essa caixa imensa de metal caiu de uma altura de 6 metros dentro do buraco. Foi como o barulho de uma explosão, que reverberou por todo o terreno da obra, uma área de cerca de 8 hectares. Quando se ouve algo assim, instintivamente se tem a impressão de que algo terrível aconteceu. Todos os operários pararam imediatamente o que estavam fazendo e se viraram para ver o que era.

Infelizmente, o rapaz da bomba de concreto estava operando a lança bem naquele momento. Ao tirar os olhos do que estava fazendo por apenas um segundo, a lança se deslocou e bateu nos cabos de alta-tensão. Corri imediatamente até lá.

Os colegas que viram o acidente me contaram que saíram chamas azuis da boca dele no momento em que foi eletrocutado. Quando cheguei, ele estava inconsciente. Fiz massagem cardíaca e respiração boca a boca nele, tentando reanimá-lo, mas não havia esperança. Provavelmente morreu na hora em que foi atingido pela descarga elétrica.

Por conta dessa experiência trágica, uma das primeiras coisas que observei quando comecei o projeto de construção do shopping foi a situação dos cabos de alta-tensão. Os donos da imobiliária queriam que os cabos ficassem soterrados. É complicado conseguir autorização da prefeitura para fazer isso. É preciso preencher uma pilha de formulários e requisitar assinaturas de várias autoridades municipais. Depois, é necessário instalar os conduítes adequados no subsolo, por onde os cabos terão que passar. Fiquei irritadíssimo quando soube que o engenheiro civil da imobiliária atrasou o processo. Notificamos formalmente a empresa de que, devido à negligência em fazer a transferência dos cabos de alta-tensão, nós teríamos que reformular todo o cronograma da obra. Já estávamos no segundo andar e, se alguém ficasse de pé num dos lados do edifício, era possível tocar o poste. Se erguêssemos mais um pavimento, estaríamos a apenas 3 metros dos cabos.

Então eu tive que pensar em uma forma diferente de construir o prédio. Ele ficou em formato de escada: de um lado, erguemos até o quinto andar, mas do outro, que estava próximo da área perigosa, deixamos apenas dois andares até que os fios de alta-tensão fossem retirados dos postes e colocados embaixo da terra. Foi um enorme transtorno.

E o que atrapalhou ainda mais foi que naquele momento a imprensa começou a importunar bastante. A mídia já nos procurava desde o começo do projeto, mas eu ficava alheio a isso. Eu não tinha ideia na época, mas aquela primeira matéria do jornalista Danny Westneat tinha sido citada numa coluna publicada em jornais do país todo, chamada "Notícias Bizarras". A história de Edith foi contada em certo tom de chacota:

> Em fevereiro foi publicado no jornal *The Seattle Times* que Edith Macefield, 84, vivendo numa pequena casa velha de 106 anos num bairro industrial, quase em frente a uma fábrica de produtos químicos, rejeitou uma proposta de compra por uma imobiliária num valor de quase 750 mil dólares. "Não ligo para dinheiro", disse ela. "Esta é a casa onde moro há 54 anos... O que eu faria com esse valor todo?" A imobiliária comprou o resto do quarteirão e vai construir o shopping em volta do pequenino terreno dela, cercando a casa com paredões de 18 metros de altura.

Acho que essa coluna fez a história de Edith ganhar evidência no país inteiro, porque volta e meia alguém ligava querendo entrevistá-la. A imprensa local cobriu essa questão durante todo o período de construção do shopping, mas os jornalistas eram educados. Quase sempre. Depois que a oferta para comprar a casa subiu para 1 milhão de dólares, tive a impressão de que bastava haver um dia de poucas notícias importantes para eles acamparem aqui em frente.

Às vezes eu estava sentado à mesa com Edith e ela, ao olhar pela janela, me avisava: "Barry, tem uma equipe de reportagem lá fora de novo." Eu olhava para confirmar e pensava "Ai, que saco". Quando eu saía da casa em direção ao meu trailer na obra, eles me cercavam como se eu fosse um astro do rock. Eu nem falava direito com eles, pois achava que não iria mudar seu ponto de vista. Eles já haviam intuído que a imobiliária e a construtora eram as vilãs tentando expulsar aquela senhora de sua casa, e eu não sabia como argumentar para convencê-los do contrário. Em algumas oportunidades eu até falava: "Vocês nunca conversaram com ela, então como podem saber o que ela está sentindo e pensando?", mas eles usavam isso apenas como uma abertura para me pedir que eu convencesse Edith a lhes dar uma entrevista. E Edith não queria falar com a imprensa de jeito nenhum.

Foi mais ou menos nessa época que uma peça chamada *Radio Golf* estreou no Teatro de Repertório de Seattle, no centro da cidade. Não a assisti, mas ouvi falar muito dela. Era sobre uma empresa gananciosa que estava construindo um condomínio residencial num bairro decadente, e tudo que restava na propriedade era uma casinha velha. A pessoa que morava ali, um idoso excêntrico, cheio de histórias para contar sobre seu passado, recusava-se a se mudar. Claro que a imprensa explorou essa coincidência entre a história da peça e a nossa situação. Aparentemente, o personagem que está tentando ajudar o morador a ficar até faz um desenho bem parecido com a planta da nossa obra, com um pequeno quadradinho representando a casa. Claro que, na peça, os donos da empresa não têm qualquer compaixão. Um dos personagens até compara a construção do empreendimento com o roubo das terras dos índios americanos. "Vocês são os caubóis e nós somos os índios", ele dizia. "Vamos ver quem vai ganhar essa guerra." E me contaram que no fim um dos empresários passa a ficar a favor do senhor que pretende permanecer na casa. Mas isso não apareceu nos jornais quando compararam nossa história com a da peça. Apenas escreveram sobre "as perdas morais causadas pela modernização".

Comecei a sentir como se estivesse vivendo entre dois mundos. Havia a percepção do público, a partir da qual Edith e eu éramos parte de uma grande trama com temas universais, como a preservação do passado e os males do progresso, e também o dia a dia que passávamos juntos, apenas Edith e eu vivendo nossa vida.

Em grande parte, toda aquela polêmica era apenas um ruído ao fundo. Havia muita gente telefonando ou mandando cartas – como Jay Leno e Ellen DeGeneres –, só que Edith os ignorava solenemente. Mas o ápice dessa situação foi em outubro de 2007, quando um enviado do canal CBS News começou a ligar.

A única pessoa que havia conseguido entrevistar Edith foi uma repórter do *Seattle Post-Intelligencer* que escreveu a primeira matéria sobre ela, no começo da história toda. Jovem agradável e bem-educada, ela teve o bom senso de chamar Edith de "Srta. Macefield" e de vir bem-vestida, falando polidamente. Edith negou entrevistas nas primeiras vezes em que a jornalista apareceu, mas um dia abriu a porta e disse à moça: "Nossa, que vestido lindo o seu! Pode entrar, vamos tomar um chá."

No entanto, quando Steve Hartman apareceu para tentar fazer sua matéria para o jornal da noite da CBS, com a câmera já ligada, batendo na porta e chamando-a de "Edith", ela respondeu da maneira que ele merecia. E isso, infelizmente, acabou fazendo parte da reportagem. A cena de Hartman pedindo, do lado de fora da casa, "Edith, pode nos dar uma entrevista?", e Edith gritando "Fora daqui!" acabou se tornando uma sensação na internet. Em poucos dias parecia que o mundo inteiro já tinha visto o vídeo. Hartman mandou flores para Edith e em seguida ela pediu que eu as desse para Evie. Lá em casa, toda vez que eu olhava para elas eu pensava: "Bem, se é para eu ser enterrado pela mídia, pelo menos terei umas flores bonitas para a minha sepultura."

Dei uma entrevista a Hartman, tentando explicar que a relação que eu tinha com Edith era diferente do que a imprensa estava retratando. Na noite seguinte, ela e eu assistimos juntos à matéria que mostrou nós dois. Lá estava a casinha dela, com as grandes paredes do shopping já erguidas em torno.

"Hoje, apenas duas tábuas separam Edith da parede oeste", Hartman narrou sobre as imagens. "As paredes norte e leste são ainda mais próximas da casa. Caminhões levando banheiros químicos passam a toda velocidade, e nem mensageiros de vento conseguiriam disfarçar o barulho da obra. Nem o Aerosmith tocando a todo volume conseguiria. Quando a construção acabar, a casa de Edith estará cercada em três lados por cinco andares de cimento. Por que qualquer pessoa iria querer continuar aqui?"

Mas é preciso reconhecer que Hartman parecia ter alguma compreensão dos motivos de Edith para continuar irredutível. "Pessoas que a conhecem dizem que ela possui três motivos principais para não se mudar", ele disse, enquanto as imagens mostravam diferentes ângulos da casa. "Ela mora aqui há mais de quarenta anos e tem lembranças maravilhosas de um tempo bem mais tranquilo. Além disso, ela não quer encaixotar todos os seus pertences e deslocá-los para outro lugar. E, por fim, ela até passou a gostar de seus novos vizinhos."

Depois disso, a matéria corta para uma fala minha. Pensei, bem, isso deve acalmar os ânimos. Finalmente o noticiário estava mostrando ao país inteiro como Edith e eu havíamos nos tornado amigos. Agora talvez essas pessoas que protestam me deixassem em paz.

Mas eu estava errado.

Toda a imprensa local voltou a explorar o caso. Um tatuador da cidade fez o desenho da casa de Edith com a palavra "inabalável" embaixo. Fosse qual fosse o objetivo da reportagem de Hartman, o único efeito que teve foi o de reforçar para todos aquilo em que eles já queriam acreditar.

No dia seguinte, quando eu estava saindo da casa de Edith, vi duas mulheres andando em minha direção e apontando para mim. Elas eram o que costumávamos chamar de Mulheres Granola, que continuaram hippies mesmo depois que os anos 1960 acabaram – via-se muita gente assim em Ballard. Uma delas era alta, gorda e estava vestida com roupas de homem, enquanto a outra era magra, baixinha e usava um vestido longo. Elas pararam ao chegar perto de mim.

– Como você tem coragem? – gritou a mais alta para mim.

Parei de andar e a encarei.

– Coragem de quê?

As duas me deram um enorme sermão:

– Como você pode fazer isso com uma pobre velhinha? – gritaram elas. – Você não tem compaixão, bom senso ou decência? Qual é a sua? Por que está fazendo isso com ela?

Acho que se eu tivesse algum bom senso teria continuado a andar, ignorando-as, mas algo em mim me fez reagir. Chega uma hora em que ninguém aguenta mais ser atacado injustamente. Eu disse:

– Em primeiro lugar, essa "pobre velhinha" tem nome. É Edith Wilson Macefield.

Edith me contou uma vez que sempre se apresentava dizendo seu nome completo, pois é importante para uma mulher usar seu nome de solteira de modo a manter a própria identidade, e eu fiquei orgulhoso de mim mesmo por ter me lembrado disso naquele momento. E continuei:

– Mas para vocês ela é a Srta. Macefield. Em segundo lugar, vocês já falaram com ela alguma vez? Porque se tivessem falado saberiam que ninguém está fazendo nada contra ela.

As mulheres me encararam ainda mais de perto e continuaram gritando. Tentei manter um tom de voz baixo, mas meu sangue começou a ferver.

– Vocês já pararam para conversar com ela? Estão aqui fazendo café da manhã, almoço e jantar para ela, levando-a ao médico ou se certificando de que ela tem água ao lado da cama para beber durante a noite? E ela continua morando aqui, não é?

– Até parece! – gritou a mais alta. Obviamente ela estava comandando aquele pequeno ataque. – Eles fizeram a mesma coisa conosco, nos forçaram a sair do mesmo jeito que você está tentando expulsar aquela velhinha.

– Ninguém está forçando ninguém a nada – eu disse. – Eles fizeram uma oferta justa a ela, muito mais que justa, e ela quis continuar aqui. Mas tudo bem, acredite no que quiser. Não deixe apenas os fatos mudarem a sua opinião. Descubra o que acontece por trás deles!

Com isso, eu me afastei delas e voltei a andar em direção ao meu trailer na obra. Elas continuaram a gritar comigo enquanto eu caminhava, mas não me seguiram. Quando me sentei no meu escritório, fiquei surpreso ao ver que minhas mãos tremiam. Nunca gosto de admitir quando as coisas estão difíceis para mim, mas acho que eu estava com muitos problemas acumulados. Olhei pela janela e vi, aliviado, que elas haviam ido embora. Ainda bem que isso tinha acabado. Pelo menos por enquanto.

Cerca de uma hora depois, o operador do guindaste, de seu ponto de vista privilegiado a 60 metros de altura, me telefonou avisando: "Oi, Barry! Acabei de ver policiais lá na frente da casa de Edith!"

Corri o mais rápido que pude, e, ao chegar lá, os policiais já tinham passado pelo portão. Antes que batessem à porta, eu falei para eles:

– Bom dia, posso ajudar em alguma coisa?

– Acabamos de receber uma denúncia de que uma senhora está sendo mantida nesta casa contra sua vontade – disse um deles.

Uma daquelas mulheres devia ter ligado para a polícia. Nossa, tem gente que é muito chata e persistente.

– Bem, não é esse o caso – retruquei.

– Vamos ter que entrar e falar com ela – respondeu o policial.

Bati à porta, abri e disse:

– Edith, sou eu, Barry. A polícia está aqui e quer saber se está tudo bem com a senhora.

– Estou ótima! – gritou ela, do sofá. – Diga a eles para darem o fora daqui!

– Eles têm que entrar, Edith!

– Diga a eles para irem para o inferno! Sou uma cidadã americana! Tenho meus direitos!

Os policiais se entreolharam e deram um sorrisinho. Eles me agradeceram e foram embora.

Foi um pouco depois disso que decidi aceitar ser entrevistado pelo bando de repórteres que andava me importunando. Achei que, se eu contasse a verdade, as pessoas não ficariam inventando suas próprias versões da história.

Mas alguns jornalistas sempre distorciam os fatos. Houve

uma repórter que apareceu lá na obra, querendo me entrevistar. Eu disse que estava numa reunião no momento, mas que ela poderia voltar às três da tarde. Ela não retornou, mas naquela noite, no telejornal local, quando ela anunciou as "últimas notícias" sobre a situação de Edith, afirmou que eu tinha me negado a falar sobre o caso. O jornal *The Seattle Times* também sempre dava um jeito de passar uma imagem negativa de mim. Não entendo qual era o problema deles.

Pelo menos os demais repórteres e redes de TV, depois que comecei a dar entrevistas a eles, conseguiam acertar. Contei a verdade: os donos do empreendimento haviam oferecido o dinheiro e Edith recusou, agora eu estava lá ajudando a cuidar dela porque ela queria morrer naquela casa e eu faria o possível para assegurar que sua vontade fosse cumprida.

Pareceu que minha estratégia estava dando certo. A tempestade da mídia se acalmou. Mas no fim aquilo havia sido apenas uma distração para mim. Eu ainda estava me sentindo muito sobrecarregado e abrindo mão de muitas coisas para cuidar de Edith, e não me parecia possível ter qualquer ajuda ou folga daquilo tudo. Mas eu precisava dar um tempo, portanto planejei uma viagem para caçar com meu cunhado, em outubro. Era uma raridade acontecer isso, mas sempre que eu pensava em fazer algo do tipo, eu avisava Edith com uma ou duas semanas de antecedência, para ela ir se acostumando aos poucos com a ideia. Quando o fim de semana da viagem se aproximava, eu a lembrava novamente e a tranquilizava dizendo que tudo ficaria bem e que eu deixaria com ela os telefones das pessoas que iriam ajudá-la caso precisasse de alguma coisa.

Acordei antes do amanhecer naquele sábado. Entrei na picape, coloquei um copo térmico com café bem quente ao meu lado e um CD da banda AC/DC para tocar. O ar úmido da madrugada embaçava as janelas. Meus ombros, que nos últimos tempos estavam tensos demais, finalmente relaxaram um pouco. Saí de casa em torno de quatro da manhã, para podermos iniciar a caça antes de o dia clarear. Virei numa autoestrada em direção à casa do meu cunhado em Chehalis, a cerca de duas horas e meia de distância, e não tinha chegado a dirigir 50 quilômetros quando, na altura de Renton, meu celular tocou.

Edith.

Ah, não, pensei. A senhora não vai estragar esse passeio.

– Estou no chão e me sujei toda – disse ela.

Olhei para a estrada se estendendo à minha frente, os faróis ganhando as faixas brancas no asfalto. Pensei no cheiro da floresta de manhã, na sensação de estar em meio à natureza com um pouco de *beef jerky* e o copo térmico de café, agachado em silêncio e esperando o barulho das patas de um cervo sobre as folhas e os galhos.

Foi um belo sonho.

Respirei bem fundo.

– Vou já praí – respondi, mudando a direção do carro para ir até a casa de Edith limpar mais uma sujeira.

Enquanto eu dirigia, fiquei pensando como teria lidado com isso de forma diferente se fosse meu pai quem tivesse ligado. Já fazia tempo que eu não conversava com o papai, mas me dei conta de quanto estava sendo impaciente com ele. Os constantes esquecimentos, o mau humor e seu comportamento em geral me incomodavam demais e eu não escondia isso dele. Sempre que me chamava pelo nome de meu irmão ou vice-versa, ou quando ficava furioso com minha mãe por algum motivo ridículo, como, por exemplo, as meias dele estarem do avesso na gaveta, eu ficava mais irritado. Todos sabiam como isso estava me chateando.

Mesmo assim, na maior parte do tempo eu continuava bastante paciente com Edith, embora ela não estivesse facilitando isso para mim de forma alguma. Por que somos mais tolerantes com o comportamento de estranhos do que com o de nossos próprios parentes – aqueles que amamos mais e a quem devemos mais? Não tenho resposta para isso, mas acho que nem precisa. A questão é que simplesmente agimos assim, não importa o motivo.

Minha filosofia de vida é muito simples: descubra qual é a coisa certa a fazer e tente fazê-la. Não importa se será pela primeira vez. Não tenho que ir para o divã do psicanalista para chegar a essa conclusão. A questão é que Edith precisava de mim naquele momento, e, se eu não fosse ajudá-la, ninguém mais iria e ela ficaria em má situação. E embora meu pai não precisasse de mim para cuidar dele, ele precisava, na verdade, da minha paciência, e isso era o mínimo que eu lhe devia.

O sol ainda não havia nascido quando estacionei em frente à casa de Edith, mas o céu já começava a clarear. Pela janela, reparei na luz amarela que vinha do abajur junto à porta, então soube que pelo menos ela tinha tentado se levantar antes de cair. A manhã estava fria e úmida, mas, depois que virei a chave e entrei, senti uma lufada de ar morno vindo de dentro.

Foi uma visão deprimente, Edith no chão em meio às próprias fezes. Senti muita pena dela. Não sei o que eu esperava que ela dissesse, mas não me surpreendi com as boas-vindas que me deu:

– Droga, você demorou demais!

Depois que consegui limpar tudo, olhei pela janela. O ar úmido da manhã entrava, e o céu estava da cor de um navio de guerra abandonado. Ainda era cedo o suficiente para eu tentar salvar o que tinha restado do meu dia e ir caçar. Liguei para Evie, pedi para ela vir tomar conta de Edith e fui embora com minha picape.

Conseguimos caçar um veado naquele dia. Retiramos as tripas e estávamos carregando o animal para a caçamba da picape quando senti meu celular vibrar. Era Evie, ligando para me dizer que ela e nossa filha haviam ido até a casa de Edith e que, ao chegarem lá, ela tinha caído e se sujado de novo. Evie nem pareceu estar chateada com isso – na verdade, pelo som que dava para ouvir ao fundo da ligação, parecia que estava tendo uma festa animadíssima na casa. Evie disse para eu não me preocupar, relaxar e aproveitar o passeio, porque ela tomaria conta de Edith pelo resto do dia. Deus abençoe a minha esposa.

Pouco tempo depois, comecei a ir à casa de Edith nos fins de semana também. Conversei com Evie sobre isso e concordamos que a dificuldade de tentar dar cobertura a Edith quando eu estava fora acabava dando mais dor de cabeça do que eu estar lá com ela. Logo eu estava cuidando de Edith todos os dias da semana. Evie e Kelsey também vinham em alguns fins de semana para ajudar a fazer faxina na casa. Adorei o fato de Kelsey ter se afeiçoado tão facilmente a Edith. Nunca pedimos que ela viesse; ela simplesmente se ofereceu. Me fazia um bem enorme ouvir Kelsey, Evie e Edith conversando como boas amigas. Kelsey não queria aceitar dinheiro nenhum de Edith por limpar a casa, mas Edith insistia: "Querida, uma moça fazendo faculdade sempre precisa de dinheiro."

Willy não tinha o mesmo entusiasmo, mas fazia a sua parte sem reclamar. Uma cerca grande de madeira que cobria três lados da propriedade de Edith havia sido alvo de pichadores. A prefeitura mandou uma carta dizendo que ela seria multada se não limpasse as pichações. Então, um dia, Willy e eu juntamos todos os restos de tinta que encontramos em nossa garagem e colocamos num balde só. A cor ficou uma espécie de cinza-escuro. Levei Willy no carro comigo, durante cinco minutos dei instruções a ele sobre como fazer a pintura e o deixei sozinho fazendo isso enquanto fui até o trailer da obra trabalhar um pouco. De vez em quando ia lá dar uma espiada, mas ele nem precisou de ajuda. Pintou a cerca toda direitinho.

Mas eu praticamente só passava tempo com a minha família quando eles vinham me ajudar a tomar conta de Edith e da casa dela. Eu estava me sentindo péssimo com isso. Depois de passar alguns sábados inteiros na casa de Edith, comecei a questionar se eu não havia criado um monstro. Ela não era a pessoa mais saudável do mundo, mas era muito forte. Eu não estava tomando conta de alguém com os dias contados, segurando sua mão enquanto ela silenciosamente se preparava para partir para o outro lado. Esta era uma velha lutadora que parecia ter toda intenção de se manter viva por muito tempo, enquanto tornava minha vida bastante difícil nesse processo.

Claro que esse pensamento me causava um terrível sentimento de culpa. Quem cuida de uma pessoa idosa sempre quer do fundo do coração que ela se mantenha viva e saudável por muitos anos. Tenta ignorar aquela pessoa egoísta em seu interior que morre de medo de que essa situação dure muito tempo. E se ela viver até os 100 anos? Como vou cuidar dela depois que a obra ali ao lado acabar? E se eu tiver que continuar cuidando dela por muito tempo, depois que meus filhos já tiverem ficado adultos, se casado e saído de casa? De quanto estou disposto a abrir mão para ajudá-la? Depois, aquele que cuida se sente incrivelmente culpado por pensar assim, então tenta se distrair com outras coisas. Felizmente, para mim, isso sempre foi fácil. Além disso, Edith era mestre em me oferecer distrações; sempre tinha cartas na manga.

Todo mundo que se desloca de casa para o trabalho cinco vezes por semana sabe que não dá a menor vontade de fazer esse mesmo trajeto aos fins de semana, muito menos duas vezes, então em alguns sábados eu dormia no chão da sala de Edith. Mas, sempre que possível, eu voltava para a minha casa, de modo a manter alguma aparência de normalidade no convívio familiar.

No início eu não percebia, mas Edith colocava o alarme para acordá-la cedo nos domingos para ela assistir aos noticiários, portanto quando eu chegava lá e começava a assistir ao programa *Meet the Press* (Encontro com a imprensa), ela já estava muito mais por dentro dos acontecimentos do que eu. Nossas conversas eram acaloradas naquelas manhãs – você não espera que alguém da idade dela seja tão progressista ou que considere o novo melhor que o velho; mas ela era e simplesmente se sentia enojada com o que chamava de "pensamento antiquado" de pessoas como John McCain e até, num certo grau, Hillary Clinton.

Eu me lembro de uma das primeiras conversas que tivemos, sobre o estádio Kingdome – aquele que foi derrubado apenas 25 anos depois de ter sido construído – e de como ela tinha certeza de que um dia iriam demolir o shopping novo também. Isso foi há um tempão, mas nunca esqueci. Lembro que fiquei tentando entender como era possível uma pessoa idosa ser tão aberta a mudanças por um lado e tão inflexível por outro. Depois de mais de um ano conversando com Edith, ouvindo suas histórias e lidando com ela no dia a dia, eu não me sentia nem perto de obter uma resposta. Talvez tivesse algo a ver com toda a dor e todas as perdas que sofreu; talvez parte dela quisesse se agarrar ao passado e outra preferisse esquecer tudo aquilo e seguir em frente.

Num domingo de manhã, enquanto assistíamos aos programas jornalísticos, fiquei reparando naquelas quatro águas-fortes na parede dela, que eu já havia admirado muitas vezes – placas de metal já sem brilho, de cor entre prateada e dourada, com mais ou menos a metade do tamanho de um papel ofício, em molduras pretas velhas e rachadas. Duas gravuras mostravam um pátio no que parecia ser uma cidade italiana e as outras, barcos a vela na água. O sol apareceu entre as nuvens e refletiu numa das placas, enquanto assistíamos a *Meet the Press*.

– Edith, essas gravuras são de Veneza? – perguntei.

Eu não sabia quase nada sobre a Itália, mas identificava aqueles canais.

Ela levou alguns momentos para se desligar das notícias na TV e começar a ter memórias de tempos distantes trazidas por aquelas gravuras.

– Sim, Veneza, claro – disse ela. – Lionel Barrymore as fez e me deu.

– Lionel Barrymore – repeti, mais como um desafio do que como uma pergunta.

Não sei por que eu ainda duvidava tanto dela – a enorme quantidade de histórias que ela tinha para contar parecia lhes conferir algum peso de verdade –, mas cada vez que eu aprendia algo novo sobre ela o processo recomeçava para mim. É bem verdade que ela parecia mesmo ser prima de Benny Goodman, mas eu ainda não tinha uma prova sequer de que ela tinha: ensinado Mickey Rooney a dançar, comprado o saxofone de Tommy Dorsey ou se casado com Richard Tauber. Então, toda vez que alguma história mirabolante aparecia de repente, como uma raposa saindo da toca, por reflexo eu testava Edith para ver se era verdadeira.

Enquanto os jornalistas e políticos na TV discutiam George Bush e Iraque, eu fui puxando o fio da história dela pouco a pouco. Edith disse que trabalhava com "um pessoal de cinema" – não consegui que ela fosse mais específica sobre isso –, e num domingo de manhã eles pediram que ela levasse um script até a casa do ator Lionel Barrymore. Ele a convidou para entrar e os dois conversaram por algum tempo. Edith tentou saber mais sobre o ator, mas ele só queria falar sobre ela. Então, ele lhe disse que na próxima vez que ela fosse lá – o que Lionel esperava que acontecesse em breve –, ele daria um presente para ela. E dito e feito: quando ela voltou lá, ele lhe deu duas daquelas gravuras. Algum tempo depois, deu as outras duas.

A do barco a vela sempre foi a que mais me chamou a atenção, e o sol agora refletia nesta enquanto Edith me contava a história. Ela voltou sua atenção para a TV e eu me aproximei mais da água-forte. Não tenho a menor ideia de como são feitas, mas, se você olhar sob determinado ângulo, dá para ver que alguém gravou o desenho na placa metálica.

Nunca tinha percebido, mas havia algo mais marcado no metal. Em letras bem pequenas, mas ainda assim legíveis, no canto direito inferior lia-se "L. Barrymore".

Olhei para Edith. Ela estava com um ar de reprovação.

– São um bando de idiotas – disse ela, referindo-se às pessoas na TV. – Um monte de inúteis imbecis que não sabem de nada.

10

As pessoas me perguntam se eu me sentia culpado por passar tanto tempo com Edith mesmo depois de meu pai ter sido diagnosticado com doença de Alzheimer. Não me sentia, não. Primeiro, ele ainda conseguia cuidar de si próprio e minha mãe estava lá com ele. Edith precisava muito mais de mim. Além disso, eu sabia que meus pais estavam orgulhosos do que eu estava fazendo. Especialmente minha mãe, que já havia cuidado de idosos muitas vezes. Era um ato nobre, eles me disseram, e acho que nunca se é velho demais para ficar feliz quando os seus pais dizem que você é um bom menino.

Eu só ia visitar meu pai a cada dois meses, mas agora nos falávamos com muito mais frequência. Senti que ele precisava disso. Nós conversamos logo depois que o médico lhe disse que não poderia mais dirigir. Aquilo foi muito duro para ele. Papai aceitou a recomendação – compreendeu perfeitamente –, mas ficou triste demais, porque sempre adorou estar ao volante.

Quando eu era criança, sempre sabia quando estávamos prestes a sair, porque o papai começava a ficar agitado, andando pela casa e sacudindo as chaves no bolso. Eu e meus irmãos sabíamos que ele estava apenas tentando decidir para onde nós iríamos. Não que ele quisesse ir a algum lugar específico; ele apenas não queria mais ficar parado onde quer que estivesse. Então, de repente dizia: "Vão se arrumar, vamos sair agora", e nós corríamos direto para o carro, animados. Nem perguntávamos para onde estávamos indo, porque ele não responderia. Hoje, me lembrando disso, acho que na maioria das vezes nem ele mesmo sabia a princípio para onde nos levaria. Dava mil voltas até chegar a algum lugar, fosse a casa de algum amigo ou a lanchonete da vizinhança, e não dava para saber se ele só estava fazendo aquilo para nos despistar ou se ainda não tinha decidido para onde ir enquanto dirigia. Pegar a estrada era uma coisa que o motivava, e jamais alguém na família questionou isso. Ele era assim e nós o aceitávamos daquele jeito, secretamente adorando aquilo.

Mas agora que lidávamos com o diagnóstico de Alzheimer e suas consequências, muita coisa havia mudado. Um dia, minha mãe estava dormindo no quarto, no andar de cima, enquanto o papai dormira no andar de baixo, no sofá da sala. Mesmo antes da doença, ele sentia muitas dores de cabeça e às vezes ia se deitar sozinho no sofá, com um cobertor sobre a cabeça para não deixar passar nenhuma luz. Assim ambos conseguiam dormir bem. Quando ele se aposentou, as dores de cabeça cessaram, mas ele tinha se habituado a cair no sono vendo TV no sofá e às vezes passava o resto da noite ali mesmo.

Naquela manhã, no entanto, mamãe acordou e ao descer não encontrou o papai no sofá. Ele tinha saído. De picape.

Ela se deu conta de que até havia ouvido o barulho mais cedo naquela manhã, mas achou que ele só tinha saído para pegar o jornal, então nem se preocupou. Isso tinha sido por volta das seis da manhã. Agora já eram nove e meia. Então, para onde quer que ele tivesse ido, poderia ser bem longe.

Minha mãe entrou em pânico. Sua aflição era ainda maior porque, como estava proibido de dirigir, se ele causasse algum acidente, nós da família é que teríamos que responder por ele. Ela ligou para o meu irmão e depois para mim.

– Ele está me enlouquecendo – queixou-se. – Me deixando simplesmente maluca. Não sei até que ponto vou aguentar isso.

Tentei tranquilizá-la. Eu queria ajudar, mas não havia muito a fazer. Papai não tinha celular e ainda era cedo demais para chamar a polícia para procurá-lo. Falei para ela que ele ia ficar bem, que dirigia desde 1950 e provavelmente conseguiria dar uma voltinha sem problemas mesmo agora. A verdade é que eu não estava muito tenso. Mesmo com Alzheimer, meu pai ainda estava bastante lúcido na maior parte do tempo. Quando se cansava é que parecia piorar, então, à medida que as horas foram passando e ainda não tínhamos tido notícias dele, comecei a ficar mais receoso.

Também não ajudava o fato de já termos um histórico dessa doença na família. Anos atrás, minha avó paterna foi diagnosticada com Alzheimer. Ela estava morando com minha tia e, um dia, simplesmente foi embora. Encontraram-na dentro de um ônibus numa rodoviária em Spokane, cidade a 4 horas de distância. Nunca descobrimos por que diabos ela decidiu ir para lá. Ela apenas colocou na cabeça que queria ir e foi. Então, agora que meu pai tinha saído sabe-se lá para onde, todos se lembraram do que tinha acontecido com a mãe dele. Eu me ofereci para ligar para a polícia de Spokane, mas ninguém achou graça.

Nossa esperança era de que ele tivesse saído para visitar um dos filhos, pois nós morávamos em outra cidade. Passamos o dia ansiosamente ligando uns para os outros – "Algum sinal dele? Alguma notícia?" –, como se algum de nós pudesse se esquecer de avisar ao resto da família caso descobríssemos seu paradeiro. Então, quando estávamos prestes a chamar a polícia, ele chegou em casa na maior naturalidade, como se *realmente* tivesse saído só para buscar o jornal.

Papai tinha ido visitar sua prima em Ravensdale, a uma hora e meia de distância de casa. A mamãe até deu um tapa na própria testa – como as pessoas fazem nas comédias de TV –, porque ele dera mesmo várias pistas a ela, que não havia se tocado disso. Nas últimas semanas, ela contou, papai falara várias vezes que queria ir à casa de uma prima que não via há muito tempo. Ela foi adiando essa visita, porque eles não tinham o telefone da prima nem sabiam se ela ainda morava em Ravensdale. Mamãe não estava disposta a viajar até lá e correr o risco de precisar ficar procurando o endereço atual da prima, então, sempre que ele mencionava isso, ela mudava de assunto. Nunca lhe ocorreu que ele simplesmente decidisse ir até lá sozinho.

Papai contou tudo para a mamãe na maior tranquilidade. Ele pegou a balsa para carros e desembarcou em Edmonds, para visitar meu irmão. Como ele não estava em casa, papai dirigiu até Ravensdale, uma cidadezinha no meio do nada, para procurar a tal prima. E não é que ele a encontrou mesmo? Eles ficaram um tempo batendo papo e depois meu pai voltou. O que tinha demais nisso?, ele perguntou para a minha mãe.

A mamãe me disse que nessa hora ela ficou furiosa e começou a dar a maior bronca nele:

– Você nem poderia ter dirigido! Muito menos até Ravensdale! E sem dizer a ninguém aonde tinha ido! Onde é que você estava com a *cabeça*?

O engraçado é que o papai ficou calmo durante toda a discussão. Antes de ser diagnosticado, era muito mais comum ele ficar extremamente irritado – consigo mesmo e com os outros. Mas, uma vez que descobriu que tinha Alzheimer, obteve uma explicação para o que estava acontecendo e isso o acalmou.

E também foi engraçado eu ter ficado relativamente tranquilo durante essa situação toda.

Fui visitá-lo no dia seguinte. Minha mãe e meu irmão ainda estavam bastante estressados. Mas quando me sentei com o papai na sala para conversar, enquanto tomávamos refrigerante, tivemos uma das melhores – e pode-se até dizer das mais lúcidas – conversas em muitos anos. Se ele tivesse sumido um ano atrás, eu teria ficado furioso. Agora era diferente.

– Você sabe que tem Alzheimer e não podia ter saído sozinho de carro – eu disse. – Nós ficamos com medo de que se perdesse. Eu sei que você sempre teve ótimo senso de direção, mas não podemos mais contar com isso. Você precisa ter essa consciência.

– Eu o entendo – afirmou papai. – Mas foi muito bom sair e mudar de ares um pouco.

Ele sorriu de leve. Embora eu quisesse me manter sério, acho que sorri também. Meu pai deve ter aceitado o que eu estava dizendo porque não fui lá para julgá-lo ou condená-lo. Eu compreendia que, embora estivesse com uma doença, ele ainda estava no controle da própria vida. Eu respeitava isso, o que facilitava as coisas. Agi como se fosse decisão dele tentar essa aventura novamente ou não. E, ao final da conversa, ele prometeu que não faria aquilo de novo.

Quando saí da casa dos meus pais, fiquei pensando que eu teria lidado com aquilo de forma bem diferente apenas um ano antes, então disse em voz baixa, para o caso de alguém estar por perto: "Obrigado, Edith."

No caminho de volta para Seattle, pensei na conversa que tinha tido com meu irmão naquela manhã.

– Espere só eu encontrar o papai – ele falou. – Ele vai ouvir muito.

Acho que eu teria dito a mesma coisa se não houvesse aprendido o que aprendi ao lidar com Edith. Por isso, fiz questão de ir conversar com o meu pai antes de meu irmão. Filhos não podem dar broncas nos pais.

Claro que ele poderia ter se perdido. Mas o Alzheimer ainda não tinha feito ele esquecer qual o lado certo da estrada para dirigir nem em que pedal fica o freio. Nosso dia foi assustador, mas o dele foi ótimo. Ajudá-lo a entender por que não deveria mais fazer aquilo – para o próprio bem – é muito diferente de puni-lo como se fosse um mau menino.

Essa foi a diferença que Edith me ensinou. E sou muito grato a ela por isso.

Edith levou vários tombos naquele inverno. Volta e meia, eu chegava lá e a encontrava no chão. Mesmo assim, ela não permitia que eu contratasse uma acompanhante, e isso exigia cada vez mais tempo de mim. A impressão que eu tinha era de que, sempre que eu estava prestes a sair, ela inventava algum tipo de crise. O ápice foi num dia pela manhã, logo após eu fazer a torrada encharcada, quando eu estava pronto para ir trabalhar.

– Espere! – disse ela, ofegante. – Estou com falta de ar! Estou com falta de ar!

"Ai, lá vem ela de novo", pensei. Foi conveniente demais – além de muito teatral – para eu levar a sério, então fiz outra vez a brincadeira de perguntar onde ela estava tendo aulas de interpretação. Sei que isso não era necessário, mas eu estava um pouco irritado naquele dia. Não é fácil lidar com uma pessoa que está ficando velha, doente e mais rabugenta ainda. Eu estava aprendendo a me adaptar a outro estilo de vida por causa de Edith. Talvez fosse hora de fazer ajustes em meu benefício também. Às vezes é preciso extravasar um pouco as frustrações, e acho que aquela manhã foi o momento para eu fazer isso.

– Estou com falta de ar! – insistiu ela.

Admito que na primeira vez em que vi Edith fazer isso fiquei bastante assustado, mas agora eu estava imune porque já sabia que era encenação. E impaciente também. Não iria me atrasar para a reunião no trabalho só porque Edith havia decidido dar um show.

– A senhora está bem, Edith – eu disse, com a maior calma e a maior compaixão possíveis, já que eu não estava me sentindo nem calmo nem compassivo naquele momento. – A senhora está bem, relaxe.

– Preciso de uma ambulância! Ligue pra eles!– continuou ela.

– Se quer mesmo, ligue a senhora – retruquei.

E fui embora. Cheguei a parar umas dez vezes no caminho até a obra, com medo de ter sido duro demais com ela. Uma velhinha ofegante pedindo ajuda e eu não fiz nada? Isso talvez não tenha sido muito responsável da minha parte. Mas eu estava sentindo o peso dos últimos meses nos meus ombros e achei que, ao menos dessa vez, eu deveria relaxar ou então entraria em colapso. Essa é uma maratona, não uma corrida de curta distância. Não posso gastar toda a minha energia em todos os momentos.

Então me forcei a continuar andando até o trailer. Cerca de dez minutos depois, um dos operários gritou para mim pela janela:

– Ei, Barry, tem uma ambulância na porta da casa!

E eu apenas disse:

– Obrigado pelo aviso!

Deixei para lá. Mas, depois de alguns minutos, não resisti à curiosidade e fui ver o que estava acontecendo.

Nós havíamos solicitado uma ambulância algumas vezes nos últimos meses, então a essa altura os paramédicos já me conheciam. Eles me cumprimentaram me chamando pelo nome e perguntaram como estava minha esposa Evie, sem aparentar grande preocupação. Queriam saber quando Edith havia caído e ficado com aquelas manchas roxas; eu lhes disse que isso tinha acontecido havia mais de uma semana, então eles olharam para ela como se a tivessem pego numa mentira. Mas ninguém disse nada. Eles me informaram que já haviam checado o nível de oxigênio no sangue dela, que estava normal. Comentei novamente que Edith era uma ótima atriz, mas mesmo assim ela repetiu que queria ir para o hospital. De repente todos estavam olhando para mim, como se eu fosse um mestre do xadrez prestes a decidir meu próximo movimento.

Não foi preciso pensar muito.

– Se ela quer ir, podem levá-la – eu disse. – Até mais tarde, Edith. – E saí novamente.

Dessa vez não tive dúvidas de que havia tomado a atitude certa.

Eles a submeteram a uma bateria de exames naquele dia, incluindo raios X, tomografia e hemograma completo. Por volta das quatro da tarde, me telefonaram:

– Aqui é do setor de emergência do hospital. A dona Edith já está pronta para ir para casa. Quando você pode vir buscá-la?

Parecia que até eles já conheciam a nossa rotina.

– Não vou buscá-la – respondi. Houve um silêncio do outro lado da linha. – Se vocês a levaram, também podem fazer o caminho inverso.

Cerca de uma hora depois, a ambulância voltou. Quando a colocaram na calçada, numa cadeira de rodas, ela estava apagada, como se estivesse em coma. Fui até lá e o paramédico – que não era o mesmo que tinha estado lá de manhã – perguntou:

– O senhor é o Barry? – Respondi que sim, e ele continuou: – Ah, antes de cair no sono ela estava gritando o seu nome.

Empurrei a cadeira de rodas até dentro de casa e então ela acordou – ou mais provavelmente parou de fingir que estava dormindo – e de imediato começou a bradar impropérios:

– Aquele imbecil de merda não conseguia achar a minha casa – reclamou. – Ficamos rodando por uma hora. Droga, onde você se meteu?

Ela não costumava praguejar assim com frequência. Eu ainda ficava chocado por palavras daquele tipo virem de uma pessoa como ela.

– Que bom que a senhora não está doente, Edith – foi tudo o que eu disse.

Coloquei-a no sofá e comecei a preparar o jantar dela.

Não fizemos mais nenhum comentário sobre o incidente daquele dia, mas algo mudou depois disso. Parece que mais uma vez nós tínhamos chegado a um acordo; eu estava ali para ajudá-la e faria o possível para isso, mas não aceitaria abusos.

A partir de então, ela nunca mais voltou a alegar que estava com falta de ar. Pensei que havia dominado aquele monstro. Mas essa é uma daquelas mentiras que contamos a nós mesmos até que a realidade chega para nos estapear e dizer: pensou errado, tolinho.

Alguns meses antes eu havia comprado para Edith uma cadeira de rodas superpotente, elétrica, chamada Hoveround. Não é bem uma cadeira de rodas, é mais um carrinho que parece um assento de automóvel, só que sobre rodas. Edith estava tendo dificuldades em se locomover com o andador, então achei que essa seria uma boa solução. Ela poderia se sentar nesse carrinho e se mover facilmente pela casa, ir até a esquina e onde mais quisesse. Mas ela não ficou animada com a ideia:

– Não sei para que você trouxe essa coisa. Não vou usá-la. É um trambolho inútil.

Deixei o carrinho lá por umas duas semanas, achando que ela iria acabar se rendendo. Não sei por que pensei que a teimosia dela iria desaparecer de repente. Ela até o usou uma vez – para tirá-lo do caminho. Levou-o até um cantinho perto da escada e o deixou lá parado até que eu finalmente o peguei de volta. Depois me dei conta de que esse era mais um daqueles casos em que eu tinha feito algo mais por mim do que por ela, para me sentir um pouco menos culpado pelas vezes em que eu não poderia estar lá para ajudá-la. Não era disso que Edith precisava. Certamente não era o que ela queria.

Incrível quantas vezes eu precisei aprender essa lição de novo.

Então, quando voltei a sugerir uma cadeira de rodas, fui mais delicado e ela se mostrou um pouco mais disposta a falar sobre isso. Dessa vez, perguntei se ela consideraria uma cadeira de rodas tradicional, e ela pareceu aceitar melhor essa ideia. Edith já tinha uma antiga e grande, que não dava para usar em casa porque era muito larga, pesada e não passava por vários espaços sem causar algum transtorno. Ela por fim aceitou que eu arrumasse uma cadeira de rodas decente. Agora, quando fôssemos ao médico, por exemplo, seria muito mais fácil para nós dois. Claro que o importante era ser mais conveniente para ela.

No entanto, Edith ainda não a estava usando muito em casa – o que, sem que ela soubesse, foi o principal motivo pelo qual sugeri uma cadeira de rodas menos espaçosa –, pois ainda tentava usar o andador. E sem muito sucesso, devo dizer. Uma noite, ela me ligou quando eu estava em casa – cerca de meia-noite – e disse que de novo havia caído no chão e se sujado. Evie estava começando a se irritar bastante com esses telefonemas, mas mesmo assim coloquei chocolate quente numa garrafa térmica, dei um beijo de boa-noite nela e saí.

A lua estava brilhando e nevava um pouco. Senti certa paz dirigindo na estrada, o que contrastou bastante com o que eu vi quando entrei na casa de Edith. Depois de colocá-la na banheira, limpar o tapete e mudar os lençóis, já era muito tarde para dirigir de volta para casa, então me instalei ali no chão mesmo e em dois minutos caí no sono.

Nem sei que horas eram quando ouvi um "tum, tum, tum" que me acordou de madrugada. Olhei e lá estava Edith, usando a cadeira higiênica como andador. Perguntei o que diabos ela estava fazendo, e ela respondeu que estava com frio e que ia aumentar a temperatura do aquecedor.

– Por que não me acordou? – perguntei, num tom bem mais irritado do que eu pretendia.

– Ah, sabe como é, eu não quero dar trabalho a você – disse ela, com a voz mais inocente do mundo.

Tive que rir dessa. Mas, de certa forma, aquilo foi sincero da parte dela. Por mais difícil que fosse cuidar de Edith, ela era independente e não queria dever nada a ninguém. Tive certeza disso na vez em que ela começou a se preocupar com o pagamento de seus tratamentos médicos e eu sugeri que fizesse um empréstimo, mas ela nem quis pensar no assunto, pois não queria dever dinheiro aos outros. Mas isso não quer dizer que ela fizesse qualquer esforço para facilitar as coisas para mim.

Voltando ao que disse antes, depois do incidente com a ambulância achei que havíamos chegado a um acordo subentendido sobre quais eram os meus limites. Acho que nos entendemos de certa forma, embora minha definição sobre o que eram esses limites fosse bem diferente da dela.

Pouco tempo antes ela só comia congelados comprados no supermercado, então eu ainda estava tentando acostumá-la a uma alimentação mais saudável. Edith vinha emagrecendo ultimamente, e quanto mais eu tentava engordá-la, mais ela parecia perder peso. Mas eu não me dava por vencido. Não gosto de me gabar, mas eu estava preparando uns jantares muito bons para Edith; não os chamaria de culinária gourmet, mas se alguém quisesse defini-los dessa forma eu não reclamaria. Era comida de verdade, bem preparada, saudável e saborosa também.

Alguns dias depois daquele desastre da madrugada, saí do trabalho um pouco mais cedo que de costume e decidi fazer um jantar bacana para Edith. Depois eu iria para casa aprontar uma boa refeição lá também. Comprei peixe fresco e legumes no mercado e coloquei a parte que levaria para minha família na geladeira de Edith enquanto fazia a comida dela. O prato seria linguado com um molho especial, ervilhas e batatinhas.

Levei o prato dela para a mesinha em frente ao sofá, junto com as outras coisas de que ela precisava para passar a noite. Quando ela viu isso e percebeu que eu já iria sair, ficou furiosa e vociferou:

– O que você pensa que está fazendo?

Não sei por que essa reação me surpreendeu. Dizem que loucura é fazer sempre a mesma coisa e esperar resultados diferentes, então acho que eu poderia ter sido considerado um louco naquele momento.

Disse a ela que estava indo mais cedo para jantar com minha esposa. Algo no meu tom de voz deve tê-la irritado, porque ela começou a praguejar.

– Certo! – gritou ela. – Pode me deixar aqui morrendo sozinha, está bem? Eu sabia que você não ficaria me ajudando até o fim. Vá embora!

Acho que não aparentei estar magoado o bastante com o que ela falou, então, para arrematar, ela levantou o mais alto que pôde um dos lados da mesa, em cima da qual estavam aquele jantar maravilhoso e um copo de leite, e esparramou tudo no chão. A comida voou primeiro, seguida pelo prato. A mesa demorou um pouquinho mas também foi abaixo com todo o resto. Para dar um pouco mais de drama àquele momento, ela ainda deu um chute na mesa.

Aí eu não aguentei.

Olhei à minha volta e peguei a primeira coisa que encontrei – uma caixa de lenços umedecidos que ficava ao lado da cadeira higiênica. Joguei-a no chão e a chutei, fazendo-a parar do outro lado da sala. Chutei o prato de peixe também.

– Se é assim que a senhora quer, tudo bem – declarei. – Vou embora.

Peguei minhas compras na geladeira e saí da casa o mais rápido que pude, enquanto Edith gritava comigo sem parar:

– Eu sabia que você não iria cuidar direito de mim até o final!

– Não estou desistindo – disse, sentindo as veias saltando em meu pescoço enquanto falava. – Eu cumpro minhas promessas, a senhora não tem como me impedir. Até amanhã.

Saí batendo a porta com toda a força, entrei depressa no carro, acelerei e os pneus cantaram um pouco quando dei partida.

Não tinha chegado a me afastar mais de 7 quilômetros quando meu celular tocou. A voz que vinha do telefone parecia a de uma criança assustada.

– Não tem água suficiente para eu passar a noite – disse Edith. – Odeio incomodar, mas você poderia voltar e deixar mais água? Acho que não consigo fazer isso sozinha.

Soltei um longo suspiro. Mais uma vez pensei que isso era uma maratona e não uma corrida de curta distância.

– Já estou indo – eu disse, enquanto apertava o botão vermelho do celular e dava meia-volta em direção à casa dela.

Quando cheguei, não nos falamos muito. A TV estava ligada, como sempre, e comecei a limpar aquela bagunça. Ao terminar, perguntei se Edith estava com fome e ela respondeu que sim, então olhei no congelador e disse quais eram as comidas congeladas que ainda havia ali. E só.

Quando eu finalmente estava pronto para ir embora, parei e verifiquei se ela tinha água suficiente na mesa para aquela noite. Ela tocou em meu braço.

– Você não sabe quanto eu anseio ouvir o barulho da sua chave abrindo a porta. Às vezes fico acordada esperando a manhã chegar só nessa expectativa.

Fiquei atônito. Era provavelmente a primeira vez, em todo

aquele tempo, que ela tinha chegado bem perto de fazer um agradecimento. Eu não estava fazendo aquilo para obter gratidão, claro, mas foi muito bom ouvir essas palavras. Mal pude acreditar.

Também não acreditei nas palavras que saíram da minha boca, naquele instante. Eu me inclinei, dei um beijo na testa dela e disse:

– Eu amo você, sua velhinha. Agora vai dormir.

11

Nevou mais que o normal aquele ano, no inverno de 2007, mas as estradas até a casa do meu pai estavam liberadas. Eu não queria deixar Edith sozinha, mas ela disse que não se importava, pois não comemorava o Natal havia anos. Então minha família toda partiu cedo para o caso de algum imprevisto.

Costumo dizer que o Natal é um caos controlado. Meu irmão e minha irmã estavam lá: Malinda com seus dois filhos, que estavam com quase 30 anos; Jeffery, o mais novo, já tinha três filhos de uns 6 anos, o que deixou a festa mais divertida. Os meus estavam crescendo muito rápido. Kelsey tinha 18 e Willy, 17. Os do meu irmão Randy eram mais novos; um tinha 9 e o outro, 5 anos. Então havia gente de todas as idades na casa, aglomerados numa sala, e parecia que todos falavam ao mesmo tempo.

Decidimos fazer o Natal lá porque meu pai estava ficando um pouco nervoso quando havia muito barulho e confusão por perto. E distraído também. Já tínhamos percebido isso várias vezes em outras ocasiões. Em pouco tempo, ele começava a andar de um lado para outro, mexendo com as moedas no bolso do mesmo jeito que costumava mexer com as chaves do carro, com vontade de sair. Então concluímos que se a festa não fosse na casa dos meus pais, ele não quereria ir a lugar nenhum.

Mas mesmo assim ele ficou nervoso com todos nós ali. Levou o cachorro para passear algumas vezes e subiu para ficar sozinho no quarto uma ou duas vezes. Fora isso, não havia nenhum sinal perceptível de que ele estava doente. Ou talvez fosse excesso de otimismo da minha parte. O papai estava ficando cada vez menos disposto, e voltava ofegante das caminhadas com o cachorro. Ele esqueceu o que estava falando no meio de uma frase mais de uma vez naquele dia e ficou chateado em outra ocasião quando não conseguiu se lembrar de determinada palavra, mas pelo menos a raiva extrema que tínhamos percebido no ano anterior parecia ter desaparecido. Acho que se o Alzheimer não tivesse sido diagnosticado, teríamos achado essas coisas típicas de quem está envelhecendo. Depois do diagnóstico, começamos a prestar mais atenção nos sinais de declínio. Talvez atenção demais, o que não nos ajudou muito.

Uma hora, quando ele estava lá em cima, entrei na cozinha e perguntei a minha mãe como estava sendo o dia a dia deles. Como já disse, meus pais são de uma geração que não se abre muito, guarda muita coisa dentro de si, então fiquei surpreso ao ouvir como ela foi honesta ao me responder enquanto mexia a calda de cranberry na panela:

– Não podemos fazer muitas coisas que costumávamos fazer. Não saio mais para jogar cartas nem para fazer outras coisas com as minhas amigas. Não posso deixá-lo sozinho nem por quatro horas que sejam. Nunca sei se ele vai deixar o fogão ligado ou sair para uma caminhada e se perder.

Deve ter sido muito difícil para ela admitir isso abertamente. Mas não havia qualquer sinal de ressentimento em sua voz. Ela parecia assustada. Com medo do que ainda poderia vir, ou de toda a responsabilidade que ela tinha. Nenhum dos filhos morava perto, então não podíamos ajudá-la ficando com ele sempre que ela precisasse dar uma saída mais longa. Mas quando comentei isso, mamãe também não deu qualquer mostra de estar sentindo pena de si mesma. Acho que essa força também é característica da geração deles.

No dia seguinte, fui até a casa de Edith. Não levei presente, porque ela havia deixado claro que não queria nada que lembrasse Natal. Fiquei com certo de receio de investigar o motivo, mas perguntei assim mesmo. E, para minha surpresa, obtive uma resposta:

– Por causa de um dos meus enteados.

Aparentemente era assim que ela se referia às crianças do orfanato que ela teve na Inglaterra, aquele castelo na Cornualha que ela tinha ganhado havia muitos e muitos anos. Edith dizia que os havia "adotado" e os considerava enteados de certa forma.

– Tinha uma casa mais abaixo na colina onde ficava o castelo, e nela morava um dos meus enteados com a esposa. Ele inclusive já servia o Exército – ela começou a me contar. – Era Natal, e todas as crianças estavam reunidas no orfanato, mas ele ainda não tinha aparecido. Fiquei cismada, então desci até a casa dele para ver o que havia acontecido.

Edith estava sentada se apoiando num dos lados do sofá, agasalhada com um casaquinho de lã azul. Fechou os botões do suéter, como se tivesse sentido um frio repentino.

Ela não olhava para mim enquanto descrevia a cena que encontrou na casa. Tocou a campainha, chamou, mas ninguém atendeu. Como a pesada porta de madeira estava destrancada, ela entrou e foi andando pelo corredor até o quarto nos fundos da casa.

Lá ela viu a esposa do enteado e um homem que não conhecia. Ambos nus, mortos e ensanguentados. Edith não tinha percebido de imediato, mas, ao olhar em volta, viu o enteado, caído no chão do lado da cama, com uma arma perto.

– Ele encontrou a mulher dele na cama com outro homem – contou. Não havia emoção na voz dela. – Parece que ele atirou nos dois e depois se matou com um tiro na cabeça. Com um tiro na cabeça – repetiu ela, como se tentasse convencer a si mesma de que era verdade. – Depois ainda tive que voltar para casa e fingir que nada tinha acontecido. Eu não queria estragar o Natal das crianças. Elas já tinham muito pouco na vida para que até isso acontecesse. Mas, desde então, acabou para mim. Não quero árvore, nem cartão, nem presente.

Eu não soube o que dizer. Não teria por que ela inventar essa história. Eu mal conseguia imaginar algo tão brutal, tão terrível. E ainda por cima no Natal. Ninguém, seja quem for, poderia mentir que viveu algo assim. Mas como isso poderia ter acontecido? Como se pode conhecer alguém por mais de dois anos, ver essa pessoa diariamente e ela nunca ter mencionado nada sobre esse fato?

Edith não parecia estar esperando uma reação minha. Ela voltou a assistir a televisão. Eu não conseguia prestar atenção em nada.

Fiz um cálculo de cabeça e estimei que aqueles órfãos deviam estar com mais de 60 anos hoje em dia.

– Edith, o que aconteceu com aquelas crianças? A senhora ainda tem contato com alguma delas? – perguntei, por fim.

Ela continuou olhando para a televisão.

– Não, aquilo é passado – disse ela, como se fosse o bastante como resposta.

– Mas o que aconteceu com elas? – insisti.

– Quando as deixei para voltar aos Estados Unidos e cuidar da minha mãe, elas ficaram muito magoadas comigo. Imploraram para que eu ficasse. Imploraram. Tentei explicar que eu precisava cuidar da minha mãe, pois eu era a única pessoa que ela tinha. E elas argumentaram: "Mas você é tudo que a gente tem." O que era verdade. Eu entendi o lado delas. Mas elas não se conformaram e disseram que nunca mais falariam comigo se eu fosse embora. Foi compreensível, depois de tudo que já haviam passado na vida. Mas eu fiz o que tinha de ser feito. Então nunca mais soube delas. Tive que arcar com as consequências da minha escolha.

Ela começou a mudar de um canal para outro no controle remoto.

– E o que aconteceu com o castelo na Cornualha? – eu quis saber.

– Ganhei muito dinheiro criando ovelhas lá – contou, sem responder diretamente à minha pergunta. Ela abriu bem o casaco de lã para ficar mais à vontade. – O dono do castelo me disse que eu não podia levar aquele dinheiro comigo para os Estados Unidos. Talvez fosse justo. Mas, sabe, quando o pessoal da sua empresa me oferece um milhão de dólares, é porque não sabe que eu já abri mão dessa quantia antes. Dinheiro não é tudo, Barry. Não chega nem perto de ser tudo.

Percebi que seria melhor parar de fazer perguntas. Esta provavelmente foi a conversa mais longa que já havíamos tido sobre o passado dela. Eu não tinha a menor ideia de como descobrir se o que ela me contara realmente havia acontecido. Quando conversei sobre isso com Evie naquela noite, ela ficou tão impressionada e confusa quanto eu. Duas questões nos vinham à cabeça o tempo todo, dois pensamentos opostos, um tão forte quanto o outro:

Como essa história poderia ser verdadeira?

E como poderia não ser?

12

Quando o inverno chega, as pessoas em Seattle parecem tristes. A atmosfera fica fria e cinzenta, e os dias parecem não ter pressa de passar. Em outros lugares do mundo, as pessoas fazem o comentário: "Se você não está gostando do clima aqui, espera um minuto que já vai mudar." Em Seattle, dizem: "Sim, essa garoa vai parar... porque vai começar uma chuva torrencial." Depois de certo tempo, o céu constantemente cinza e chuvoso passa a deixar as pessoas pra baixo.

Edith parecia estar com menos apetite do que o normal, mas demorei para perceber que havia outro problema além do clima de inverno. Algo estava acontecendo com ela, mas eu não conseguia identificar o que era. Ela estava urinando mais ultimamente – muito mais –, e mesmo se alimentando bem ela continuava emagrecendo. Teimosa, não aceitava que eu a levasse ao médico para fazer mais exames, e eu não tinha como – ou não ousei – forçá-la. Eu de fato tinha aprendido a manter um equilíbrio entre fazer o que eu achava que fosse melhor para Edith e dar a ela liberdade para tomar as decisões do dia a dia sobre a própria vida, para que mantivesse a dignidade e o respeito.

Por fim, ela acabou aceitando ir ao médico. Fui trabalhar bem mais cedo naquele dia, pois não sabia se conseguiria voltar depois da consulta. Pelo jeito, o dia ia ser longo.

– Bom dia, Edith. Como a senhora está hoje?

– Se me pagassem para fazer xixi, eu já estaria rica a essa altura.

– Trouxe umas meias para a senhora.

– Não quero. Me deixe em paz.

– Não está com frio nos pés?

– Se estivesse, eu mesma teria colocado meias.

Era uma daquelas conversas que teriam terminado bem diferente um ano antes. Eu insistiria para ela colocar as meias e tentaria assumir o comando, como se faz com uma criança. Mas agora eu já sabia que a chance de ela ter um acesso de fúria porque alguém estava tentando fazê-la colocar as meias era bem maior do que a de morrer por causa de frio nos pés. Deixei as meias na escada e perguntei se ela já estava pronta para sair.

– Por que nós estamos indo ao médico? – disse ela, menos como uma pergunta e mais como um desafio.

– A senhora concordou – eu lembrei a ela.

As últimas semanas não haviam sido fáceis. Mesmo com uma alimentação reforçada, Edith continuava emagrecendo. Comprei para ela uns suplementos alimentares, que teoricamente tinham todos os nutrientes de que ela precisava. Além disso, ela ficou comendo várias coisas engordativas e bebendo litros de água, mas passava o dia inteiro eliminando tudo o que ingeria. Quanto mais ela se alimentava, mais precisava usar o banheiro. Começou a reclamar que o bumbum doía de tanto se sentar na cadeira higiênica.

Apesar de tudo isso, eu estava tendo dificuldade de convencê-la a ir ao médico. Ela não gostava do hospital de Ballard, então marquei consultas para ela no Centro Médico de Harborview, em First Hill, que o pessoal de Seattle chamava de "Pill Hill", ou Ladeira da Pílula. Quando finalmente entramos no carro, ela ficou se mexendo no assento, nervosa, como uma criança indo para a escola com medo de alguma prova surpresa. Faltavam apenas alguns quarteirões para chegarmos quando ela anunciou:

– Não vou mais. Me leve de volta para casa. Não quero ir.

Suspirei.

– Edith, nós já conversamos sobre isso – eu disse, sem muita convicção, sabendo que dificilmente ela mudaria de ideia.

– E quando conversamos eu disse que não queria ir e estava falando sério. Faça o retorno e vamos voltar, por favor.

Debati com ela por mais alguns minutos, mas eu tinha certeza de que seria inútil. Uma parte de mim sabia que eu não tinha o direito de forçá-la a ir. Ela não confiava em médicos, então muitas vezes quando eles lhe davam alguma orientação – como passar a tomar outro remédio, por exemplo – ela dizia que não, não iria fazer aquilo. Mas eu prestava atenção no que o médico falava e depois, quando ela estivesse mais calma, eu lhe dizia quais eram as recomendações. Às vezes conseguia convencê-la. Outras, não. E sempre tinha em mente que o importante era que ela ficasse bem, não eu. Nesse caso, fiquei em dúvida: eu queria que ela fizesse os exames hoje porque ela precisava ser diagnosticada ou porque eu já tinha dirigido até lá e não queria ter perdido meu tempo à toa?

Foi uma boa pergunta. Mas eu nem precisei respondê-la, porque Edith não ia mudar de ideia de jeito nenhum.

Tive que dar uma volta enorme até chegar à autoestrada em direção a Ballard, então nesse caminho acabamos passando na frente do hospital. Era um prédio enorme, imponente – na verdade eram dois edifícios, um de cada lado da rua, idênticos na arquitetura, mas um três vezes mais alto que o outro. Aproveitei para perguntar a ela mais uma vez:

– Tem certeza de que a senhora não quer entrar, já que estamos bem aqui em frente?

– Sim, tenho certeza de que mesmo assim não quero entrar.

Nas semanas seguintes, me arrependi por não ter insistido mais para que ela fosse fazer os exames. A saúde de Edith parecia ficar mais frágil a cada dia. Ela mal conseguia andar sozinha. Isso já era ruim, mas foi quando finalmente teve que admitir que não podia mais escrever que ela ficou bastante triste. Eu me dei conta de que ainda não sabia sobre o que ela estava escrevendo, e agora me sentia mal por nunca ter perguntado. Talvez fosse um novo romance. Fosse o que fosse, era importante para Edith e lhe dava ânimo, então uma tarde perguntei se ela gostaria de ditar o texto para Kelsey digitá-lo. Educadamente, Edith recusou, dizendo que ela não conseguiria desenvolver o texto dessa forma. Vi sobre a mesa o tijolo que ela havia publicado antes sob o pseudônimo de Domilini, o *Where Yesterday Began*, e me bateu certa tristeza. Agora que Edith não podia mais escrever, era quase como se Domilini tivesse morrido, desaparecido ou algo do tipo.

Naquela noite, quando cheguei para preparar o jantar, me surpreendi ao vê-la toda encolhida num canto do sofá, o rosto vermelho e molhado como se tivesse chorado muito. Havia um livro no chão perto dela.

– A senhora deixou o livro cair? – perguntei, me abaixando para apanhá-lo.

– Nem perca o seu tempo. Eu não consigo mais ler, que droga!

Eu não soube o que dizer.

– Você não sabe o que é isso – continuou ela. – É horrível. Não acredito! Você não tem ideia. Que porcaria de vida é essa, sem ler, sem escrever? É um campo de concentração, isso sim! Que inferno!

Agora ela chorava copiosamente. Não chegava a soluçar, mas as lágrimas escorriam por suas bochechas e iam até os lábios. Ofereci a caixa de lenços de papel, mas ela deu um tapão na caixa, que voou da minha mão, caiu e foi parar num canto da sala, como se estivesse com medo de Edith.

Ela foi se apoiando no sofá e se levantou sozinha, o que não fazia há semanas. E embora não subisse para o segundo andar da casa havia mais de um ano, desde que tinha caído e quebrado uma costela, ela estava indo em direção à escada, decidida.

Perguntei aonde ela estava indo.

– Vou pegar minha arma – disse ela. Sua voz tinha um tom casual, como se ela tivesse dito que ia fazer um chá. – Vou me matar.

Agora ela estava se arrastando no chão em direção à escada, e conseguiu erguer apenas seu torso até o primeiro degrau, com o resto do corpo esparramado no chão. Ela tinha dificuldade de levantar o joelho.

Edith realmente guardava em seu quarto uma pistola calibre .22 antiquíssima. Ou melhor, não guardava mais, pois a encontrei uma vez e resolvi escondê-la. Não havia motivo para manter uma arma em casa se ela não seria usada. Mas não contei a ela o que fiz. Não tinha por quê. Acho que ela mantinha a arma ali para se sentir mais segura, mesmo sabendo que não conseguiria utilizá-la nem se precisasse, e não vi problema nisso.

Edith estava falando um monte de palavrões, e só tinha conseguido subir dois degraus da escada. Não tentei impedi-la, mas também não a ajudei. Eu tinha que deixá-la extravasar, não importava o que ela estivesse fazendo. Nada que eu fizesse naquele momento iria ajudá-la a se sentir melhor, e qualquer iniciativa minha só pioraria a situação. Só me restava ficar ali parado, observando uma senhora idosa lutando inutilmente para subir uma escada, a fim de encontrar um revólver que não estava lá em cima.

Ela estava no terceiro degrau quando finalmente desistiu. Começou a chorar de novo, mas parecia tão furiosa quanto infeliz. Um pensamento terrível passou pela minha cabeça: eu podia dar a arma a ela e deixar que fizesse o que queria. Não havia futuro para Edith e sua vida estava um tormento, então por que nesses casos uma pessoa não pode ter o direito de decidir quando vai partir? Quando foi que a humanidade se juntou e determinou que ninguém pode fazer essa escolha?

Foi um pensamento horrível, mas antes que ele se tornasse vívido e real demais, impossível de ser tirado da cabeça, voltei minha atenção novamente para aquele momento, para Edith chorando deitada sobre a escada. Andei até ela, sentei-me num degrau e lhe dei um abraço.

– Vamos lá, vamos descer – falei.

Edith não disse nada, mas deixou que eu a ajudasse a se erguer e voltar para o sofá. Achei a caixa de lenços de papel "assustada" e a coloquei de volta na mesinha. Estava indo em direção à cozinha quando parei e me virei para Edith, porque achei que talvez ela quisesse conversar, mas ela simplesmente continuou imóvel e calada, olhando para a TV mas sem realmente ver o que estava passando na tela. Compreendi que realmente não havia nada que um de nós pudesse dizer ao outro.

Uma semana se passou até eu abordar novamente o assunto sobre ir ao hospital para ela fazer os exames que vinha evitando. Eu não sabia o problema que ela tinha, mas algo estava errado. Não era normal alguém comer tanto quanto ela e continuar emagrecendo. Não havia nenhum sintoma que parecesse muito grave; Edith só sentia uma dorzinha de barriga insistente e urinava umas cinquenta vezes por dia. O que era incomum.

Ela finalmente concordou em subir a Ladeira da Pílula de novo. Estava se sentindo muito fraca e até falou em voltar para a clínica de reabilitação, para ver se conseguia recuperar suas forças, então aproveitei essa deixa. Eu não podia convencê-la a fazer as coisas que não queria, mas se partisse de algo com que ela concordava, conseguiria alcançar meu intuito.

Lembrei-a de que se ela fosse ao hospital fazer os exames, o médico poderia prescrever as sessões de reabilitação e dessa forma o sistema de saúde do governo pagaria o tratamento. Isso funcionou. Ela me deu permissão para marcar consulta.

Liguei e consegui marcar para a segunda-feira seguinte. Queria fazer aquilo logo, antes que Edith mudasse de ideia. Disse a ela que dessa vez era melhor irmos de ambulância, já que ela estava com tanta dificuldade de locomoção. Na verdade, dei essa sugestão porque assim seria mais difícil ela desistir no meio do caminho. Deu certo.

Na segunda-feira seguinte, ao final do meu dia de trabalho, fui de carro até o hospital. Havia um estacionamento de bicicletas bem na entrada, lotado, então pensei: quem será que vem de bicicleta até aqui? Mas claro que elas deveriam pertencer aos funcionários, e a estrutura de ferro para estacioná-las ficava na entrada para mostrar como a instituição tinha preocupação com o meio ambiente. As pessoas em Seattle são assim.

Meu pensamento seguinte foi até engraçado, imaginei Edith jovem andando de bicicleta. Ela deve ter feito isso, como muitas pessoas na época dela. Ou será que eu só tinha essa ideia por influência de cartões-postais antigos? Pensei nela andando de bicicleta por Paris ou pela Alemanha. Tentei visualizá-la como naquela foto da clarineta, indo até a casa de seu primo Benny Goodman. Na minha imaginação, o cabelo dela era longo e se mexia ao sabor do vento, e ela sorria, feliz, sem nenhuma preocupação.

O sol estava se pondo quando passei por baixo da marquise metálica na entrada do hospital. Fazia bastante frio e saía vapor da minha boca com a respiração enquanto eu passava por um grupo de homens encasacados, com as calças azuis do uniforme do hospital, fumando do lado de fora a uma distância tolerável das portas automáticas da entrada. Tive que parar e esperar as portas se abrirem e então dar a vez para um funcionário do hospital levar um idoso numa cadeira de rodas até um carro que o esperava do lado de fora. De repente algo bloqueou meus movimentos. Então me dei conta de que, no esforço de convencer Edith a ir para o hospital, não passou pela minha cabeça que poderiam descobrir algo sério. Agora, eu estava prestes a descobrir o que era e não sabia se estava preparado para isso. Mas era besteira minha ficar parado ali, então segui em frente assim que o enfermeiro passou com o paciente.

Estava quente dentro do prédio devido ao aquecimento central, e isso fez eu me sentir mais cansado do que já estava. Tentei ignorar essa sensação e fui até o balcão de informações, onde me disseram que Edith ficaria internada pelo menos durante aquela noite. Não sei por que me surpreendi, mas deve ser por que o fato de ela ficar lá também não havia passado pela minha cabeça. Fui até o quarto dela.

Ao sair do elevador, avistei algumas enfermeiras no final do corredor e resolvi ir falar com uma delas antes de fazer qualquer outra coisa. Assim que lhe disse quem eu estava visitando, sua expressão ficou mais séria. Percebi logo que eu ouviria uma má notícia.

– O resultado não é nada bom, ela tem câncer no pâncreas – revelou ela, sem rodeios.

Acho que foi melhor ouvir aquilo de uma vez só. Uma notícia dessas vai direto para o cérebro, encontrando aquele lugar onde você até estava pensando que isso era possível, mas não queria admitir para si mesmo. Afinal, quando passa quase todos os dias com uma pessoa que está com 86 anos, você precisa no mínimo considerar a possibilidade de ela estar com um problema grave. E me dei conta, quando a enfermeira falou a palavra *câncer*, que eu já havia cogitado aquilo algumas vezes, mas provavelmente eliminara aquele pensamento da mesma forma que fiz após pensar em deixá-la ter acesso à arma. Edith era tão forte e segura de si que eu nunca tinha considerado que ela poderia ter uma doença. Ou talvez eu nunca quisesse ter pensado nisso. Porque, para ser sincero, eu tinha passado a amar Edith de uma forma que ela se tornou tão importante para mim quanto as pessoas da minha família. Quando se ama alguém desse jeito, parte do seu cérebro simplesmente se fecha, a parte que não quer ver o que você não quer ver, não quer ouvir o que você não quer ouvir.

Mas agora eu estava ouvindo aquilo, de pé sob luzes fluorescentes, e a palavra ficou suspensa no ar, na minha frente, como se eu pudesse vê-la.

Câncer.

Não sei quanto tempo fiquei parado ali, tentando absorver aquele pensamento, mas a enfermeira foi paciente – com certeza aquela não foi a primeira vez que ela deu más notícias para alguém – e ficou olhando para mim, sem demonstrar pena ou emoção, apenas esperando. As primeiras palavras que saíram da minha boca, depois do que pareceu ser uma eternidade, foram:

– Ela já sabe?

– Sabe, sim – respondeu. – Uma assistente social ficou com ela e explicou tudo.

A enfermeira resumiu a situação para mim. Pelo visto Edith tinha três opções: cirurgia, que seria muito arriscada para uma pessoa de 86 anos. Poderia até ajudar, mas com certeza provocaria sequelas sérias e ela talvez não resistisse; químio e radioterapia, que também poderiam prejudicar o organismo dela; ou simplesmente deixar a doença seguir o seu curso natural. Essa expressão que ela usou – "seguir o seu curso" – fez minha mente ir direto para o fim daquele curso, mas este era um lugar que eu ainda não queria visualizar.

Agradeci à enfermeira e fui até o quarto de Edith. Ela estava num quarto duplo com outra paciente, e a TV estava ligada com o som um pouco alto, mas eu conversei com ela mesmo assim.

Apenas perguntei como andavam as coisas e Edith respondeu "tudo bem", então conversamos um pouco sobre trivialidades, ambos talvez esperando que o outro puxasse o assunto.

Por fim, perguntei:

– Então, Edith, eles falaram o que você tem?

– Falaram, sim – respondeu ela, e se virou para a televisão.

Ela parecia muito pequena naquela cama de hospital, vestida com a camisola fina, por trás das barras de ferro do lado da cama. Pelo controle remoto que ela segurava era possível mexer na TV, ajustar a inclinação da cama e chamar a enfermeira acionando um botão. A mão dela parecia minúscula segurando o aparelho. E no quarto ainda tinha aquela iluminação de hospital que parece tornar tudo mais surreal, como se você pudesse fechar os olhos e, ao abri-los, estar de volta em casa, como se nada daquilo tivesse acontecido. Ou talvez eu apenas quisesse que fosse assim.

Conversamos um pouco sobre as opções que Edith tinha, como fazer quimioterapia ou se submeter a uma cirurgia, e claro que ela disse que não queria fazer nada daquilo. Comecei a contra-argumentar – mas então parei.

Que benefício ela teria em lutar contra essa doença? Eu sei qual seria o meu: saber que fizera tudo por ela. Mas e para Edith Wilson Macefield? Certamente ela não ganharia em qualidade de vida. Levaria tempo demais para ela se recuperar, se é que isso seria possível. Minha mente me levou de volta à época em que nos conhecemos. Lembrei-me daquela conversa sobre o estádio Kingdome, quando ela disse que mudanças não a incomodavam, porque inovações fazem parte da vida mesmo; o prédio que eu estava construindo um dia seria derrubado, assim como demoliram o Kingdome vinte e cinco anos depois de construí-lo. Um pequeno trecho de uma canção me veio à mente – apenas um pedacinho, algo como "é simplesmente a maneira como as coisas mudam, como a areia e o mar". Olhei para Edith e, embora isso pareça estranho, ela parecia estar relaxada. Até aliviada, eu diria.

Eu não tinha certeza do motivo. Talvez fosse por causa dos remédios que lhe deram, mas acho que não. Era mais do que isso; algo naquele dia a transformou de uma forma que eu não esperava.

Puxei uma cadeira de plástico para mais perto da cama dela e me sentei.

– Eles lhe deram jantar?

– Deram, mas estava horrível. Prefiro ficar com fome a comer a gororoba que servem aqui.

Bem, pelo menos Edith continuava a ser Edith. Eu disse que ia ver o que conseguia arrumar para ela naquelas máquinas automáticas no corredor.

Enquanto fui procurar o que comer, senti o peso daquelas informações pairando sobre mim, uma sensação física: câncer. Claro que nunca pensei que Edith fosse viver eternamente, mas essa realidade, esse simples fato me fez sentir como se estivéssemos num trem que mudara bruscamente de direção. Não tinha volta. A única opção era continuar nesse trem até o fim da linha.

Esse pensamento me fez lembrar de algo que um amigo meu costumava dizer: cuidado com a luz no fim do túnel; pode ser um trem vindo na sua direção. Mas não era exatamente isso que acontecia com Edith – ou comigo. Na verdade, era o oposto. Por muito tempo, Edith estivera num túnel longo e escuro, sem poder escrever, ler, sofrendo de incontinência, sem parecer ter uma solução ou uma explicação para aquilo tudo. Agora havia uma razão, um nome para o que ela estava enfrentando, e isso, pelo menos, iluminou um pouco aquele túnel tão assombroso.

Parei de andar no meio do corredor, porque esse pensamento me atingiu como se uma bola de tênis tivesse sido atirada na minha testa. A tranquilidade de Edith, compreendi, foi motivada exatamente pelo que meu pai sentiu quando foi diagnosticado com Alzheimer.

Pensei nos dois: Alzheimer, câncer. Não são as palavras mais agradáveis para fazerem parte da sua vida. Elas têm muito significado, muito peso, e são ambas facas de dois gumes. Não tenho a intenção de minimizar o que elas representam, de jeito nenhum, mas de certa forma foi positivo isso acontecer porque parte do que eu estava aprendendo com Edith no dia a dia era como lidar com meu pai e a doença dele. E tive certeza naquele momento, na expressão de tranquilidade que vi no rosto de Edith, que o não saber é a pior parte.

Já tinha ouvido o apresentador John Walsh, do programa policial *America's Most Wanted* (Os mais procurados da América), falar de crianças desaparecidas, mencionar isso várias vezes, mas eu nunca havia ligado uma coisa a outra. Não saber é o pior. O véu que mantinha Edith na escuridão em que estava vivendo agora tinha sido levantado. Mesmo revelando uma verdade terrível e ameaçadora, ao menos agora ela sabia o que o mundo reservava para ela.

Agora eu me dava conta de que Edith sempre queria saber exatamente o que estava acontecendo: se eu ia chegar às seis ou às sete, se eu ia dormir no chão da casa dela ou se iria embora, quem cuidaria dela no fim de semana em que eu viajasse. Esses e milhares de outros detalhes eram coisas essenciais na vida dela. Eu sempre me irritava quando ela ficava me enchendo de perguntas: que horas você vem? Quando vamos jantar? Que horas você vai para casa? E eu pensava, meio irritado: "Por que precisa saber disso? A senhora tem que ir a algum lugar?" Tudo fazia sentido agora. Claro que ela sempre precisou saber os pequenos detalhes de cada dia – era sua forma de se sentir com algum controle sobre as coisas.

Por isso dava para compreender por que ela estava tão tranquila, confiante até, após descobrir que estava com câncer, por mais paradoxal que isso possa parecer. Quando não sabia o que tinha, ela havia perdido o controle da própria vida; agora, ela estava no comando novamente. Quimioterapia? Radioterapia? Cirurgia? Ao menos a partir desse momento ela podia tomar as grandes e importantíssimas decisões. Isso é algo que fazemos bem menos ao envelhecer – e a coisa mais importante que nós, ao ajudarmos um idoso, devemos lembrar. Eles passaram a vida inteira tomando grandes decisões sobre o próprio destino e o de outros. Se apenas metade do que Edith me contou sobre o passado dela for verdade, ela tomou algumas que afetaram a vida de dezenas de crianças. Então, retomar agora, pela última vez, o poder sobre a vida e a morte – ou o de decidir e escolher – deve proporcionar uma sensação muito reconfortante. Talvez mais do que a vida em si.

Naquelas máquinas automáticas só havia bobagens para se comer – o que sempre me surpreende, pois um hospital tem o objetivo de nos tornar mais saudáveis. Mas, rindo comigo mesmo, pensei, enquanto colocava uma nota de um dólar na máquina e escolhia um tipo de bolinho para ela: "Bem, o que não mata engorda."

13

Saber que Edith estava com câncer foi tão devastador que, na comparação, a segunda má notícia nem pareceu um grande problema. Diabetes.

Não era à toa que ela estava fazendo xixi sem parar. Agora dava para entender o motivo. Tentei não me torturar por não tê-la obrigado a fazer os exames há mais tempo. Me concentrei no fato de que agora, ao menos, haveria algum alívio para ela. Talvez não pudéssemos fazer nada em relação ao câncer, mas pelo menos poderíamos tratar o diabetes. Pelo que entendi, isso faria a maior diferença em termos de dar mais conforto a Edith. Quando sabe que está com os dias contados, você valoriza cada pequena vitória. Ou pelo menos era isso que eu pensava.

As enfermeiras davam insulina e outros medicamentos a Edith para ela não precisar urinar e beber água a cada quinze minutos. Foi um grande alívio ter uma resposta para o que estava acontecendo e saber que ao menos ela tinha controle sobre algo.

Edith estava feliz de poder voltar para sua casinha. Entendi isso perfeitamente. Ninguém gosta de ficar num hospital. Mas ainda havia uma montanha de papéis para eu preencher. Eu já esperava isso. Na verdade, me sentia orgulhoso por estar me especializando em cuidar de todos os formulários e de receitas médicas para ela. Eu já sabia identificar os documentos e trechos mais importantes, e perceber quando estava faltando alguma coisa.

Nesse dia, o que estava faltando era uma receita de insulina.

Além disso, ninguém havia me dado instruções sobre como cuidar de uma pessoa diabética.

Tive que esperar pelo médico por aproximadamente duas horas. Quando ele finalmente apareceu, pedi que conversássemos fora do quarto – dei a desculpa de que a televisão estava com o som muito alto, mas Edith nem parecia estar interessada em nos ouvir. Quando ficamos a sós no corredor, perguntei como seria o tratamento da diabetes.

– Senhor Martin – começou o médico, e logo percebi pelo seu semblante que ele falaria de algo não muito bom –, antes nós temos que discutir o tratamento para o câncer no pâncreas.

Ele me disse que Edith poderia ser submetida a químio, cirurgia ou até nada – a mesma ladainha que eu já tinha ouvido umas seis vezes até agora. Informei a ele, assim como aos outros, que Edith havia decidido não fazer tratamento nenhum. E que eu queria mantê-la o mais confortável possível.

– Senhor Martin – repetiu ele, e eu estava começando a me irritar toda vez que ele dizia o meu nome daquele jeito –, o diabetes não vai matá-la.

O bolinho também não, pensei. Mas isso não importa.

– Olha – comecei a dizer, surpreso com o meu tom de irritação –, eu sei que, como todo médico faria, você quer priorizar a doença mais grave. Mas não é isso que Edith quer. Não temos como controlar o câncer, mas podemos ao menos tratar o diabetes, então vou repetir a pergunta: como é o tratamento?

O médico me encarou por um segundo. Acho que médicos não gostam de ser desafiados, e ele parecia ponderar se ia embora sem me responder ou não.

– Ela não tem como se cuidar sozinha. Não vai conseguir checar o nível de glicose no sangue nem aplicar a insulina – disse ele, num tom que indicava que esse era o fim da conversa. Qualquer pessoa com o mínimo de inteligência entenderia isso.

– Talvez ela não consiga. Mas posso ajudá-la – comentei.

– Ah, é mesmo? Quanto tempo o senhor tem disponível?

– O tempo que for necessário.

– Ok, o senhor sabe aplicar injeção?

– Não, mas alguém pode me ensinar. Você mesmo sabe que não é tão difícil assim.

– Sim, mas o senhor também vai ter que checar a glicose dela.

– Tudo bem, com que frequência?

– Uma vez por dia.

– Sem problemas, posso fazer isso.

– Mas com que frequência o senhor vai visitá-la?

– Estou lá todo dia, toda noite e o fim de semana inteiro. Está bom para o senhor?

– Ok, prossiga. O senhor está começando a me convencer.

Aquilo me irritou mais ainda. Por que eu teria que convencê-lo? Não era ele quem tinha que tomar essa decisão, e sim Edith. E eu era a pessoa que a representava. Mas eu sabia que estava começando a fazer o médico mudar de opinião, então continuei focado.

– O senhor mesmo disse que a essa altura a única coisa que podemos fazer é tentar dar algum conforto para ela – eu disse. – Precisar urinar 45 vezes por dia e beber água sem parar não é muito agradável. Ela está com assaduras no bumbum de tanto sentar na cadeira higiênica. Posso ajudá-la para que ela não tenha que passar por isso. E *você* também pode ajudá-la nesse sentido. Não é tão difícil assim.

Aquilo pareceu ser o meu gol de placa.

– Está bem – o médico concordou. – O senhor me convenceu. Só um minuto.

Não precisei esperar mais que alguns segundos. O médico pegou pelo braço a primeira enfermeira que encontrou e pediu a ela que me desse um curso rápido sobre como cuidar de um diabético no dia a dia. A enfermeira foi gentil e eficiente, me explicou como checar o nível de glicose no sangue e aplicar injeção, como se estivesse me ensinando a trocar um pneu. Essa aula durou pouco mais do que cinco minutos e, logo em seguida, Edith e eu estávamos prontos para ir para casa, ela numa cadeira de rodas e eu andando a seu lado, com a receita médica para a insulina dobrada cuidadosamente dentro da minha carteira.

No caminho para casa contei a Edith a conversa que tive com o médico. Ela deu um sorrisinho. Acho que gostou de eu ter ficado irritado com o médico e inclusive me agradeceu por ter lutado por ela e por me dispor a administrar o tratamento de diabetes. Mas, fora isso, não conversamos muito. Tive a impressão de que ela estava tentando se mostrar forte. "O que você vai fazer para o jantar?" foi a única coisa que ela perguntou durante o percurso. Eu estava perdido nos meus pensamentos, dirigindo automaticamente, como uma mula seguindo o caminho de volta para o estábulo. Até me surpreendi quando chegamos à rua de Edith, pois pareceu que outra pessoa tinha dirigido o meu carro. Deixei-a bem acomodada no sofá e depois saí para comprar os medicamentos na farmácia.

Entreguei a receita para a moça atrás do balcão com certo orgulho, como se estivesse mostrando um boletim escolar cheio de notas 10. Enquanto aguardava, fiquei pensando que, de tudo que tinha aprendido por causa desse processo tortuoso, a ideia de não aceitar passivamente tudo que os médicos nos dizem e a de exigir o que é melhor para nós e para nossos entes queridos eram as que seriam mais úteis quando meu pai começasse a ter problemas piores. E aquele receituário foi um símbolo dessa lição que aprendi. Quase pedi que a moça da farmácia me devolvesse a receita para que eu a levasse para casa e emoldurasse. Sempre fui um pouco rebelde em relação a médicos, mas nunca havia tido uma razão forte para confrontar um deles.

Como uma pessoa faz quando não há ninguém para lutar pelos direitos dela? Especialmente quando está num hospital, entupida de remédios, se sentindo mal, com a mente meio confusa e todos aqueles médicos ocupadíssimos entrando depressa no quarto e dizendo o que querem fazer com ela, e saindo antes mesmo que ela consiga pedir mais esclarecimentos? Edith provavelmente não sabia que estava recebendo insulina no hospital. Talvez tivessem dito a ela, mas podia ter sido às seis da manhã, e Edith pode nem ter processado a informação. Foi uma sorte eu estar lá e ter disposição de brigar pelo bem dela. E me senti ótimo por ter vencido, com certeza.

Nem Edith, que era brava como um buldogue, teria enfrentado aquele médico, mesmo que quisesse. E duvido que ela teria vencido a discussão. Provavelmente sairia do hospital sem a receita médica, que foi o meu troféu. O mais importante foi que o receituário iria fazer diferença na vida de Edith. Uma enorme diferença.

Essa foi a lição do dia, turma, pensei comigo mesmo. Não basta comparecer. Além disso, é preciso estar pronto para a briga.

Foi um pouco tenso quando tive que dar injeção de insulina em Edith pela primeira vez.

– Cuidado! – gritou ela, enquanto eu preparava tudo. – Você não sabe o que está fazendo. Por que não chama alguém que seja ao menos um pouco mais competente?

Apenas dei de ombros.

Segui todas as instruções que me deram no hospital. Primeiro peguei o medidor de glicose. Furei o dedo dela com o lancetador, apenas o suficiente para obter uma gotinha de sangue. Coloquei o sangue numa tira de papel, que inseri em um aparelho eletrônico que calcula os níveis de açúcar.

Depois, peguei na geladeira um dos pequenos frascos de vidro com tampa de borracha contendo insulina e os desinfetei com álcool. Inseri a agulha no frasco para extrair a quantidade certa do líquido.

Agora o show ia começar.

Passei álcool no braço de Edith, respirei fundo e enfiei a agulha. Deu tudo certo, para a minha surpresa e acho que para a dela também.

Eu aplicava injeção nela todo dia antes do café da manhã, mas depois de uma semana ela começou a reclamar. Quando eu inseria a agulha, ela se contraía toda.

– Que droga, está doendo muito! – exclamou Edith. – Você está me machucando, porcaria!

Eu não conseguia entender o que estava fazendo de diferente. Será que o braço dela estava ficando mais sensível? Isso aconteceu muitas vezes – todo dia, sempre a mesma coisa. Edith estava ficando mais e mais irritada, e eu também.

Por fim, entendi tudo. Eu tinha ficado tão craque nessa rotina que comecei a fazer tudo de forma apressada. Como em todas as coisas, eu estava tentando ser objetivo e eficiente – chegar à casa dela, aplicar a injeção, fazer o café da manhã, limpar a cadeira higiênica, deixá-la preparada para passar o resto da manhã sozinha e sair –, tudo tão rápido que eu não estava esperando tempo suficiente para o álcool secar antes de enfiar a agulha. Então, estava entrando um pouco de álcool no braço dela, o que fazia arder demais. No dia seguinte, comecei a esperar mais para o álcool secar, e ela parou de reclamar, tudo voltou ao normal – inclusive o nível de glicose no sangue dela. Quando saí da casa dela para o trabalho naquela manhã, senti como se um furacão tivesse passado por nós. Provocou uma enorme devastação, mas agora, pelo menos, o céu estava claro, a atmosfera, calma, e as coisas, relativamente pacíficas e tranquilas.

Foi uma época agitada no trabalho. Desde que tivemos o problema com os cabos de alta-tensão, parecia que tudo que fazíamos tinha que ser pensado mais de uma vez, pois tivemos que replanejar tudo em torno dos cabos. Como já mencionei, estávamos construindo o shopping em zigue-zague, para quem olhasse do chão, e a disposição dos andares mais altos lembrava uma escada, porque não podia haver nada perto dos cabos até que fossem retirados. Era como se estivéssemos preparando uma escadaria para o poste de eletricidade subir. Mas construir dessa forma é muito mais complicado do que aparenta. Não se trata apenas de não terminar o andar. Porque a cada um deles, mesmo que incompleto, temos também que considerar fiação elétrica, encanamento e ventilação, ou seja, cada etapa da construção tem que ser reconfigurada enquanto esperamos a retirada dos fios de eletricidade da rua. Agora os cabos não estavam mais tão próxi mos dos limites da construção, então qual seria o próximo passo?

Para se ter uma ideia do que precisamos fazer antes, inicialmente o edifício não tinha sido projetado para se manter de pé mesmo com um lado mais alto do que o outro, então tivemos que mexer na tensão dos cabos de suporte. Como não dava para fazer isso do lado dos fios de alta-tensão, tivemos que descer até o subsolo para reforçar a base e permitir a construção de andares mais altos num lado só sem que o edifício desmoronasse. Mas, a cada solução, criávamos um novo problema que também precisava ser resolvido.

Acho que era por isso que eu ficava com tanta pressa quando cuidava de Edith naqueles dias. O trabalho estava consumindo a minha mente. De noite, na cama, eu pensava em como seria a nova sequência de etapas da obra diante de todas as mudanças, ou então me preocupava com o tempo que os engenheiros iriam levar rearranjando as instalações elétricas e as proporções de peso do shopping. Eu tinha que me forçar a pensar em outras coisas.

Então, numa noite, fiquei pensando no passado de Edith. Isso ainda era como um quebra-cabeça em que as peças não se encaixavam direito. Tive a ideia de pesquisar na internet para ver se descobria alguma informação, mas naquele momento achei melhor não sair da cama e ir para o computador. No dia seguinte, acabei me esquecendo de fazer isso. Depois lembrei e pensei em deixar o tablet na cama para não ter erro, mas também foi em vão.

Ou seja, as dúvidas sobre o passado de Edith continuavam borbulhando na minha cabeça, e eu fui ficando cada vez mais curioso. No fim de tarde de um sábado, no início de março, depois de lavar a louça do jantar e voltar para a sala, fiquei surpreso ao perceber que a televisão não estava ligada. Edith nunca a desligava, então quis saber o que tinha acontecido.

– A televisão não está funcionando direito, Edith?

– Está, sim, mas eu só queria pensar um pouco – disse ela, olhando para a janela.

Estava anoitecendo, mas a casa dela dava para o sul, então quem se sentava no sofá e olhava para o lado direito via a parte do céu que mais demorava a escurecer. Edith estava fazendo isso naquele momento, como se tentasse encontrar um restinho de luz no céu.

– No que a senhora está pensando?

Sem se virar para mim, ela respondeu:

– No Richard.

Veja só, então eu não era o único pensando no passado dela. Foi a primeira vez, que eu me lembre, que Edith tomou a iniciativa de falar sobre o passado antes que eu perguntasse. Imagino que, ao ter ciência de um diagnóstico terminal como o de Edith, qualquer um, por mais valente que seja, acabe pensando no passado e nas pessoas que foram importantes ao longo da sua vida. É natural.

O bule começou a apitar no fogão, então fui até lá para trazer uma xícara de chá para cada um. Havia uns sininhos pendurados na entrada da cozinha que, sempre que minha cabeça batia neles, tilintavam um pouco. Nunca tinha me ocorrido perguntar antes, mas nessa noite, depois de tudo que vínhamos passando ultimamente, quis saber:

– De onde vieram esses sininhos? – perguntei, enquanto colocava a xícara dela na mesinha. – Objeto antigo de família?

Ela se voltou para mim, mas não respondeu de imediato. Era como se estivesse com a mão na maçaneta, mas ainda incerta se deveria ou não abrir a porta.

Quando eu menos esperava, ela a escancarou.

– Os sininhos eram de um camelo – contou. – Da fazenda de James.

Era como se três perguntas estivessem brigando na minha cabeça para ver qual sairia da minha boca primeiro: Camelo? Fazenda? James?

Antes que eu pudesse escolher, Edith fez algo que nunca a tinha visto fazer antes: me contou uma história do início ao fim.

E que história!

Depois de escapar do campo de concentração, Edith viajou muito, passou pela Áustria e depois voltou à Alemanha. Richard Tauber reapareceu na vida dela e os dois começaram um romance. Segundo o que ouvi, eles se casaram e em pouco tempo ela engravidou.

Richard e Edith pensaram que, com tudo que estava acontecendo no mundo, a criança só estaria segura se tivesse um nome puro. Eu não entendi direito o que ela quis dizer com *puro*; só mais tarde fui saber que Tauber era de família judia e tinha sido atacado por nazistas por causa disso.

Para criar o filho em segurança, Edith deixou Richard na Alemanha e se mudou para a Inglaterra, onde a criança nasceu. Lá ela reencontrou um homem, James Macefield, um viúvo rico com filhos crescidos. Eles se casaram – embora Edith já fosse casada com outro –, mas esse arranjo foi apenas de conveniência para ambos. Ele deu a Edith uma casa e um nome para a criança. Ela deu a ele sua companhia e... bem, eu já conhecia Edith há tempo suficiente para saber que ela poderia encantar alguém com suas histórias. E já ouvi o bastante para saber que ela tinha a habilidade de atrair os homens quando queria.

James Macefield tinha uma fazenda na África, e eles passavam vários meses por ano lá. Ela me contou de quando fez umas tortas e as colocou no peitoril da janela para esfriar. Umas girafas chegaram perto da casa e, usando o pescoço para alcançar acima da cerca, conseguiram comer as tortas inteiras.

Edith riu com essa lembrança; acho que nunca a tinha visto rir das próprias histórias. Ela tomou um gole de chá e olhou de novo para a janela. Agora estava escuro lá fora, e fiquei com medo de que ela interrompesse a história ali, na parte das girafas comendo as tortas. Mas ela continuou.

Foi por volta dessa época que ela recebeu o castelo que transformou em orfanato. Richard Tauber aparecia de vez em quando, mas por alguma razão as crianças não gostavam dele. Edith disse que nesse período ainda era completamente, loucamente apaixonada por ele. Sim, ela usou essas palavras: completamente, loucamente. Parecia algo que um escritor de romances diria, então pensei naqueles livros dela na escrivaninha, indagando a mim mesmo quanto dessa história estava nos livros que ela tinha escrito, ou quanto dos livros estava nessa história.

Anos depois, Richard, que era 25 anos mais velho que Edith, adoeceu. Passou longas semanas internado até finalmente não suportar mais. Morreu numa cama de hospital, com Edith a seu lado. Ela disse que sofreu demais por isso. Correu para fora do hospital e nunca mais voltou lá, e pediu a Deus que apagasse Richard Tauber de sua memória. Solicitou aos amigos que tomassem as devidas providências – e não foi ao enterro dele. De fato, ela me disse, não pensara mais nele até alguns anos antes, quando finalmente se permitiu comprar CDs com a música dele, aqueles que escutava toda noite assim que eu ia embora.

Quando terminou a história, pegou sua xícara e tomou o último gole.

– Estava muito bom – disse ela. – Era descafeinado, não é? Sei que você não me daria chá comum. Já tenho dificuldade de dormir normalmente. Você toma conta de mim muito bem, não posso negar.

Entendi que esse era o sinal de que ela não queria mais falar do passado e não iria responder mais perguntas. Mas, de qualquer forma, estava ficando tarde. Levantei-me para ir embora, certifiquei-me de que tudo estava em seu devido lugar c dei-lhe um beijinho na testa.

– Vou ficar esperando o barulhinho da sua chave na porta amanhã – disse ela.

Antes de sair, por acaso olhei para a foto de Edith com a clarineta que segundo ela foi presente de Benny Goodman. Estava no porta-retrato sobre a mesinha dos anos 1950 que era igual à da minha casa na infância, assim como o abajur. Tive uma sensação estranha. Aqueles simples objetos, uma mesa, um abajur, uma clarineta; muito insignificantes. Apenas coisas bobas. Mas, por outro lado, são o tipo de coisa que aproximam fortemente as pessoas. Edith e o primo – se é que isso era verdade – ligados por aquela clarineta. Edith e a mãe, por aquelas estatuetas que vinham nas caixas do chá Red Rose. Edith e eu, por aquela mesinha e aquele abajur. Quando entrei na minha picape, vi o CD do Richard Tauber que havia pegado emprestado sobre o banco do carona, junto dos pompons de cheerleader que minha filha tinha deixado ali na noite anterior. Eles são apenas tiras de plástico baratas coladas umas nas outras, mas talvez um dia Kelsey tenha sua própria filha e esses pompons serão uma das memórias mais importantes que ela vai guardar da mãe. Minha futura neta poderá pendurar um pompom numa parede, ou mesmo emoldurá-lo. Mas dei partida no carro e ri desse pensamento. Não é à toa que as pessoas se tornam acumuladoras de objetos inúteis. É uma questão de priorizar o que se joga fora e o que se guarda para sempre.

No caminho de volta para casa, vi uns pinguinhos no para-brisa, como se o céu estivesse indeciso entre deixar cair chuva ou neve. Quando cheguei, minha família já tinha jantado há muito tempo. Pelo menos ainda estavam todos acordados – ultimamente, muitas vezes eu chegava bem depois de meia-noite. Evie estava lá em cima, no nosso quarto, assistindo à televisão. Na época ainda não gravávamos programas em TiVo ou DVR – aliás, nem hoje fazemos isso –, então ela só assistia ao que estivesse passando nos canais. Meus filhos estavam na sala, fazendo seus deveres de casa. Fui até a geladeira, peguei a comida para esquentar e depois me sentei à mesa de jantar sozinho, perdido em meus pensamentos.

14

Meu pai desapareceu de novo. Dessa vez, ele tinha levado o cachorro para passear numa trilha perto de casa, um caminho que segue as linhas de transmissão de eletricidade. E depois de horas ainda não tinha voltado. Repetimos os mesmos procedimentos da outra vez, um ligando para o outro para ver se ele tinha aparecido na casa de alguém. Minha mãe conversou com os vizinhos, que a convenceram a chamar uma equipe de busca e resgate.

Essa equipe se reuniu no ponto mais alto da trilha, com suas luzes azuis e vermelhas piscando. Muitos vizinhos se ofereceram para ajudar na procura. O sol estava quase se pondo, então havia urgência em resolvermos aquilo logo. Um dos membros da equipe de busca e resgate abriu um mapa e parecia estar decidindo para quais áreas mandar cada grupo de pessoas. Então, em meio a toda essa movimentação, meu pai surgiu andando de dentro da floresta, olhando para a equipe de emergência aparentemente sem ter a menor ideia de que aquilo tinha algo a ver com ele. Minha mãe foi até ele e começou a gritar. Papai tentou dar a impressão de que não tinha feito nada de mais. Simplesmente havia saído da trilha e demorou a encontrar o caminho de volta.

– Você se perdeu! – gritou minha mãe.

– Eu não estava perdido. O cachorro sabe voltar para casa – disse ele, achando que o assunto se daria por encerrado dessa forma. Mas não para a mamãe.

No dia seguinte, fui lá para ver como eles estavam, e minha

mãe ainda estava muito abalada. Papai estava na sala vendo televisão e tomando suco. Não sei como teria sido a nossa conversa antes de eu ter minha experiência com Edith, mas agora eu tinha uma ideia melhor de como abordar o assunto com ele:

– Pois é, soube que você fez uma longa caminhada ontem.

Ele deu um sorrisinho, como se tivesse sido pego no flagra.

– Sabe, uma pessoa com Alzheimer precisa tomar decisões com mais cuidado – continuei, para mostrar que entendia que ele é quem deveria tomar as próprias decisões, e não a gente.

Acho que ele compreendeu bem. Enquanto conversávamos e papai disse que não iria mais levar o cachorro para passear naquela trilha sozinho, vi que ele sentiu que estava decidindo aquilo por si próprio. Se ele iria lembrar que tomou aquela decisão ou se iria cumprir a promessa era algo que só saberíamos com o tempo. Mas ao menos naquele dia eu me senti aliviado, pensando que lidar com Alzheimer talvez não fosse tão difícil quanto diziam.

E pela segunda vez, enquanto estava ali com meu pai, pensei: "Obrigado, Edith."

Na manhã seguinte, quando contei a Edith o que havia acontecido com meu pai, ela apenas sorriu e comentou:

– Pelo que você me diz, ele é um velhinho bem forte, o danado – comentou. – Sabe tomar conta de si mesmo.

Ela estava se referindo ao meu pai, mas podia muito bem estar falando dela própria.

Fiz a torrada encharcada e levei para ela. Ia ser um dia bem cheio no trabalho, e eu sabia que não poderia ir vê-la até a hora do almoço, então resolvi me sentar ao lado dela por um minuto antes de sair.

– Ah, hoje não está saindo correndo para trabalhar, é? – brincou Edith.

– Por quê? A senhora está querendo se livrar de mim? – rebati.

Ela riu de novo.

– Não, você sabe que sempre fico muito feliz em sua companhia.

Era estranho ela ainda conversar comigo daquele jeito formal, especialmente quando tentava dizer algo gentil.

– Sabe – começou a me contar –, em algumas manhãs tenho muita saudade de Boris. Ele tinha apenas 13 anos quando morreu. Só quem passou por isso sabe como é a dor de perder um filho...

Fiquei estupefato. Ela já havia mencionado o filho algumas vezes, claro, mas eu nunca soube o que havia acontecido com ele. E então ela jogou essa bomba assim, no meio do café da manhã.

– Como ele morreu? – perguntei. Foi a única coisa que consegui dizer.

– Meningite. Uma coisa horrível.

– Onde aconteceu isso, Edith?

Mas percebi que ela não queria ir além naquele assunto, então não a pressionei.

– Essa torrada está ótima – disse ela.

Mais tarde, naquela noite, Edith quis continuar a sua história. Ela estava com vontade de conversar, eu acho. Talvez o câncer a tivesse feito compreender que não tinha todo o tempo do mundo, e, se fosse contar essa história a alguém, que fosse para mim. Só sei que sempre precisei fazer um esforço enorme para tirar no máximo duas palavras dela quando se tratava de seu passado, mas agora Edith estava me contando tudo, esclarecendo fatos que durante um ano haviam permanecido apenas em minhas suposições.

Sem que eu precisasse fazer muitas perguntas, Edith começou a me contar a história que mais me deixava curioso. Mas, afinal, quem teria a coragem de inventar que havia passado um tempo num campo de concentração?

Isso foi depois do jantar, e Edith não estava economizando palavras. Contou que, quando estava na Alemanha, alguém a acusara de ser espiã e, na mesma tarde, ela foi levada de trem até Dachau, onde a enfiaram num daqueles campos com dezenas de crianças judias.

– O guarda molestava sexualmente algumas das crianças – disse Edith. – Não me pergunte como sei disso, mas é verdade.

É uma coisa terrível de se dizer, daquela forma direta. Fiquei pensando se ela queria dizer que também tinha sofrido o abuso. Mas ela não entrou em muitos detalhes.

Edith continuou dizendo que uma noite, não muito depois de ter sido presa, ouviu batidas à porta do alojamento. Abriu e a princípio não viu ninguém, mas depois acabou notando que o tal guarda estava deitado de cara no chão, morto, bem ali em frente.

– Fiquei com o coração na boca – disse ela, e não pude deixar de pensar que isso também parecia uma frase que ela escreveria em um de seus romances. Era como se eu ouvisse sua história de duas maneiras: como a que ela estava recordando e a que estava inventando.

Continuou: havia uma caminhonete de lavanderia estacionado junto ao corpo do guarda. Ela foi devagarinho até ali, sem entender como não havia ninguém por perto. Viu que a chave estava na ignição e que no assento havia um mapa com instruções de como escapar.

Edith contou que não perdeu tempo. Foi até o alojamento e reuniu treze crianças, o máximo que conseguiu colocar na parte de trás da caminhonete.

As crianças ficaram em silêncio, com os olhos arregalados.

Edith tinha no máximo 21 anos e lá estava ela, liderando uma fuga de um campo de concentração. Não pude acreditar no que ouvia.

– Concluí que Hitler tinha planejado a minha fuga. Acho que ele gostou de mim. Lembra que ele me apresentou a um menino lourinho? Mais tarde ele o trouxe para mim e perguntou se eu o levaria para a Inglaterra e tomaria conta dele. Acho que era filho dele, acredite ou não. Senti que ele confiava em mim e queria que eu cuidasse do menino. Por isso acho que ele mesmo providenciou para que eu saísse de lá.

Realmente era difícil acreditar naquilo. Filho do Hitler? Campo de concentração? Mas no minuto seguinte, enquanto ela retomava o fio da meada, seus olhos ficaram marejados e pensei que não era possível que ela estivesse mentindo. Edith continuou:

– Depois que dirigi por algum tempo, resolvi abandonar o veículo, pois talvez alguém estivesse nos seguindo. E se mudassem de ideia? E se a pessoa que tinha nos ajudado não fosse do alto escalão e agora estivessem atrás da gente? Então continuamos a fugir a pé. Cruzando os Alpes. Descalços.

Ela contou que estava frio. Os pés das crianças sangravam, então ela rasgou pedaços das roupas delas e os amarrou no local dos ferimentos. Edith disse que a maioria sobreviveu àquela noite. A maioria.

Agora ela soluçava e falava com dificuldade. Duas das crianças morreram. Foi tudo o que ela conseguiu dizer e, para ser sincero, foi tudo o que eu conseguiria ouvir.

Começamos a falar de algo banal. Não lembro sobre o que era; só sei que Edith tinha a habilidade de mudar de assunto de repente, como se não tivesse contado nada de importante segundos antes. Dava a sensação de que eu tinha apenas sonhado com aquela conversa toda. Mas eu sabia que não era coisa da minha imaginação.

Eu sabia também que, a menos que Edith iniciasse o assunto, eu não conseguiria perguntar e fazê-la satisfazer minha curiosidade.

Essas histórias eram mesmo verdadeiras? Ou ela estava inventando tudo? Isso só importava para uma pessoa: eu mesmo. Para Edith, não faria diferença se eu descobrisse se ela foi mesmo casada com Richard Tauber ou um cara que tinha uma fazenda na África, ou se realmente ela se casara de novo com mais idade e seu marido havia morrido na lua de mel; se Hitler realmente providenciara sua fuga do pior campo de concentração da Alemanha ou se ela tinha passado a guerra inteira num sanatório de loucos e eu a conhecera logo depois que ela escapou.

Se eu era o cara que eu pensava ser, um amigo verdadeiro e fiel em qualquer circunstância, então eu tinha que aceitar Edith como ela era: alguém que mudou a minha vida ao me mostrar que o mundo é muito, muito maior do que eu jamais imaginara.

Edith me deu a chance de ser uma pessoa melhor. Ela me fez abrir os olhos e me desafiou a fazer a coisa certa. E eu queria agir corretamente, mais por ela do que por mim, embora às vezes isso significasse apenas escutá-la e realmente ouvi-la.

Depois de deixar tudo arrumado para a noite, me despedir dela com um beijo na testa e sair, percebi quanto a porta agora estava firme. Na época em que Edith chamava muito a emergência e os paramédicos viviam arrombando aquela porta, eu sempre tinha que consertá-la depois, então chegou um ponto em que decidi simplesmente reconstruir o batente e a porta. Usei algumas sobras de material da minha obra, comprei uma fechadura de boa qualidade e agora, ao fechar a porta, eu sentia um suave deslocamento de ar, como se eu tivesse construído o batente e a porta perfeitamente alinhados e vedados. Dava uma sensação boa de segurança e tranquilidade.

No carro, ao subir a rampa que leva à autoestrada, liguei o

som. Esqueci que havia deixado um CD de Edith ali. Acionei o pisca-pisca na hora de virar à esquerda e entrar na autoestrada, e, por um momento, parecia que o barulhinho da sinalização do carro estava no tempo exato da música. E era justamente Richard Tauber cantando aquela canção de que Edith mais gostava: "Há muitos anos e em outro lugar, um dia eu estava a sonhar..."

Deixei o CD do Richard Tauber tocar durante todo o caminho de volta para casa.

15

SE É PARA SER HONESTO CONTANDO TUDO QUE É PRECISO FAZER AO cuidar de uma pessoa idosa, deve-se admitir que isso exige mentir algumas vezes. Eu não gostava muito de mentir para Edith, mas também não suportava a ideia de me limitar a ficar apenas com ela. Às vezes, eu queria sair com meus amigos e não contava a verdade sobre aonde eu estava indo. Podem me processar por isso se quiserem.

Por exemplo, um pouco depois de eu começar a cuidar de Edith em tempo quase integral, tive que fazer um curso de saúde e segurança no trabalho. O governo do estado não o exige, mas as empresas de construção valorizam quem obtém esse certificado, porque se algo der errado numa obra, elas sempre poderão alegar que tomaram todas as medidas necessárias de segurança e que seus funcionários fizeram o curso do órgão de saúde e segurança ocupacional do governo. Algumas firmas, incluindo a Ledcor, até exigem que seus funcionários tenham o certificado. Mas, além disso, no meu caso, eu gostava de saber sempre qual era a forma mais segura de operação, pois afinal sou responsável pela saúde e pela segurança de todos na obra. Não estou querendo me gabar, mas realmente tenho uma responsabilidade imensa.

Na primavera anterior eu tinha dito a Edith que precisava passar uns dias fora para fazer o curso. Ela pareceu aceitar isso. Evie e minha filha foram cuidar dela enquanto eu estava viajando, e achei bom dar uma arejada.

Mas agora, nessa primavera, alguns amigos meus estavam indo pescar no rio Columbia. Era a época do salmão-rei, o que tem o teor mais alto de gordura entre os da mesma espécie. Depois de preparados, derretem na sua boca como manteiga. Às vezes você os encontra no mercado, mas custam por volta de 15 dólares o quilo. Dá para saber a quantidade de salmões que estão subindo a represa de Bonneville porque o governo faz a contagem, então, quando ouvi falar que havia muitos esse ano, tive que dar um jeito de ir pescar. E aí falei para Edith que eu precisava fazer outro curso de saúde e segurança no trabalho.

Às vezes é mais fácil mentir.

Mas só dava para recorrer à mentira em poucas ocasiões. Não pude aproveitar a temporada de camarões. Também não fui catar mariscos. Mas não queria abrir mão de viajar no feriado do Memorial Day, em homenagem aos militares americanos mortos em guerras. Acampar no Parque Nacional do Lago Pearrygin era outra grande tradição da nossa família. Fazia quinze anos que íamos lá com vários amigos. Como eu já havia contado várias vezes para Edith que passávamos o feriado do Memorial Day nesse lugar, não tinha como fingir que estava indo para algum curso. Então comecei a prepará-la um mês antes, dizendo que ficaria fora por alguns dias.

Mas as coisas não estavam indo bem naquela época. À medida que os dias ficavam mais bonitos e o clima melhorava, parecia que Edith ia na direção oposta. O mundo dela vinha ficando cada vez menor. Ela já tinha desistido de escrever; de vez em quando eu chegava à casa dela e ainda a via sentada à escrivaninha, de frente para o Whisperwriter, tentando digitar alguma coisa, e era doloroso presenciar isso. Não sei ao certo o que ela tentava escrever, mas estava claro que não ia conseguir. Claro ao menos para mim.

E havia o problema da sedação. O médico prescreveu alguns

remédios que eu poderia dar a ela quando a dor ficasse muito forte. Edith e eu éramos bem comedidos ao usar essas drogas, mas, naquela primavera, parecia que eu estava precisando sedá-la muito mais vezes.

Por tudo isso, eu estava me sentindo bastante apreensivo em relação a viajar no feriado, por mais que me agarrasse teimosamente à ideia de que não iria perder o passeio com minha família de jeito nenhum. Acho que quando se toma conta de uma pessoa idosa e todos ficam dizendo que você está fazendo um grande sacrifício, o que você está pensando na verdade é que pode até dar essa impressão, mas eu também estabeleci um certo limite egoísta, traçando uma linha na areia que, acontecesse o que acontecesse, não iria deixar aquela velhinha ultrapassar. Ou me obrigar a ultrapassá-la. Para mim, a viagem do Memorial Day era aquela linha egoísta na areia. Eu ia ao Parque Nacional havia mais de quinze anos, e provavelmente iria pelo resto da vida, então não sei por que estava tão decidido a não perder o passeio desta vez, mas era assim que me sentia.

A grande questão, claro, era quem tomaria conta de Edith enquanto eu estivesse fora. Aquela amiga de Edith, Gail, ia viajar no mesmo fim de semana. Leslie, minha vizinha, ficou sensibilizada com a minha situação e se ofereceu para me ajudar. "Não pode ser tão difícil assim", ela disse.

Primeiro, Edith tinha que conhecer Leslie e dar a ela seu selo de aprovação, pois seria um desastre se isso não acontecesse. Combinamos o encontro num sábado, duas semanas antes do feriadão. Correu tudo bem. Mostrei a Leslie toda a nossa rotina – qual a quantidade certa de água para Edith beber, os horários dos remédios e tudo o mais. Longe dos ouvidos de Edith, contei a Leslie sobre meu truque de fingir que tinha preaquecido o forno por meia hora. Também disse a ela que tomasse cuidado para que Edith não ingerisse uma dose excessiva de analgésicos. Tínhamos acabado de dobrar a dose porque a dor havia piorado, e eu estava com medo de que Edith acabasse exagerando, como fazia às vezes com as pílulas para dormir. Sabe-se lá o que poderia acontecer no caso de uma overdose. Aconselhei Leslie, se Edith reclamasse, a me culpar dizendo que eu só havia deixado determinado número de comprimidos.

Edith de fato parecia ter gostado de Leslie, o que foi uma grande vantagem. Leslie, por sua vez, estava intrigada com as histórias de Edith que eu havia lhe contado. Então, quando chegou o Memorial Day, cruzei os dedos e fui ao Parque Nacional.

Ouvi falar que John Lennon foi o primeiro a dizer que a vida acontece enquanto estamos ocupados fazendo outros planos. Não sei se isso é sempre verdade, mas naquele fim de semana, pelo menos, pude comprovar isso.

Os telefonemas começaram poucas horas depois que chegamos ao acampamento e não pararam mais. No início, eram apenas por coisas banais – onde eu havia deixado as bases da dentadura, Edith estava pedindo para tomar mais um comprimido para dor, esse tipo de coisa. Mas, quando anoiteceu, os motivos foram ficando mais sérios. Edith começou a dar aquele chilique dizendo que estava com falta de ar, e Leslie ficou apavorada. Os telefonemas cessaram durante algumas horas, mas por volta de uma e meia da manhã meu celular tocou de novo. Era Leslie, desesperada: Edith estava dizendo, de novo, que não conseguia respirar, e Leslie estava quase chamando uma ambulância, mas decidiu me ligar primeiro.

Pedi que ela colocasse Edith para falar comigo.

– Calma, respira fundo – eu disse, de forma calma e reconfortante, tentando não demonstrar a irritação que estava sentindo.

– A Leslie está aí. Eu estou acampando. Mesmo que saísse daqui agora, ia levar cinco horas para chegar à sua casa. Então é melhor a senhora aceitar ficar com a Leslie do que tentar me fazer voltar.

– Mas você vai voltar, não é? – perguntou Edith.

A voz dela soou como a de uma criança, então entendi qual era o problema. Era o medo de que eu não voltasse.

Uma vez me disseram que bebês gostam daquela brincadeira que fazemos de nos esconder e aparecer porque isso aciona o medo que eles têm de serem abandonados. Quando a mãe e o pai voltam a aparecer, sorrindo, depois de terem desaparecido, os bebês se sentem seguros. Não sei se isso é verdade, mas o medo que Edith tinha de ser abandonada foi algo que eu, como pai, consegui finalmente perceber. No fundo, a melhor coisa que podemos fazer pelos filhos é mostrar a eles que sempre estaremos presentes para lhes dar força ou carinho em qualquer situação. Demorei a perceber isso, mas eu precisava fazer Edith sentir essa segurança. Aquilo que ela costumava gritar para mim, "Eu sabia que você não ficaria comigo até o fim!", era sua forma complicada, de pessoa idosa, de lidar com aquele medo infantil de ser abandonada.

– Claro que vou voltar, sua velhota – respondi. – Eu sempre volto. Estou apenas acampando nesse feriado. Vejo você depois de amanhã. Agora tente dormir.

Quando amanheceu, a grama estava molhada de orvalho, o sol subia por trás das montanhas que víamos do lago e meu celular não estava tocando. Conferi: nenhuma mensagem. Levantamos, tomamos café e saímos para pescar. Pegamos alguns peixes, que levamos para comer no almoço. Até agora, nenhum outro telefonema. Ou aquilo era um bom sinal, ou as duas haviam se matado. Minha curiosidade falou mais alto e, depois do almoço, eu mesmo liguei para saber como elas estavam.

– Está tudo bem – contou Leslie. – Tivemos uma manhã bem

agradável. Assistimos a um filme chamado *A valsa nasceu em Viena*. Você não vai acreditar, o primeiro marido da Edith canta nele!

– Veja se você consegue fazê-la contar a história – foi só o que eu disse. – É incrível.

Depois que voltei de viagem, passei por dias difíceis. As dores que Edith sentia não diminuíam muito com os remédios e pareciam voltar com força total mais rápido. No meio daquela semana, eu disse a ela que seria melhor levá-la ao hospital. Edith resistiu muito, mas pelo menos dessa vez eu argumentei:

– Faça isso por mim; se não for pela senhora, que seja por mim, porque eu não estou mais dando conta de cuidar da senho ra sozinho.

É uma carta que não dá para jogar com frequência. Só quando se estiver realmente numa situação desesperadora. Eu de fato cheguei àquele ponto – e acho que Edith entendeu isso. Ela cedeu, e naquela mesma tarde consegui que fosse internada.

Não fiquei muito satisfeito com a medicação que davam a ela no hospital. Eles a mantinham totalmente sedada por oito, dez, às vezes doze horas seguidas. Se uma bomba tivesse explodido no próprio quarto ela não teria acordado. No domingo, me ligaram de lá dizendo que eu já podia levá-la para casa.

Fiquei possesso.

– Como assim, já? – respondi, e, ao perceber que estava falando um pouco alto demais, tentei me controlar.

Mas é isso que acontece quando se está cuidando de uma pessoa idosa que sofre muitas dores. A impressão é a de que por mais que as pessoas no hospital, ou na clínica médica, sejam boas, elas estão ocupadas demais com tantos pacientes que não prestam tanta atenção a cada um. Então, para conseguir que eles deem prioridade ao seu caso, é preciso ser firme. Foi isso que decidi fazer naquele momento.

– Ela não está em condições de voltar para casa. Não está melhor do que quando chegou aí – eu disse. – Vocês não descobriram a melhor maneira de administrar a dor dela. Toda vez que ela começa a gemer vocês dão um calmante fortíssimo para não terem que lidar com o problema. Então não vou tirá-la do hospital até vocês descobrirem como atenuar isso. Por enquanto só estamos dando mais remédios para dor e daqui a pouco a dose vai ser tão alta que vai acabar matando a Edith. Não acho que esse seja um bom plano de tratamento. Podemos concordar em fazer outra coisa, ou preciso ir até aí para conversarmos mais?

Houve um silêncio do outro lado da linha. Não sabia se era um bom sinal. Fiquei com medo de que ela desligasse na minha cara.

Por fim, a moça do hospital falou:

– Senhor, acho melhor falar com a enfermeira chefe sobre esse assunto.

– Então passe a ligação para ela, por favor.

Esperei uns vinte minutos e nada. Como eu estava planejando ir ao hospital visitar Edith naquela tarde de qualquer jeito, desliguei e resolvi tratar do assunto pessoalmente.

No trajeto, tive tempo para pensar. Como fazem aquelas pessoas que não têm ninguém que interceda por elas nessas situações? E se Edith estivesse totalmente sozinha ali?

De repente fui surpreendido por um sentimento muito poderoso, como se eu tivesse recebido um jato de energia na mente. Quase tive que parar o carro no acostamento. Naquele momento recapitulei quantas coincidências tiveram que acontecer para que eu estivesse lá naquele momento.

E se a empresa para a qual eu trabalhava antes não tivesse falido? E se os meus antigos colegas não tivessem ido trabalhar para a Ledcor, ou não tivessem me chamado? E se eu tivesse decidido ficar na empresa onde eu estava quando eles me convidaram? E se toda a burocracia necessária para legalizar a obra não tivesse levado tanto tempo, impedindo que eu estivesse ao lado de Edith bem no momento em que ela precisou de mim? E se o trailer da obra tivesse sido colocado do outro lado do terreno, em vez de bem ao lado da casa de Edith? Quando comecei a contar todas as peças de dominó que tiveram que cair numa reação em cadeia para eu estar bem ali, no lugar certo, na hora certa, fui tomado por uma sensação avassaladora.

Avassaladora porque havia uma grande parte de mim, uma parte que crescia cada vez mais, que não acreditava que isso fosse apenas uma coincidência, uma obra do acaso.

Algumas pessoas gostam de dizer que todas as coisas acontecem por determinada razão. Eu nunca fui uma delas. Pelo menos não até aquele momento. Mas era difícil ignorar o sentimento de que havia algo guiando todos aqueles acontecimentos, movimentando as peças. Não sei se eu estava pronto para dar um nome àquele sentimento, mas sabia que era o que a maioria das pessoas tem quando pensa em Deus.

Tomei um gole da garrafa de água que eu tinha deixado no banco do carona. Seja lá qual fosse a razão pela qual havia chegado até ali, eu agora tinha uma missão a cumprir. Precisava mostrar à enfermeira chefe exatamente com quem ela estava lidando.

A enfermeira era bem mais jovem do que eu esperava, e bem mais simpática também. Era aquilo mesmo que eu havia pensado: essas pessoas têm tantos casos graves para tratar que acabam desenvolvendo mecanismos para manter a eficiência no dia a dia – como dar respostas automáticas e generalizadas. Mas se você consegue captar a atenção delas e fazer com que se concentrem no seu caso específico, descobre que são muito inteligentes, prestativas e que têm muito a nos ensinar.

Alguém deve tê-la avisado de que eu estava indo, porque ela parecia saber tudo que eu ia dizer antes mesmo de eu terminar de falar. Eu mal tinha chegado à metade do meu discurso de que não iria levar Edith de volta para casa até que eles me dessem uma alternativa de tratamento melhor quando ela começou a enumerar o que poderia ser feito dali em diante.

Só foi preciso um ou dois dias para que a equipe médica descobrisse qual seria o melhor plano. Colocaram Edith no soro com morfina, e ela poderia apertar um botão quando sentisse dor e assim receber mais uma dose do medicamento na veia. Nos dias que se seguiram, Edith ficou acordada na maior parte do tempo quando fui visitá-la no hospital. Claro que estava dopada, mas consciente, alerta e sem dor, o que era o mais importante.

Levei-a para casa dias depois. Chamei o serviço de assistência domiciliar a pacientes terminais e pedi que uma enfermeira viesse ajudar a montar o equipamento de infusão de morfina. A enfermeira veio carregada com toda a parafernália – um suporte para soro, uma maquininha retangular bege com uns botões na frente e o tubo que iria até o dispositivo intravenoso no braço de Edith. Ficar com aquele dispositivo fixado a incomodava demais e mesmo sob morfina ela tentou arrancá-lo. Tivemos que atar bem aquela parte da agulha e os conectores para não ter como Edith tirá-los.

Eu já havia decidido contratar alguém para ficar com ela 24 horas por dia. Também poderia ter pedido ajuda apenas para os horários em que eu não estaria ali, mas, com todo aquele aparato, ficava preocupado em deixá-la sozinha mesmo que por um minuto.

– Dessa vez não temos escolha, Edith – afirmei. – Não quero saber se a senhora não gosta da acompanhante ou se vai achar que ela é preguiçosa ou que cheira mal. A senhora vai precisar de cuidado em tempo integral agora e ponto final.

Essa foi a primeira vez que realmente não dei a Edith o direito de tomar uma decisão importante relativa a ela própria. Fiquei com medo de isso causar problemas no nosso relacionamento, mas não me preocupei muito com essa questão. Seria moralmente inaceitável deixar uma pessoa idosa com gotejamento de morfina sozinha em casa. Eu não sabia quanto tempo de vida restava a ela, mas eu estava determinado a assegurar que ela nunca mais sentisse dor durante essa fase. Se para isso eu precisasse assumir uma posição autoritária, então esse seria o preço que eu teria de pagar.

Olhei para Edith e ela não respondeu nada de imediato, mas notei seus olhos começando a lacrimejar. Eu ia continuar falando, mas fiquei sem ação.

– Então é isso – disse ela, depois de uma longa pausa. – Vou ficar com uma acompanhante o dia inteiro e não vou mais vê-lo. Então é isso – repetiu.

Não sei se ela agiria diferente se eu fosse filho dela; não sei se ela também teria medo de ser abandonada se fôssemos da mesma família. Acho que algumas pessoas teriam esse medo de qualquer forma. Todo mundo conhece alguém que colocou os pais num asilo, prometeu visitá-los com frequência, mas depois de certo tempo foi aparecendo cada vez menos. Se os pais idosos são lúcidos o suficiente para perceber isso, devem sentir o mesmo que Edith. Mas eu nem pensava em abandoná-la, muito menos naquele momento. Não conseguia imaginar não estar com ela, não fazer sua torrada encharcada toda manhã, não colocar o CD do Richard Tauber toda noite. Não sabia direito como dizer a ela que não precisava se preocupar quanto a isso. Mas eu tinha certeza de que não precisava mesmo, tanto quanto sei meu próprio nome.

– Claro que vou continuar vindo aqui, sua velhinha maluca – eu disse. – Ainda não terminei de ver todos os seus filmes.

Algo nos olhos de Edith me deu a entender que ela havia compreendido o que eu estava tentando dizer.

– Você quer assistir a um filme agora? – perguntou ela.

Lutei contra a vontade de olhar para o meu relógio e de pensar em todas as providências urgentes que eu precisava tomar no trabalho aquele dia. Sabia que em poucos minutos ela cairia no sono, uma vez que a TV estivesse ligada e a morfina começasse a fazer efeito. Depois de tudo que passamos juntos, achei que poderia muito bem relaxar por mais alguns minutos.

– Vamos colocar o *A valsa nasceu em Viena* – sugeri. – Já faz tempo que não assistimos a esse.

– Mas vi esse com a Leslie há pouco tempo – retrucou. – Veja se acha o *Canção da saudade*.

Edith e eu não conversávamos muito sobre o testamento, mas certa manhã ela estava daquele seu jeito, bastante mal-humorada; algo tinha dado errado – não sei se a torrada encharcada não ficou boa ou se a injeção lhe causou alguma dor, só lembro que ela disparou:

– Sabe, estou pagando muito bem para você fazer tudo isso, então no mínimo as coisas precisam ser feitas direito.

– A senhora não está me pagando nada para fazer isso – retruquei, irritado.

– Estou sim, senhor. Estou lhe deixando tudo, seu filho da mãe.

Parei tudo que estava fazendo. Nunca havia contado até dez na vida, mas achei que naquele momento era melhor esperar um minuto e me recompor antes de falar qualquer coisa.

– Só um momento – eu disse. Ouvi minha voz tremer, então respirei fundo. – Eu estava fazendo tudo isso muito antes de a senhora me colocar no seu testamento. Fiquei muito grato, mas nunca lhe pedi por isso, então se quiser me tirar do testamento amanhã, fique à vontade. Vou cuidar da senhora de qualquer jeito, então decida-se.

Acho que nunca havia visto Edith ficar sem palavras. Mas, dessa vez, ela não respondeu nada. Apenas voltou a olhar para a televisão e o assunto ficou por isso mesmo.

16

Fazia exatamente dois anos desde que eu tinha pisado no terreno daquela obra pela primeira vez, e agora o shopping center finalmente estava tomando forma. Um enorme guindaste ficou ali durante meses, baixando as formas em torno dos vergalhões, fazendo uma espécie de sanduíche onde seria derramado o concreto das paredes. Aos poucos essas paredes foram sendo erguidas e já estávamos prontos para colocar o teto.

Havia uma tristeza naquele final de primavera. Eu continuava com a sensação de que Edith estava indo na direção oposta do mundo lá fora, como se toda a vida surgindo nas árvores e nos jardins estivesse ao mesmo tempo se esvaindo dela. Ela ainda tinha aquele jeito enfezado – ficava irritada com o aparato da medicação intravenosa e arrancava a agulha do braço, e eu tinha que chamar a enfermeira para recolocá-la. No hospital tinham me dado um creme que faz a pessoa dormir. Embora eu não gostasse de usá-lo, quando ela ficava muito descontrolada tentando tirar a agulha do braço, eu dizia que ela estava com a pele ressecada, passava um pouco do creme e pronto, ela caía no sono. Eu tinha que usar luvas de borracha para fazer isso, do contrário eu mesmo desfaleceria, mas mesmo assim ela nunca desconfiou. Eu sentia um pouco de culpa, achando que eu não era melhor que aquelas pessoas no hospital que a sedavam toda vez que ela se exaltava. Mas tentava dizer a mim mesmo que no meu caso era diferente.

É preciso convencer a si mesmo de muitas coisas quando a situação fica grave assim; do contrário, é impossível aguentar.

Toda noite, quando ia embora, eu dava um beijo na testa dela e dizia que a amava. Edith não falava nada, mas uma vez ou outra, se estivesse acordada, assim que eu começava a fechar a porta, escutava ela dizer “Eu também amo você”.

Foi incrível o fato de, mesmo com tantas mudanças – ela dormindo boa parte do tempo e um tanto dopada enquanto ficava acordada –, algumas coisas terem continuado exatamente as mesmas. Ela ainda me dava ordens e reclamava se eu não fizesse alguma coisa exatamente do jeito que ela queria. Às vezes, era até má. Mas a essa altura eu já a conhecia muito bem e não caía na pilha. Acho que a lição mais importante que aprendi naqueles dias – os dias finais, embora eu nunca os chamasse dessa forma, pois nunca queria encarar que aqueles eram os últimos de Edith – foi que eu devia deixá-la lidar com a doença terminal do próprio jeito, assim como lidava com todas as outras coisas: uma mistura de negação, raiva e perseverança que iria ajudá-la a superar aquela situação da mesma maneira que a ajudara em tantas outras. Engraçado, pensei. Para alguém tão sentimental – que pelo que entendi havia escrito várias histórias românticas, com centenas de páginas cada uma –, ela é bastante pé no chão, muito pragmática com relação ao aqui e agora. Inabalável.

Mesmo com as enfermeiras 24 horas, eu ficava com Edith tanto tempo quanto antes, ou até mais. Às vezes eu percebia que ela se contraía de dor, ia lá e apertava o botão para ela receber mais uma dose de morfina. Olhava sempre para aquela máquina, com medo de que a medicação ou a bateria acabasse. Uma noite, quando a dor estava insuportável para ela, murmurei em seu ouvido que tudo bem se ela quisesse partir e se juntar à mãe. Eu tomaria conta de tudo. Ela não falou nada, mas sei que me ouviu. Espero que tenha me compreendido.

Funcionárias do serviço de atendimento a pacientes terminais vieram algumas vezes; não eram chatas nem insistentes como os assistentes sociais. Elas representavam a lição que eu ainda estava aprendendo, a de deixar as pessoas idosas tomarem as próprias decisões. Só queriam nos dizer que, se quisesse, Edith poderia ir para a clínica deles; do contrário, fariam o possível para deixá-la o mais confortável possível em casa mesmo. Na primeira vez, para que Edith as deixasse entrar em casa, falei que as moças estavam ali para fazer as unhas dela. E foi tudo o que fizeram no início. Edith adorou, e aos poucos as funcionárias começaram a fazer mais coisas. Encomendavam os medicamentos, traziam roupas de cama especiais, fraldas geriátricas e tudo mais de que ela precisasse. Elas eram calmas e silenciosas, tomavam todas as providências necessárias, checavam se eu estava fazendo as coisas direito – Deus as abençoe por isso – e depois iam embora. A enfermeira sempre ficava afastada, dando privacidade para Edith e eu.

Era um sábado, véspera do Dia dos Pais, e eu estava me sentindo culpado porque sabia que iria passar a maior parte desse dia com a Edith e não com meus filhos nem com meu pai. Eu sabia que eles entenderiam, mas acho que isso fazia com que eu me sentisse ainda mais culpado.

No entanto, eu havia assumido um compromisso. Hoje em dia as pessoas falam muito sobre motivação e sentimentos e o que faz uma pessoa ser de um jeito ou de outro. Sei que muitos questionaram Edith e eu sobre tudo isso naquela época e até hoje.

Na verdade, é tudo muito simples. Você descobre qual a coisa certa a fazer e então faz aquilo. Não precisa falar nem pensar muito sobre o assunto. Basta fazer. Se isso lhe é suficiente, não fica tão difícil.

Estava ficando tarde e eu sabia que Evie ia servir o jantar dali a pouco. Edith ressonava no sofá. A enfermeira estava lendo um livro. Verifiquei o soro e os remédios pela centésima vez no dia e, pronto para sair, me inclinei para beijar a testa de Edith.

– Durma com os anjos, velhota – eu disse. – Até amanhã.

No dia seguinte, meus filhos fizeram o café da manhã para mim pelo Dia dos Pais, e, quando eu estava colocando meu casaco para sair, o telefone tocou. Era a enfermeira na casa de Edith.

– Acho melhor o senhor vir imediatamente – disse ela, de forma calma, mas com uma contundência que deu a entender que era grave. – Ela não está bem.

Ela me perguntou se devia chamar uma ambulância. Não demorei a decidir.

– Não – respondi. – Já estou indo, me espere.

Eu havia me preparado para esse momento. Sabia que não havia necessidade de prolongar as coisas quando o final fosse inevitável. Mais uma semana igual a essa não iria fazer diferença. Eu já havia conversado com Edith sobre isso. Ela estava mais relutante em falar sobre o assunto do que eu imaginava, porém enfrentou essas questões da forma mais corajosa que se pode esperar. Coloquei por toda a casa cópias do documento que informava a decisão dela de não querer ser ressuscitada em caso de parada cardíaca.

Levei uns quarenta minutos para chegar até a casa de Edith. Parte de mim sabia que esse momento aconteceria. Mas só uma parte. Eu estava pronto e não estava. Eu queria que aquilo acabasse, mas também não queria. Eu acelerava o carro, depois reduzia a velocidade. Pegava no celular, depois o colocava de lado. Segurava o volante com força, depois relaxava.

Ela se foi. Ela não se foi.

Já é hora. Não é hora ainda.

Já disse tudo que precisava dizer.

Ainda temos muito para falar. Não há mais nada para falar.

A enfermeira estava me esperando quando entrei na casa. Percebi logo pelo olhar dela. Fui até Edith e segurei sua mão por um momento, depois a coloquei gentilmente sobre sua barriga. Tentei sentir a pulsação, mas nem precisava. Eu sabia que ela havia partido.

Telefonei para o pessoal do atendimento a pacientes terminais para avisar que ela havia falecido e me sentei, em silêncio, esperando que chegassem. Vieram rapidamente e foram tão atenciosas e calmas como sempre. Conversamos bastante sobre as providências práticas – elas se encarregariam de devolver a cadeira de rodas, os medicamentos que restaram e todo o equipamento.

Uma van da funerária chegou. Colocaram Edith numa maca. Peguei na mão dela de novo e me inclinei para beijar-lhe a testa novamente. Pela última vez.

Eles a levaram até a van, mas continuei dentro da casa. Fiquei com medo de haver gente da imprensa lá fora e acabar sendo cercado por jornalistas e ter que responder às suas perguntas. Mas tudo parecia tranquilo e silencioso.

Eu não conseguia me sentar no sofá; fiquei apenas ali, de pé, olhando. Foi naquele mesmo sofá que a mãe de Edith morreu. Tudo que Edith queria era morrer exatamente ali. E foi isso que aconteceu. Eu havia prometido uma coisa a ela. E essa promessa havia sido cumprida.

E agora?

Essa questão ficou pairando ali, sobre o sofá onde Edith havia ficado todo aquele tempo até o fim. O sol já estava alto e se refletia nas águas-fortes penduradas na parede.

Comecei a pensar naquelas histórias todas: Lionel Barrymore. Benny Goodman. Richard Tauber. Hitler. Mickey Rooney.

E de repente me ocorreu como aquilo era engraçado, pois aposto que foi a primeira vez que alguém disse esses dois nomes juntos: Hitler e Mickey Rooney.

Eu ri apenas por um momento. Depois, finalmente, as lágrimas que estavam esperando pacientemente num cantinho, enquanto a minha pessoa-eficiente-que-faz-tudo-que-é-preciso-fazer fazia o que era preciso, começaram a verter como uma tempestade e não fiz nada para tentar segurá-las.

Aquelas histórias... Fossem verdadeiras ou não, elas me alimentaram por aqueles meses todos, aquelas noites longas. As histórias que estavam ali, naquela sala, naquele momento tinham ido embora. Aquelas histórias, misteriosas e fascinantes, haviam terminado.

17

Tentei ir trabalhar no dia seguinte, mas não consegui. Vim para a casa de Edith e fiquei sentado numa cadeira da sala em frente ao sofá, olhando para a janela. Passei a manhã toda pensando que tudo estava igualzinho como antes – a televisão, os vídeos, os livros, os lençóis no sofá, a água, os comprimidos e a caixa de lenços de papel ainda esperando por Edith na mesinha, os papéis empilhados em sua escrivaninha, as estatuetas de cerâmica na janela da cozinha. Tudo estava exatamente igual. E nada mais era igual.

Uma hora depois de eu chegar à casa, meu amigo Clayton, com quem havia trabalhado em outro lugar, me ligou para dar os pêsames pelo falecimento.

– Ué, como você sabe? – perguntei.

– Ouvi no rádio a caminho do trabalho.

Quase consegui sentir a presença física deles antes de vê-los. Eu me virei, olhei pela janela e todos estavam lá, repórteres de jornal e de televisão, todos de prontidão na calçada em frente. Não foi como nos filmes – eles não estavam fazendo barulho nem pareciam arrogantes. Eram apenas jovens ali de pé, esperando. E por mim, o que dava uma sensação muito estranha.

Eu não tinha condição nenhuma de falar com eles naquele momento. Fiquei escondido na casa o dia todo, como um cachorro perdido, andando de um lado para outro sem saber o que fazer e para onde ir. Volta e meia me lembrava de coisas que precisava fazer para Edith – comprar remédios, comida, lavar a louça – e um minuto depois me dava conta de que não, não tinha necessidade de fazer mais nada daquilo. E, a cada vez que isso acontecia, era como se Edith estivesse me deixando novamente. E me dava mais vontade de chorar.

Os repórteres finalmente desistiram e foram embora. Em seguida, também fui. Não lembro exatamente quando, mas acabei falando com eles, sim, um ou dois dias depois. Em algum momento eles pararam de me pintar como o representante cruel da construtora. Agora me consideravam bonzinho e eram muito respeitosos. Até estranhei que naquele tempo todo nunca tenham ido atrás de mim na minha própria casa, embora não fosse difícil para um jornalista descobrir meu endereço. Talvez também fosse uma questão de respeito, e agradeço a eles por isso. Principalmente naqueles dias, enquanto eu me preparava para o funeral de Edith.

Na terça-feira após o triste ocorrido, voltei à casa para me encontrar com a amiga dela, Gail. Passamos metade do dia escolhendo a roupa, o perfume e todas as coisas que Edith usaria no enterro. Eu não conseguia decidir. Parecia algo muito importante. Edith, apesar do seu jeito de brava, sempre se importou com a aparência e com o que as outras pessoas poderiam pensar. A mesma mulher que mandou o repórter da CBS ir para o inferno jamais sairia de casa usando um cachecol que não combinasse com o casaco.

Levamos os pertences dela para a funerária. Estava me preparando para conversar sobre pagamento e providências para o funeral, mas o funcionário que veio falar comigo, um homem magrelo vestido num terno preto gasto, disse que Edith já havia cuidado de tudo, o que me surpreendeu. Eu sabia qual era a vontade dela. Ela não queria um evento; desejava apenas ser colocada num caixão bem simples e enterrada logo acima de sua mãe. Lembro que ela inclusive ironizou: "Será a primeira vez que acabarei sendo superior à minha mãe." Eu só não sabia que ela havia contatado a funerária e providenciado tudo – e que isso havia acontecido quase quinze anos antes.

Ela também tinha dito a eles que preferia ser enterrada imediatamente. Quando fizemos uma cerimônia em homenagem a ela, dias depois, Edith já havia sido sepultada.

Edith havia escolhido até o que ia tocar no dia, uma música clássica suave que eu e minha família ouvimos quando chegamos à capela da funerária. Era um lugar bem pequeno, com altar e cadeiras dobráveis. Chamei as pessoas que conheceram Edith ou que a ajudaram ao longo dos anos, enquanto tentava impedir que a imprensa descobrisse o dia e local da cerimônia. Não queria que um circo fosse armado justo naquele dia. As pessoas foram chegando e se sentando em silêncio. Quando a missa estava prestes a começar, ouvi um barulho atrás de mim e me virei.

Era Charlie.

Eu havia ligado e deixado um recado para ele no dia em que Edith morreu. Como ele não me ligou de volta, achei que nem viria para o funeral. Verdade seja dita, ele estava com uma aparência péssima. Sua camisa amarrotada dava a impressão de que tinha sido tirada de uma pilha de roupa suja. Parecia que ele havia acabado de acordar e que nem sequer penteara o cabelo. Mesmo assim, foi bacana ele ter dirigido mais de uma hora até ali para assistir à cerimônia e fiquei até feliz em vê-lo. Mas algo na maneira como se comportava me deu a impressão de que ainda estava com raiva de mim. De qualquer forma, eu realmente não me importava com isso.

Enquanto olhava as roupas de Edith, vi que havia alguns crucifixos dourados e os separei para dá-las às amigas dela. Também achei um conjunto de colar e brincos com uma pedra verde, que era a de agosto, mês de nascimento dela. Pensei que fosse esmeralda, mas Evie me disse que era apenas peridoto. Lembrei que, embora Edith quisesse deixar todos os seus bens para mim, ela falou um dia que queria dar essas joias para a esposa de Charlie, que também fazia aniversário em agosto. Por isso, no dia da missa, eu levei o colar e os brincos para dar a Charlie, caso ele fosse lá. Então, ao vê-lo, cumprimentei-o com um aperto de mão e lhe dei o conjunto de peridoto, além de deixá-lo escolher um dos crucifixos. Depois me virei novamente para a frente.

Foi uma cerimônia bem simples. Perguntaram se eu queria falar lá na frente, mas claro que eu não conseguiria. Chorava a cada cinco minutos, não teria condições de terminar ao menos duas frases diante de todos. Mas fiquei feliz por termos aquela homenagem, para proporcionar aquele momento a todos que conviveram com Edith. Aquela chance de dizer adeus.

No entanto, para mim aquele ainda não era o momento de dizer adeus. E não seria por um longo tempo. Eu ainda estava tentando passar um dia inteiro sem chorar na frente dos outros.

E por algum motivo estava morrendo de vontade de voltar à casa de Edith. Simplesmente tinha necessidade de estar naquele lugar. Talvez quisesse voltar para ter certeza de que aquilo não tinha sido algum mal-entendido e de que ela não estava mais em seu sofá.

– Onde foi que você se meteu o dia todo? – gritaria comigo.

– Tive que ir ao seu funeral – eu responderia.

– Ora, não tenha tanta pressa assim – diria ela. – Ainda não posso ir. Você não consegue fazer nada sozinho. Ainda tem muito que aprender.

O dia seguinte à morte de Edith foi quando tivemos que retirar o guindaste. No fundo eu gostei de ter um dia tão cheio no trabalho, porque isso ajudou a me distrair um pouco. Mas claro que não dava para esquecer o ocorrido o tempo todo.

Nos dias e semanas seguintes, eu vinha para a casa de Edith à tarde, com a intenção de decidir o que fazer com as coisas que ela deixara. Eu sabia que era uma tolice não conseguir tirar qualquer coisa do lugar, mas ainda assim eu ficava travado. Eu pegava um saco de lixo e andava pra lá e pra cá, juntando algumas coisas, mas sem coragem de jogá-las fora, então as colocava de volta onde Edith as havia deixado. Meia hora depois, o saco continuava vazio. Eu também trazia uma caixa de papelão para juntar coisas que poderia doar para a caridade, mas voltava para a picape com a caixa vazia.

Num fim de tarde, enquanto andava em direção à casa de Edith, percebi que tudo parecia mais silencioso que o normal. Não sei bem o que tinha acontecido. Alguns dias passam essa impressão, sobretudo no início do verão, quando o ar vai ficando mais quente e pesado e talvez o som não se propague tão bem pelo espaço, mas mesmo aquele barulho de fundo constante da rua – compressores e geradores da obra, o ronco dos motores dos carros subindo a ponte em direção ao centro de Seattle – parecia estar bem longe. Fiquei um pouco mais absorto em meus pensamentos e me sentindo sozinho até. Talvez eu estivesse com mais saudade que o usual naquele dia. Respirei fundo ao entrar na casa. Para variar, andei de um lado para outro, sem saber direito o que estava fazendo ali ou o que queria fazer. Me sentei à escrivaninha dela para dar uma olhada nos papéis que eu mais cedo ou mais tarde precisaria usar como comprovante por motivos diversos. Os livros dela estavam ali, e também os rascunhos do que ela não chegou a publicar. Eu me senti culpado por nunca ter lido nenhum deles, mas nem acho que Edith esperava isso de mim. Ela sabia que eu não era muito de ler e tenho certeza de que não daria a mínima se eu não tivesse gostado de seus livros, mas mesmo assim acho que eu deveria ter tentado ler algum enquanto ela estava viva. Eu sempre tive a intenção de fazer isso em algum momento, mas por um motivo ou outro nunca começava.

Subi até o sótão, cujo acesso era por uma porta no quarto de Edith, para ver o que ela deixava guardado ali, e percebi uma coisa que nunca tinha notado antes. Havia dois livros pequenos no cantinho de uma prateleira. Um com cerca de 10 centímetros quadrados, de capa verde de veludo, onde estava gravada a palavra *Autógrafos*. O outro livro era maior, com uma capa de couro preta de bordas decoradas em linhas cinza. Muito antigo e elegante.

Abri o maior deles primeiro, e logo na primeira página me surpreendi. Ali estava um desenho a lápis – não chegava a ser profissional, parecia mais algo que você vê um adolescente fazer, mas mesmo assim era bastante realista. Escrito em letra de imprensa à esquerda da figura estava o nome "Marlene Dietrich". Na página seguinte, outro desenho, mas dessa vez nem precisei olhar a legenda para saber que era o Spencer Tracy.

Quem diria? Aquela velhinha maluca ficava desenhando seus ídolos daquele tempo. Eles eram muito reais para ela.

Vi que em várias páginas havia também autógrafos e dedicatórias dos artistas. Li a primeira: "Querida Edith, sempre tenho ótimas recordações de você. Espero que também se lembre de mim com alegria. Seu primo, Irving Goodman."

Bem, isso não foi tão surpreendente, já que eu sabia que Benny Goodman era mesmo primo dela. De repente ele tinha um irmão chamado Irving.

Mas quando coloquei esse livro de lado e abri o outro, mal acreditei no que vi:

Escrita a caneta, numa letra bem antiquada, havia a dedicatória:

Querida Edith,
Quando você ficar rica e tiver uma fortuna,
mande presentes aos amigos em ocasião oportuna.
E quando enviá-los não se esqueça, não
de simplesmente mandar para Clark um beijão.
Com carinho, Clark Gable

Eu conhecia a letra de Edith, e sabia que ela não tinha escrito aquilo. Será que realmente foi o Clark Gable? Era como encontrar a chave de uma porta que estava trancada havia anos. Abriu muito facilmente.

Olhei para a dedicatória seguinte, com uma letra totalmente diferente da usada na que eu tinha acabado de ver. Estava escrito:

8 de julho de 1942
Querida Edith,
o que mais desejo para ti
é felicidade,
saúde e prosperidade.
Da tua amiga, Katharine Hepburn

Fiquei olhando para a dedicatória por bastante tempo. Esse não é o tipo de coisa que pessoas famosas escrevem quando qualquer um coloca um caderno de autógrafos na cara deles para que assinem e devolvam na mesma hora. Essas coisas são escritas para velhos amigos.

Desci as escadas como um sonâmbulo e me sentei naquela cadeira de frente para o sofá, para ler o livro sob uma luz melhor. A tarde estava meio enevoada, dando certo brilho etéreo a tudo. Ou talvez meu estado de espírito é que estivesse fazendo eu ter essa impressão.

Página após página, o passado invadia aquela sala – ou então eu que era atraído em sua direção –, como se alguém tivesse aberto um portal em algum filme antigo de ficção científica. Senti como se eu estivesse viajando no tempo. E fiquei boquiaberto com o que vi. Uma após a outra, as celebridades de antigamente juravam amor e devoção à querida amiga.

À querida amiga Edith Macefield.

Março de 1937
Querida Edith,
coloquei meus pensamentos aqui,
escondidos nestas páginas,
então agora sei que você vai me visitar
quando quiser, ao longo dos tempos.
Como sempre, Spencer Tracy

Edith,
Espero que você sempre seja tão feliz e bem-sucedida
quanto é uma verdadeira amiga para mim.
George Raft

Querida Edith,

Obrigada pelos longos e maravilhosos anos de amizade que você me deu.

Talvez um dia você não lembre mais, mas eu nunca irei esquecer.

Seu sincero amigo, Jimmy Dorsey

E assim continuava, um famoso atrás do outro: Tommy Dorsey, Chicago, 1943. Paulette Goddard. Julie Dorsey.

E este:

Nova York, 1941
Gostei de ter você na banda, desejo todo o sucesso em seu futuro.
Guy Lombardo

Caramba! Ela cantou – ou tocou clarineta, não sei – com a banda do Guy Lombardo e nunca mencionou isso? Como é possível?

Ma petite Chérie,
Espero que quando pensar em mim
pense também na alegre Paris.
Muito obrigado, Maurice Chevalier

Continuei virando as páginas, e era uma dedicatória mais inacreditável que a outra. Josephine Baker escreveu: "Desejo muitos anos de enorme sucesso e depois todo o resto." Tinha ainda Victor Lombardo, Skip Dorsey, Gregory Peck, Woody Herman. Irene Dunne. Doris Day. Errol Flynn.

Pelas datas, notei que todas foram escritas no período da guerra, e até um pouco depois. Jean Harlow escreveu em 1937, Charlie Chaplin – sim, ele mesmo! –, em 1941. E veja este aqui:

Querida Edith,
Você pode cantar para os bons,
você pode cantar para os maus,
mas prefiro que você cante
para Johann Strauss.
Ronald Colman

Peguei o livro maior de novo e fiquei olhando os desenhos por não sei quanto tempo. O da Marlene Dietrich, com aquele olhar penetrante. Will Rogers.

Mais para o final, os desenhos mais recentes estão autografados, e as assinaturas são exatamente as mesmas nos dois livros.

Ora, quem diria? Ela estava dizendo a verdade o tempo todo.

Eu me levantei e olhei pela janela. Estava começando a anoitecer. Acho que fiquei ali sentado durante uma hora. Olhei para o relógio e vi que era melhor me apressar e voltar para casa. Desde que Edith havia morrido, eu sempre chegava lá a tempo de jantar no horário normal; ninguém comentou nada, mas eu sabia que Evie e as crianças gostaram disso. Eu queria levar os livros para mostrá-los à minha esposa, mas ainda não tinha coragem de tirar nada da casa de Edith.

Sentei-me de novo na sala e olhei para o sofá onde Edith ficava sempre. Eu não tinha mudado nada de lugar. Os travesseiros e lençóis continuavam ali. Eu ainda sentia a presença dela. Conseguia lembrar perfeitamente de seu rosto, sua pele, o tremor de sua mão quando pegava um copo d'água, a água se agitando no copo enquanto Edith o levava até a boca.

Tentei entender por que ela nunca tinha me mostrado aqueles livros. Quanto mais eu pensava, mais as coisas faziam sentido. Ela era uma mulher que nunca achou que precisava se explicar ou se justificar para os outros. Ela fazia o que queria por vontade própria e porque achava que era o certo a se fazer. Voltou para essa casa para cuidar da mãe porque era o que devia fazer, da mesma forma que eu passei todos aqueles dias e noites cuidando dela aqui, porque era o que eu tinha que fazer. Ela ficou aqui porque queria, porque era onde sentia que era o seu lugar. E por mais que o mundo inteiro a importunasse perguntando como ela poderia ter recusado um milhão de dólares, ela nunca achou que devia uma explicação a ninguém.

Por mais próximos que Edith e eu tenhamos nos tornado, ela nunca deveu explicação nem a mim. Mas acho que a questão era outra: mostrar o livro para mim seria o mesmo que admitir que ela precisava da minha aprovação. Como se ela se importasse com o fato de eu acreditar ou não em suas histórias. Edith não era assim. Ela nunca teve razão para imaginar que eu fosse duvidar das histórias que me contou – e dane-se, Barry Martin, se você não acreditar nelas. Ela não dava a menor bola para o que eu pudesse pensar.

E havia outro detalhe. Para Edith, o passado era uma coisa viva, que respirava, mas que tinha ficado para trás. E possuía seus encantos, mas de certa forma sempre ameaçava engoli-la se ela permitisse. Ela não era o tipo de mulher que deixaria o passado colocá-la para baixo.

Mesmo assim, havia aquele livro de autógrafos. Concluí que ele era um documento, uma prova viva do lugar onde o ontem começou.

Onde o ontem começou?, pensei. Por um momento não consegui lembrar de onde tinha tirado essa frase. Então lembrei. Andei até a mesa ao lado da escrivaninha de Edith, onde ficava o livro enorme que ela havia publicado. Olhei a capa.

Where Yesterday Begin, "Onde o ontem começou" em inglês.

Peguei o livro. Era ainda mais pesado do que parecia. Coloquei-o debaixo do braço e, sem pensar muito, fui embora com ele para casa.

18

Foi no início de setembro que recebi o telefonema por meio do qual eu soube que minha mãe estava no hospital. Ela havia tido um derrame.

Levaram-na de ambulância ao hospital Shelton General, o mais próximo da casa deles. Meu pai já havia se conformado há muito tempo de que não podia dirigir mais e parecia continuar se lembrando disso mesmo com o Alzheimer piorando, mas a primeira coisa que fiz foi ligar para ele e dizer para me esperar, pois eu iria levá-lo até o hospital. Em uma hora cheguei à casa dos meus pais, e depois ainda tinha o caminho até lá. Quando chegamos, fiquei estupefato ao saber que eles estavam prestes a dar alta para minha mãe.

Ou ao menos pensavam que fariam isso.

A enfermeira me disse que minha mãe havia tido o que eles chamam de "minderrame". Quanto mais eu fazia perguntas, menos respostas eu obtinha e mais eu me dava conta de que aquela enfermeira não tinha informações suficientes sobre o caso. Simplesmente alguém havia lhe dado uma ficha médica dizendo que a paciente podia ser liberada, então na cabeça dela esta era uma pessoa que não precisava mais ficar no hospital e pronto.

Mas eu lhe informei de que isso estava longe da verdade.

Continuei pressionando apenas porque sabia que não demoraria muito até essa enfermeira chamar um médico para me explicar melhor o que havia acontecido com minha mãe. Dito e feito, ela pediu que eu esperasse um momento até o médico ir falar comigo.

Eu também sabia, devido à minha experiência com Edith, que "um momento" ia demorar bastante, então fui até o quarto da minha mãe. Ela parecia estar muito bem. Resignada por natureza, acho que mesmo se fosse atropelada por um caminhão diria que estava bem, mas ainda assim foi um alívio encontrá-la tão bem disposta. Por fim, o médico apareceu. Simpático, uns dez anos mais novo que eu, só que muito mais alto. Eu batia no ombro dele.

Comecei fazendo perguntas bem específicas: o que aconteceu com ela? Por que já querem dar alta? O que devemos esperar com esse diagnóstico? A que sintomas precisamos ficar atentos? O que causou esse derrame? Como seria o tratamento e o acompanhamento da doença? Ela precisa de outros exames ou nessa situação só nos resta aguardar?

O médico não ficou nem um pouco incomodado com o meu interrogatório. Muito pelo contrário: tive a impressão de que ele até gostava quando pessoas da família se envolviam dessa forma. Respondeu pacientemente a todas as minhas perguntas e informou todos os exames que deveriam ser feitos. Falou que, se quiséssemos, poderíamos esperar no hospital pelo resultado do exame de sangue, mas, a não ser que o resultado mostrasse algo inesperado, não havia motivo para ela continuar internada. O melhor a fazer era levá-la de volta para o ambiente onde ela ficava mais confortável, para descansar. Ele me disse que pelo resultado do exame de sangue daria para saber se seria necessário ela tomar algum outro remédio, mas por enquanto ele recomendava apenas aspirina para afinar o sangue, e também que observássemos se ela teria qualquer sintoma de um possível derrame – dormência, visão embaçada, perda de visão repentina, fala enrolada. Me senti bem melhor depois de falar com ele, então nos arrumamos para ir embora.

Toda essa experiência me fez prestar mais atenção nos meus pais. Eles foram muito compreensivos em relação a todo o tempo que passei com Edith, mas mesmo assim nos últimos dois anos não os visitei com tanta frequência. Comecei a vê-los mais depois desse susto que a minha mãe deu. Em uma dessas vezes, entrei na sala e vi meu pai no sofá, com seu suco, assistindo a uma reprise da antiga série *Bonanza*.

Exatamente naquele momento, tomei uma decisão. No início minha mãe seria totalmente contra, mas outra coisa que aprendi ao lidar com uma velhinha teimosa e brava é que eu também podia ser bastante teimoso.

Era algo que eu precisava fazer. Levaria algum tempo para arranjar tudo, mas eu já tinha decidido e sabia que não poderia adiar muito. No máximo no início do verão iríamos executar o meu plano e eu não aceitaria um não como resposta.

Eu iria pescar com o meu pai.

Na primavera seguinte, em maio de 2009, a construção do shopping center estava quase terminando. Tivemos um problema, pois houve demora no recebimento dos elevadores – modelos grandes e bem modernos da Schindler, uma das maiores empresas do ramo no mundo –, mas eles finalmente chegaram e entramos na reta final do projeto. A casa de Edith ainda estava ali, bem no meio da estrutura do shopping. Ela a havia deixado para mim em seu testamento e me dissera para vendê-la e usar o dinheiro no financiamento da faculdade dos meus filhos. Mas até ali eu não tinha conseguido tomar coragem para fazer nada com a casa. Ela insistiu várias vezes numa coisa: "Consiga o melhor preço possível." Isso era importante para ela.

Os donos da imobiliária esperaram um tempo considerável

antes de me perguntarem o que eu queria fazer com a casa, o que foi ótimo, porque se tivessem tentado me convencer a vendê-la naqueles primeiros meses eu teria sido grosseiro com eles e recusado na hora. Eu estava muito emotivo. Mas por fim começamos a conversar e eles fizeram uma oferta – não o preço que eu queria, mas uma quantia decente. Combinamos de nos reunir para fechar o negócio, e marcamos para onze da manhã numa segunda-feira no início de maio, no shopping.

Quando estacionei, fiquei reparando, pela primeira vez na vida, em como a casa de Edith parecia minúscula ali cercada pelo shopping. Quando se vê uma coisa o dia inteiro, diariamente, ela não parece estranha. E, depois da morte de Edith, fiquei tão absorto que não parei para pensar muito em outras coisas. Mas agora eu precisava decidir o que fazer com essa casinha velha, cercada em três lados por um enorme e reluzente shopping novinho em folha.

No horário marcado, os donos da imobiliária ainda não haviam aparecido. Fiquei batendo papo no escritório com meu mestre de obras, Kent, até que meu celular tocou. Se os empresários tivessem chegado na hora, eu não teria atendido e o que viria a seguir não teria acontecido. Mas como eu estava apenas esperando, atendi a ligação.

Por coincidência – ou não – era um cara com quem eu tinha conversado uma ou duas vezes e que estava interessado no imóvel. Ele me disse a quantia que estava disposto a pagar pela casa de Edith e era mais do que a imobiliária estava me oferecendo. Contei a ele que estava prestes a fechar o negócio com outras pessoas. O homem disse que nenhum negócio está fechado até existir um papel assinado.

Fiquei bastante dividido. Será que eu devia aos donos da imobiliária a preferência na venda da casa? Devia a Edith não vender a casa para eles? Ou devia aos meus filhos vender a casa pelo melhor preço possível?

Eram 11h20 quando desliguei o telefone. Agora eu estava tenso, sem saber o que fazer. Kent e eu atravessamos a rua e ficamos olhando o terreno onde haviam demolido uns prédios velhos no intuito de construir um novo edifício comercial. Virei-me para a obra quase pronta do shopping. Lá estava a casa de Edith, aconchegada em seu pequeno espaço como um gatinho no meio de um sofá gigantesco. Não parecia que a casa iria a lugar algum. Não dava para imaginar o shopping se fechando sobre ela, engolindo-a. Eu não conseguia imaginá-la desaparecendo, nem um motivo para alguém querer comprar a casa e morar nela. Por outro lado, havia algo especial no lugar. Era uma esquisitice, mas de uma forma ou de outra era a minha esquisitice agora e estava preenchida pelo espírito de Edith.

Eu ainda pensava nela todos os dias. Nas nossas rotinas; no fato de eu ter alguém com quem passar o dia e que dependia de mim tão profundamente; e sobre o sentimento de fazer uma promessa e cumpri-la. Acima de tudo, eu relembrava as histórias dela. Desde que achei aquele livro de autógrafos, elas tomaram vida para mim. Era difícil acreditar que eu nunca mais iria ouvir Edith me contar coisas novas. Que eu jamais escutaria a voz dela novamente.

De repente – não sei nem como dizer o que aconteceu, mas juro que é verdade, até porque não fui o único a ouvir isso –, de algum lugar que até então eu não sabia qual era, uma mulher gritou:

– Barry!

Olhei em volta. Estávamos sós. Houve uma longa pausa, e depois ouvi novamente:

– Barry!

Procurei por toda aquela área para saber de onde a voz vinha. Não havia ninguém na calçada. Nem na ponte. Olhei para Kent, que também estava olhando para todos os lados, procurando.

– Kent, você ouviu isso? Alguém me chamando? – questionei, quase sussurrando.

– Sim, alguém chamou você – concordou ele. – Duas vezes.

Quando ele disse aquilo, quase caí para trás. Tive um arrepio que correu pelos meus braços e foi até a parte de trás das pernas. Continuei a procurar, mas não havia ninguém na rua. Perguntei a Kent de onde ele achava que vinha aquela voz.

Kent apontou para o céu.

– Veio lá de cima, Barry – disse ele. – Foi Edith.

Tire sua própria conclusão. Acredite se quiser. Só sei que passei a vida toda acreditando que não havia nada depois da morte, que você vai para debaixo da terra e fim. Que nós estamos sós nesse mundo e que tudo acaba quando morremos.

Não acredito mais nisso.

Quando os donos da imobiliária finalmente chegaram, eu já tinha tido tempo para pensar sobre a oferta daquele outro comprador. Para ser sincero, acho que os empresários não estavam mais tão dispostos a lutar pela casa. O shopping tinha ficado com um formato estranho, erguido em volta da casa, mas já estava pronto. Não sei se àquela altura fazia diferença para eles derrubar a casa e construir mais alguns metros quadrados de shopping. O outro comprador estava me oferecendo bem mais. E talvez a presença de Edith naquela manhã tenha guiado a minha decisão, quem sabe?

No fim, aceitei a proposta do outro comprador. E mais tarde, depois que descobri o que ele queria fazer com a casa, fiquei muito feliz por ter tomado essa decisão.

19

Eu havia prometido a mim mesmo levar meu pai para pescar e cumpri. Havia recebido um e-mail de um site que costumo acessar sempre, com um aviso sobre uma viagem para o Alasca, e resolvi clicar no link. Achei que seria muito bacana ir para lá. Seria para pescar no rio Nushagak, onde há todo tipo de salmão do Pacífico: rei, prateado, vermelho, keta. O melhor de todos é o rei, que aparece entre junho e julho. O lugar que escolhi para nos hospedarmos inclusive se chama King Salmon (salmão-rei, em inglês). Conversei com meu filho Willy, que tinha acabado de terminar seu primeiro ano de faculdade, e disse que seria ótimo se ele fosse comigo e o avô. Nem precisei pedir duas vezes.

Falei então com meu pai, e sua primeira reação foi:

– Sua mãe nunca vai deixar.

Nisso ele tinha razão. Mas papai costumava contar uma história sobre ter passado uns dias num navio de pesquisa no Alasca e sempre terminava dizendo – mesmo sem ter doença de Alzheimer, os pais costumam contar as mesmas histórias várias vezes – que "adoraria voltar lá um dia".

Então insisti.

– Pai, só me diz o seguinte: o senhor quer ir até o Alasca ou não?

– Claro que quero.

– Então, pronto, pode ter certeza de que nós iremos juntos.

Minha mãe, como já era esperado, foi totalmente contra. Ficava me lembrando sem parar que o papai havia se perdido naquela trilha. Se já era difícil garantir que ele não se perdesse tão perto de casa, imagine como ia ser cuidar dele no Alasca? Ele não consegue nem amarrar os sapatos sozinho. Como vocês vão tomar conta dele?

Continuei firme nos meus argumentos e disse a ela que tomaria conta do papai muito bem, inclusive com a ajuda de Willy. Não sei bem por que fiquei tão obcecado em fazer aquela viagem. Acho que meu desejo era termos uma última memória bonita e marcante juntos. Além disso, eu não gostava de ver meu pai ali, sentado no sofá o dia inteiro. É uma tendência que as pessoas têm quando alguém próximo fica muito doente: deixá-lo o tempo todo num quarto, em silêncio, para tentar preservar sua força e sua energia e evitar que passe por algum perigo. Para alguns doentes isso não é problema, mas para outros é uma sentença de morte, que os faz querer rasgar as páginas do calendário até chegar àquela com uma grande marca preta. Meu pai sempre foi um cara muito ativo, com muitos interesses, e adorava o mar. Me lembro bem dele conduzindo um barco, milhões de anos atrás, do seu olhar de felicidade quando estava na água – posso imaginar o meu olhar de menino admirando o pai –, e achei que ele merecia ao menos um último momento como aquele na vida. Para falar a verdade, eu estava meio tenso com a responsabilidade de tomar conta dele na viagem – minha mãe tinha certa razão –, mas eu não iria admitir isso para ninguém.

Terminamos de instalar os elevadores no shopping no meu último dia naquele projeto. Tive sorte de ter outro começando logo em seguida, então nem deu para tirar uma folga entre os dois. Você pode pensar que houve uma grande comemoração ao fim da construção de um grande edifício como aquele, mas não teve porque, como trabalho é trabalho, no dia seguinte eu já estava numa região ao sul de Seattle, em Milton, onde um grande lar de idosos numa área de 9 hectares começaria a ser construído. Novamente, foi uma grande ironia ter que construir uma casa de repouso após dois anos fazendo de tudo para evitar que uma velhinha se mudasse para um desses lugares.

Tínhamos marcado a viagem para o final de junho. Algumas semanas antes disso, conversei com um dos pintores do meu novo trabalho. Descobrimos que ambos gostávamos de pescar – não é uma grande surpresa quando se trata de homens que moram no estado de Washington. Quando mencionei que em um mês e meio viajaria para o Nushagak, ele arregalou os olhos e perguntou:

– Sério? Onde vocês vão se hospedar?

Contei que iríamos ficar no King Salmon, e ele ficou surpreso de novo.

– Está brincando? Eu era um dos donos de lá!

Ele e outros dois sócios haviam acabado de vender o King Salmon, e esse era o primeiro ano que ele não ia para lá em muito tempo. Mas, pelo contrato, eles tinham que administrar o acampamento durante os próximos dois anos.

– Um dos meus sócios está lá agora – contou ele.

Mal pude acreditar na minha sorte. Expliquei que eu estava meio tenso por causa dos cuidados que precisaria ter com o meu pai, que tinha Alzheimer, e que por isso talvez pedisse ajuda dos funcionários para ficarem de olho nele também. Ele fez questão de avisar a seu sócio no Alasca que nós nos hospedaríamos lá em breve, então, antes mesmo de chegarmos, os funcionários já sabiam quem nós éramos e se prontificaram a prestar auxílio.

Deu tudo certo. Antes da minha experiência com Edith, eu teria atribuído minha sorte a pura obra do acaso, mas agora eu não tinha mais tanta certeza disso. No fundo da alma, eu sentia que alguém lá em cima estava olhando por mim.

Se é que você me entende.

Minha mãe levou papai para minha casa no domingo em torno do meio-dia, para que todos pudéssemos organizar o equipamento de pesca juntos. Ele foi com duas bolsas de lona camufladas, uma com suas roupas e outra vazia, pois colocaríamos o equipamento nela. Olhei para ele de pé na porta, vestindo uma calça de moletom, uma blusa verde e um boné. E reparei no maior sorriso que tinha visto no rosto dele em anos. Ele estava animadíssimo com o passeio.

Levantamos no dia seguinte quando ainda estava escuro. O papai conseguiu se vestir sozinho, embora eu o tenha ajudado a enfiar o cinto pelos passadores, e em seguida nós três nos apertamos na minha picape Ford F-350 e pegamos a estrada em direção ao aeroporto. Eu estava muito feliz junto com meu filho e meu pai.

Eu já tinha conversado com Willy sobre pelo menos um de nós ter que ficar de olho no avô dele o tempo inteiro. Willy entendia o que estava acontecendo com o meu pai – eu havia sido bem honesto com ele sobre os problemas causados pelo Alzheimer – e parecia disposto a assumir essa responsabilidade. Todos queríamos que esse passeio fosse memorável, e meu filho sabia que precisava fazer a sua parte para garantir o sucesso da viagem.

No primeiro trecho do voo de ida, até a cidade de Anchorage, no Alasca, papai se sentou na janela e parecia uma criança, comentando tudo o que via enquanto o cenário abaixo desvelava montanhas de picos nevados e geleiras.

– Willy, olha só aquele vulcão lá – dizia ele, cutucando o braço do neto. – Não é incrível?

Fizemos uma curta parada em Anchorage, o que já foi de certa forma um passeio turístico. O aeroporto expõe animais da fauna local, como ursos-pardos, ursos-polares e lobos, todos empalhados, em enormes vitrines. A maioria deles já bateu algum recorde por seu tamanho, então dá para se distrair bastante olhando aquilo tudo. Fui ao banheiro e, logo que voltei, vi Willy observando um urso kodiak – e nem sinal do meu pai.

Entrei em pânico e comecei a correr pelo aeroporto. Pouco depois encontrei papai. Ele estava com um olhar estranho, como se não soubesse direito o que estava acontecendo. Fiquei um pouco irritado a princípio, mas respirei fundo e tentei me acalmar. Ao vê-lo ali, andando devagar, sozinho, tentei imaginar como era o mundo do seu ponto de vista agora – talvez fosse um mundo que se revirava e mudava o todo tempo, como um cubo mágico, e ele estivesse tendo dificuldade de acompanhar o que estava acontecendo. Mesmo triste, fiquei orgulhoso pelo fato de o papai se manter forte diante disso e tão disposto a fazer essa viagem.

– Ei, pai, o que foi? – finalmente perguntei.

– Ah, nada – respondeu. – Sabia que a expectativa de vida desses ursos kodiak não é muito maior que a de um cachorro? Impressionante, né?

Guiei-o de volta ao nosso portão de embarque e encontrei Willy. Sem que o papai conseguisse ouvir, lembrei meu filho de que nós dois teríamos que ficar de olho nele a cada segundo. Não seria preciso segurar o braço dele, apenas saber para onde está indo. Willy pediu mil desculpas, mas falei que foi até bom isso ter acontecido logo no início da viagem, para nos alertar de quanto era importante ficarmos atentos. Depois dessa conversa, Willy se sentiu bem melhor e mais consciente do que precisava fazer.

O ponto de chegada do nosso segundo voo, que durou cerca de uma hora e meia, foi Dillingham. De dentro do avião deparei com uma das paisagens mais lindas que já vi. Dava para ver a vegetação da tundra e os rios. A terra é tão plana que as águas fazem um caminho sinuoso, e as curvas se dispõem às vezes com menos de 100 metros de distância umas das outras. Se você está à procura de um lugar que rompa seu senso de sempre andar em frente na mesma direção, a região desses rios é perfeita.

Em Dillingham, pegamos um hidroavião de doze lugares e logo estávamos sobrevoando nosso acampamento. Dava para ver uma série de tendas grandes de lona com topos curvos, estilo Quonset. Aterrissamos na água e mandaram uns barquinhos para nos ajudar a desembarcar. O pessoal foi muito simpático e dava para sentir firmeza neles – me senti seguro assim que os conheci, pois percebi que sabiam o que estavam fazendo. Claro que um dos rapazes percebeu que meu pai se movia um tanto devagar; não sei se ele já havia sido alertado de que nossa família estava chegando naquele dia ou se percebeu de imediato, por si próprio, que se tratava do senhor com Alzheimer que meu amigo pintor havia mencionado, mas ele foi direto ao meu pai oferecer uma carona num pequeno buggy de seis rodas que os funcionários usavam para percorrer o acampamento. Eu já estava começando a me sentir mais tranquilo, embora por incrível que pareça nem estivesse com tanto medo assim de que algo fosse dar errado. Apesar de estar no meio do Alasca, com um homem capaz de sair andando e se perder por causa de um urso empalhado, eu tinha certeza de que conseguiria dar conta do recado. Tive que falar isso várias vezes para minha mãe a fim de tranquilizá-la, mas não precisei convencer a mim mesmo. Eu já sabia que nada ia acontecer.

Eles nos levaram para mostrar as cabanas, onde cabiam no máximo duas pessoas, então fiquei com o papai em uma e Willy se instalou em outra com um rapaz que conhecemos no voo. Cada cabana tinha o nome de um tipo de salmão; a minha era a Chinook, outro nome para salmão-rei.

Os funcionários nos mostraram como acender o aquecedor a gás em nossa cabana. Não estava muito frio, mas nosso guia nos disse:

– Confiem em mim, vocês vão precisar disso; fica bem mais frio de noite.

Era quase hora do almoço, então nos levaram para a cabana central, onde nos deram comida e determinaram quem seria o nosso guia. Finalmente, era hora de sair para pescar.

O papai teve dificuldade de manusear o anzol, o que foi duro de presenciar porque era algo que ele havia feito a vida toda com destreza. As mãos dele até estavam se movimentando direito, o problema foi que parecia que ele tinha esquecido como operar o equipamento. Segurei a vontade que tive de pegar a vara de pesca dele para ajudá-lo.

Estávamos pescando havia uns cinco minutos quando Willy pegou o primeiro salmão. Um dos grandes. Pouco tempo depois, o papai fisgou um. Percebi que ele estava lutando com o peixe – não tinha mais a força nas pernas necessária para se equilibrar de pé no barco, e com a artrite ficou mais difícil segurar a vara com firmeza. Além disso, parecia estar um pouco confuso. Em certo ponto, o peixe tentou fugir e o papai se atrapalhou, colocando a mão na frente da linha, e fiquei com medo de que ele se cortasse, então nesse momento peguei a vara dele para ajeitar melhor a posição para içar o peixe. Ele não pareceu ficar chateado por isso, apenas um pouco atordoado, mas eu não quis dar a impressão de que aquilo havia sido um problema sério. Devolvi a vara para ele e o deixei terminar o trabalho, enquanto pensava que, caramba, essa viagem ia dar muito trabalho.

Mas quando ele fisgou o segundo peixe, bem, já parecia o papai dos velhos tempos. Ele se ergueu rapidamente e notei que estava com a situação sob controle, como sempre acontecia há dez anos. Há cinquenta anos. Olhei para Willy e não pude evitar a comparação. Por um segundo foi como se eu é que tivesse acabado de me formar no colégio, assistindo a meu pai, o grande mestre da pescaria, trazer a bordo um salmão-rei. E tudo estava perfeito no mundo.

Cada um dos barcos de pesca no acampamento tinha que sair com cinco pessoas. Então, além de papai, Willy, o guia e eu havia Helmut, um cara simpático dono de uma fábrica de vidros. Ele era alemão e seu inglês não era muito bom, mas conseguíamos nos entender bem. Outra coincidência incrível: o vidro usado nos elevadores Schindler do shopping que eu construí tinham sido produzidos na empresa de Helmut. E eu encontro com esse cara justamente num barco no meio do Alasca. Inacreditável.

Helmut podia ser bom como empresário e muito simpático, mas estaria morto se dependesse da pesca para sobreviver. Geralmente, quando se sai para pescar, sempre parece que aparecem mais peixes em um dos lados do barco. Pelo menos essa é a impressão que se tem. Nos dois primeiros dias, estávamos pescando um peixe atrás do outro, e o Helmut, coitado, só ficou sentado segurando a vara. Os salmões que apareciam tinham pouco mais de 10 quilos, o que facilitava a fisgada, mas os dias foram passando e o Helmut não pegava nenhum. Então, no terceiro dia deixamos o cara ficar do lado do barco onde todos pareciam pegar mais salmões. Para a nossa surpresa, de repente os salmões desapareceram daquele lado, e quem estava pescando do lado oposto pegou um monte. Às vezes, pesca é uma coisa de partir o coração.

Nossa reserva no King Salmon foi de seis dias. Nessa época do ano nunca escurece no Alasca, fica apenas aquela luz baixa, típica do pôr do sol, a noite toda. Você fica meio confuso, sem saber direito a hora de dormir, e para falar a verdade eu poderia ter ficado pescando 24 horas os seis dias seguidos que nem ia perceber o tempo passar. Mas, como em tudo, é preciso estabelecer certa rotina. Tomávamos café da manhã, saíamos de barco, voltávamos para o almoço e saíamos de novo. Correu tudo bem com o papai nos primeiros dois dias. Houve algumas situações, como na primeira manhã, quando acordei e vi que ele tinha colocado sua camisa pela abertura errada e do avesso.

Não dei muita importância para aquele fato, nem me irritei, nem tentei ajeitar a roupa dele como se fosse uma criança de 2 anos. Apenas fiz uma brincadeira sobre isso e o papai até riu. Mostrei a ele como vestir a camisa direito e saí da cabana, assim ele ficaria à vontade para se ajeitar. Voltei e tinha dado tudo certo. Eu sabia que, mesmo com alguns contratempos, papai estava se saindo muito bem em grande parte daquela viagem.

Mas no terceiro dia, quando saímos após o almoço, ele estava limpando os óculos enquanto descíamos os seis ou oito degraus de uma escada e, como ele não consegue mais se concentrar em mais de uma coisa ao mesmo tempo – percebi o que iria acontecer um segundo antes, mas não tive tempo de reagir –, *cataploft*, lá se foi o meu pai, rolando pelas escadas.

Ai, meu Deus.

Dois funcionários foram correndo ajudar, e, antes que pudessem dizer qualquer coisa – eu vi o olhar de pânico deles –, falei primeiro, tentando minimizar a gravidade do incidente o máximo que pude, já que estava com o coração na boca.

– Ô, pai, o que foi isso?

– Ah, eu estou bem – disse ele. – Sabe, uma das coisas que me ensinaram quando eu era paraquedista do Exército foi como cair. Você viu que eu me encolhi e rolei? Era isso que eu estava tentando lhe ensinar há muito tempo. Finalmente você viu alguém fazer isso direito.

Engraçado que ele realmente tinha caído bem. Um dublê de filmes de ação não teria feito melhor. Os rapazes sorriram – deu para perceber que estavam aliviados – e ajudaram o meu pai a se levantar.

– Acho que vou voltar para a nossa cabana – disse o papai.

Falei que iria até lá logo em seguida. Antes fui ao banheiro na tenda central, mas depois disso corri para a nossa barraca. Ele não estava lá, então fui procurar na de Willy. Não estava lá também.

Fiquei com raiva de mim mesmo. Como é que eu pude tirar os olhos dele? Acho que, depois de vê-lo se recuperar tão bem daquela queda, apenas quis acreditar que ele seria perfeitamente capaz de tomar conta de si mesmo por alguns minutos. Você acha que há momentos de lucidez e momentos de confusão, e às vezes é assim mesmo, mas muitas vezes a linha que separa esses dois estados não fica muito clara. Eles vêm e vão num segundo, e você precisa estar presente para perceber a mudança.

E eu não estava.

Corri em direção à margem do rio e depois fui falar com Willy.

– Nós temos que procurar o seu avô. Não sei onde ele se meteu.

Meu filho calçou as botas e saímos correndo. Meu medo era que o papai se perdesse na floresta atrás do acampamento, então fomos naquela direção. Felizmente nunca iria ficar escuro, mas essa era a única coisa a nosso favor naquele momento.

Estávamos passando pela última barraca quando o vimos andando calmamente sob a luz fraca da tarde.

– Que diabos...

Ouvi minha voz transparecer fúria e decepção, mas respirei fundo e comecei de novo.

– Ei, o que você está fazendo aqui, pai?

– Bem, não sei direito... – admitiu.

Eu estava literalmente tremendo, por causa da adrenalina

que aos poucos foi se espalhando pelo meu corpo. Coloquei um braço em volta dos ombros do papai e o conduzi de volta à nossa cabana.

– Essa é a nossa barraca, a Chinook – falei. – Lembre-se, Chinook.

– Chinook – repetiu ele, com uma voz fina e baixinha. Acho que entendeu que havia se perdido; talvez até tenha compreendido que, ao contrário das outras vezes, a pessoa que estava ali para protegê-lo não iria gritar com ele como se fosse uma criança. Tive esperança de que, no fundo, ele tivesse entendido e se sentido grato por isso. Acho que significou muito para ele.

Espero que sim. No fundo, nós éramos homens como os de antigamente. Não íamos nos sentar em círculo, dar as mãos e cantar músicas hippies. Nós simplesmente fazíamos o que devia ser feito. Eu não lhe perguntaria o que estava passando na cabeça dele, ou no coração, assim como ele não perguntaria isso a mim. Apenas caminhamos juntos até a nossa cabana e lá nos sentamos e conversamos sobre peixes. Quem tinha pescado o que naquele dia e o que pretendíamos pegar no dia seguinte.

Willy passou ali em frente e fui falar com ele. Eu disse que a culpa tinha sido toda minha, mas que nós precisávamos reforçar a vigilância sobre o avô dele. Já tínhamos nos safado duas vezes – no aeroporto e naquele mesmo dia –, então não deveríamos testar a teoria de que a terceira vez é a que conta.

Naquela semana com o meu pai, o tempo todo eu me lembrava das lições que tinha aprendido com Edith. Na noite seguinte, ele estava comendo camarão e pediu que eu lhe levasse um café. Eu ia fazer isso, mas devo ter me distraído, porque ele próprio foi até a mesa onde ficava a garrafa térmica com café. Em vez de colocar o líquido numa xícara, derramou tudo na tigela com camarão. Mais uma vez, estive prestes a reagir mal – os pensamentos "O que você pensa que está fazendo?" e "Por que não esperou eu lhe dar o café?" vieram à minha cabeça, mas não cheguei a falar essas coisas, apenas respirei fundo.

Cheguei perto dele e perguntei:

– Algum problema, pai?

Ele olhou para sua tigela inundada e pareceu confuso.

– Não sei direito – disse ele, um pouco triste.

– Posso ajudá-lo? – perguntei.

– Não, pode deixar que eu cuido disso – respondeu.

Eu não tinha certeza se ele conseguiria, mas sabia que era uma decisão dele.

– Ok, estarei bem ali se precisar de mim – falei e voltei até a nossa mesa.

Discretamente, continuei a observar tudo que ele estava fazendo. De alguma forma ele conseguiu pegar mais camarão e uma xícara de café, em recipientes separados. Ele teve muita dificuldade, mas fez tudo por conta própria.

Levei para aquela viagem o presente que Edith havia me dado: a compreensão de que o meu pai não era uma criança, embora fosse mais fácil tratá-lo como tal naquelas circunstâncias. Ele era uma pessoa que tinha todo o orgulho que um homem naquela idade, e com toda aquela experiência, pode carregar. Houve alguns momentos em que me lembrei de quando cuidava dos meus filhos ainda pequenos, como na vez em que estava passando filtro solar no rosto do papai, fazendo questão de cobrir os lados do pescoço e atrás das orelhas. Então, eu notava que estava, sim, tratando meu pai como uma criança, mas nesses casos era necessário. Quando terminava a tarefa, eu deixava que ele voltasse a ser um homem, com a dignidade e o orgulho que sua idade exige, merece e precisa, porque isso era a coisa mais importante para mantê-lo firme enquanto o mundo inteiro começava a desmoronar e se revirar em torno dele.

No último dia no King Salmon, ficamos lá apenas na parte da manhã, pois teríamos que ir embora à tarde. Mesmo assim fomos pescar numa área em que o rio faz um redemoinho, conhecida como Swallow's Nest, ou Ninho da Andorinha. Dessa vez usamos umas iscas de plástico que ficam balançando na água, contra a corrente, na frente dos salmões. Eles se irritam e mordem a isca.

Em menos de cinco minutos, o papai fisgou um, e dava para ver que era enorme. Um gigante cor de bronze, que estava brigando como alguém que ouve a mãe ser xingada.

Ao mesmo tempo, Willy pegou outro. Os dois ficaram lutando contra os peixes, e esse foi um dos grandes momentos da viagem. Tentei gravar aquilo na minha memória, querendo congelar a cena para sempre e guardá-la comigo: meu filho e meu pai, lado a lado, numa batalha incrível contra dois salmões igualmente bravos.

Eu estava morrendo de vontade de ajudar meu pai, mas me controlei para não fazer isso. Teve uma hora que achei que a vara ia voar para longe das mãos dele. Seria terrível se o peixe conseguisse se soltar, porque meu pai ficaria muito chateado. Talvez eu devesse ajudá-lo. Mas achei melhor não.

Papai estava começando a dominar o peixe com maestria. Trouxe o salmão para muito perto do barco, mal conseguimos acreditar. O maior que eu peguei nessa viagem pesava quase 15 quilos, mas aquele fez o meu parecer minúsculo. Devia ter uns 18 quilos pelo menos.

Eu sabia que o meu pai não ia ficar se gabando por isso, mas ele estava com um sorriso tão grande no rosto que pensei que sua mandíbula fosse desparafusar. Pelo visto, ele havia pescado o maior peixe de toda a viagem.

Willy foi à loucura.

– Você o pegou, vô! Foi o maior de todos!

E o papai, tentando ser modesto por sua educação à moda antiga, apenas abaixou a cabeça e disse:

– Não sei, não, talvez seja...

– Talvez seja, pai – repeti. – Talvez seja.

No trajeto de volta para o acampamento, lembrei da minha mãe dizendo que não queria que fizéssemos aquela viagem. Ela argumentou que nós não sabíamos o que nos esperava. E estava certa.

Willy continuava na maior alegria, elogiando o avô por ter pescado o maior peixe de todos nós. Papai ficou sorrindo. De repente, enquanto atravessávamos o rio vimos um alce enorme nadando, então paramos o barco para observá-lo. O alce conseguiu chegar à margem e sair da água. Quando ele estava nadando não dava para perceber, mas agora víamos que deveria ser um dos maiores alces da face da Terra. Talvez estivesse apenas caminhando no fundo do rio, sem precisar nadar.

O barco agora estava em silêncio, com o motor desligado. Ficamos ali sentados, olhando para o mundo à nossa volta, a floresta, a água, aquele alce imenso e elegante nos encarando. Foi um momento congelado no tempo e no espaço, como uma daquelas maquetes que fazemos no colégio. Era como se eu estivesse fora da cena, olhando para a maquete.

E, naquele instante, senti a presença de Edith ao meu lado. Não havia pensado tanto nela durante a viagem, embora tenha percebido umas cem vezes que toda a paciência que eu tive em lidar com o meu pai existiu graças a ela. Mas naquele momento eu senti, sim, a presença dela.

Comecei a ficar triste, mas ignorei esse sentimento. Não era hora para isso. Era um momento para eu aproveitar com meu pai e meu filho. Apenas deixei Edith ficar ali comigo, com todos nós, sentados sob o sol.

Depois de algum tempo, o alce se afastou lentamente e então voltamos em direção ao acampamento. Nós nos arrumamos para ir embora e fomos esperar o barco que nos levaria até o hidroavião.

Estava um sol fortíssimo, incomum para o Alasca, mesmo naquela época de verão, então perguntei ao papai se eu poderia colocar um pouco mais de filtro solar nele. Ele disse que sim, claro. Enquanto eu espalhava a loção no rosto dele, atrás das orelhas, nos lados do pescoço e no nariz, papai disse:

– Obrigado por cuidar de mim.

Talvez ele tenha falado apenas do filtro solar, mas pela expressão em seu rosto, quem sabe quisesse, do jeito dele, dizer mais do que isso.

Ao voltar para casa, tentei ficar mais com meus filhos. Na idade deles, conseguir isso não é fácil; sempre têm algo para fazer, alguém para encontrar, algum plano que tinham feito e se esqueceram de mencionar. Tentamos instituir o jantar em família novamente e até deu certo, mas eu não conseguia me livrar da sensação de que havia perdido um pouco naquele último ano. Todos os pais sentem que seus filhos se afastam deles aos poucos, quando vão crescendo. Mas acho que senti isso mais do que a maioria. Será que eu tinha apressado esse processo?

Algum tempo depois, pedi à minha filha que escrevesse o que ela sentia em relação a isso – fingi que era para me ajudar a escrever este livro, mas, na verdade, eu queria saber diretamente dela o que sentia, de uma forma que jamais conseguiria se conversássemos frente a frente. Ela me mandou por e-mail no dia seguinte, e recebi a notificação no caminho para o trabalho.

Parei o carro e li a mensagem no celular. Ainda bem que fiz isso, porque, se estivesse dirigindo, teria perdido a direção.

Parecia que ela não conseguia se decidir se escrevia sobre mim ou para mim – mas eu não mudaria uma palavra.

quando fiquei sabendo que meu pai estava tomando conta de uma velhinha que morava literalmente no meio de sua obra, fiquei no mínimo orgulhosa. à medida que o tempo passava, meu orgulho ia aumentando. achei muito legal o fato de ele usar o pouco que tinha de tempo livre com algo significativo dessa forma. quando soube que meu pai estava cuidando de edith não me surpreendi nem um pouco. era a cara do meu pai ajudar qualquer pessoa da melhor forma possível. com o tempo, comecei a perceber cada vez mais o que minha mãe tinha enxergado nele: seu coração. mais tarde, edith foi piorando, perdendo a capacidade de fazer as coisas sozinha. cada habilidade que ela perdia significava uma nova tarefa que meu pai passava a executar.

após cerca de um ano, o estado de edith se agravou completamente. meu pai ficou ainda mais envolvido em todos os aspectos da vida dela. era muito difícil para nossa família, porque o papai nunca parava em casa. saía para o trabalho às quatro da manhã e depois, quando acabava o expediente, às cinco ou seis da tarde, em vez de vir para a nossa casa, ele ia para a casa de edith dar comida para ela, lavar suas roupas, levá-la a todas as consultas médicas. mais para o final dessa jornada, ele tinha até que dar banho nela. edith ficou muito dependente dele e, ironicamente, ele se tornou dependente da amizade dela. se meu pai voltava para casa, era por volta de uma ou duas horas da manhã, mas às quatro ele já tinha que sair de novo. eu queria amenizar as coisas para o meu pai e também tinha muita vontade de ajudar edith. então comecei a ir lá limpar a casa dela, com a mamãe, nos fins de semana. às vezes também dávamos comida, banho e tomávamos conta dela. a coisa que mais senti falta do meu pai foi ouvir os conselhos dele. ele sempre se prontificava a me aconselhar sobre tudo e, não vou mentir, falava muito mas mandava bem, rsrs :) meu pai praticou o altruísmo durante quase três anos, o que é mais do que a maioria das pessoas consegue numa vida inteira. ele ficou ao lado de edith e a guiou até seu descanso final junto de deus, e por isso eu sempre terei orgulho de chamá-lo de pai.

te amo, pai. nunca se esqueça disso.

sua filha.

Às vezes as pessoas me perguntam por que fiz aquilo. Agora têm a resposta.

Você faz o que é preciso porque é a coisa certa a fazer. E com isso espera que seus filhos compreendam e aprendam com seu exemplo.

Não há recompensa maior do que descobrir que, quando você pensava que seus filhos não estavam prestando atenção em mais nada do que você dizia, na verdade eles estavam escutando tudo e aprendendo, o tempo inteiro. Não dá para ser mais sortudo do que isso.

Quando o homem que comprou a casa de Edith me disse o que pretendia fazer com o imóvel, fiquei sorrindo de orelha a orelha.

Não foi oficializado em contrato, então ele até pode mudar

de ideia depois, mas, se cumprir sua promessa, será algo que ninguém fez antes.

Ele me contou que manteria a casa de Edith intacta, mas iria erguê-la a 6 metros do chão. Não chegaria a colocar balões, como no filme *Up: Altas aventuras*, mas a faria ficar no alto. E sob a casa erguida ele construiria um espaço para visitação pública que iria chamar de Credo Square, ou Praça da Crença, em homenagem a Edith, porque ele achava que ela havia sido muito firme ao viver de acordo com aquilo em que acreditava. E, por um preço bem razoável, qualquer pessoa que quisesse poderia mandar colocar ali uma placa com sua crença pessoal, para ficar eternamente para todos verem ou, como Edith seria a primeira a lembrar, até que alguém resolvesse derrubar o shopping, a casa e o monumento a fim de construir outra bobagem, porque é assim que o mundo funciona.

Soube que os planos mudaram um pouco desde que conversei com ele. Talvez não possam erguer a casa, pelo menos não a princípio, mas ainda vão fazer a Praça da Crença de outra forma. Fiquei satisfeito com isso.

Não decidi ainda se vou colocar minha própria plaquinha na praça nem o que escreveria nela. Talvez apenas "Obrigado, Edith, por todas as histórias". Ou então uma das dedicatórias dos amigos famosos dela, como Spencer Tracy:

Coloquei meus pensamentos aqui,
escondidos nestas páginas,
então agora sei que você vai me visitar
quando quiser, ao longo dos tempos.

Esta seria perfeita porque, de certa forma, sei que Edith vai mesmo continuar me visitando ao longo dos tempos. É reconfortante saber disso. Amei e continuo amando aquela mulher, e sei no fundo do coração que ela também me ama e que nem mesmo aquela página no calendário com a grande marca preta pode mudar isso.

Ou talvez coloque na minha plaquinha algo bem-humorado, como:

Querida Edith,
pelo Deus que a criou,
você é um homem melhor do que eu, Gunga Din!
Com amor, Barry

Epílogo

Uma amiga minha leu aquele livro gigante que Edith escreveu, *Where the Yesterday Began*. Disse que tem uma história interessante, meio novelesca – uma trama longa e envolvente com pessoas se apaixonando completamente, loucamente e tudo o mais. Mas, pelo que ouvi, não havia no livro nada parecido com as histórias que Edith me contara sobre a vida dela. Se ela incluiu algum episódio verídico, não foi nada do que tinha sido compartilhado comigo, o que é perfeitamente possível.

Havia quase me esquecido de um segundo manuscrito que encontrei quando finalmente tirei as coisas da casa de Edith. Por pouco não joguei fora; estava na última gaveta da escrivaninha, dentro de uma caixa de papelão daquelas em que antigamente se vendia papel em branco para máquinas de escrever. Abri a caixa e vi que tinha algo datilografado na página logo em cima. No meio dela se lia:

NÉVOA EM AGOSTO
por
DOMILINI

Domilini. O mesmo pseudônimo que Edith usou no livro *Where the Yesterday Began*. Comecei a virar as páginas – eram cerca de trezentas, todas datilografadas, e, pelo que vi de relance, parecia outro tipo de romance novelesco; as poucas linhas que li continham uma linguagem bem floreada e formal, e a história também parecia sobre duas pessoas – adivinhe – completamente, loucamente apaixonadas uma pela outra.

Levei a caixa para casa e a coloquei numa prateleira no meu quarto. Pensei em ler tudo em algum momento, mas fui esquecendo ou, para ser sincero, fui adiando a leitura.

No entanto, quando eu estava me preparando para escrever este livro, finalmente decidi que era hora de ler o texto de Edith.

Fiquei de queixo caído.

É a história de Gennfield, uma jovem escritora famosa e já viúva. O falecido marido se chama James, assim como o de Edith. A mulher conhece um artista famoso, por quem se apaixona – mas ele é casado, assim como Richard Tauber era, só que no livro o rapaz é um violinista, em vez de cantor.

Quanto mais eu lia, mais tinha certeza: esta é a história da vida de Edith. Já disse várias vezes aqui que não sou muito de ler, mas devorei esse livro inteiro de uma só vez. Era como assistir ao filme da vida dela, exatamente do jeito que ela me contara.

A história em si é bem novelesca, devo admitir, com muitas descrições rebuscadas do caso amoroso – que se mantém apenas platônico, por sinal –, mas os detalhes eram idênticos aos da vida de Edith.

Mademoiselle Gennfield, no livro, revela que quando adolescente trabalhava como espiã para os ingleses, mas foi capturada e aprisionada em Dachau. Ela até descreve a cela onde ficou. Conta como um alemão muito poderoso, que conheceu em festas na Alemanha antes de ser presa, mandou matar um guarda certa noite e providenciou a fuga dela – estava tudo ali, palavra por palavra, exatamente como Edith havia me contado. Mademoiselle Gennfield até guiou as crianças pelos Alpes rumo à liberdade.

Nem todas as crianças sobreviveram. Há uma história que Edith nunca me contou, e, quando a li, fiquei horrorizado. Não sei se era verdadeira ou se apenas tinha inventado aquilo para colocar no livro. Aqui está o que ela faz a heroína da história relembrar:

> O sangue de Karl escorria pelas escadas de madeira, seu jovem corpo esguio todo retorcido e sangrando sobre um corrimão de ferro, a fumaça ainda saindo da pistola na mão grossa de um soldado alemão de feições duras, os olhos de uma pequena criança se fechando enquanto ela se esvaía para a morte.

Na história, a mulher adota as nove crianças sobreviventes. Ela as leva para casa, uma espécie de castelo, onde acaba ganhando bastante dinheiro criando ovelhas.

Quanto mais eu lia, mais me questionava. Aquilo teria sido verdade ou apenas uma grande fantasia? Seriam essas as histórias da vida de Edith, condensadas num livro? Será que as histórias dela não aconteceram? De repente ela escreveu o livro antes, e as memórias acabaram se tornando reais para ela.

A coisa mais estranha na narrativa é o final – depois que o caso extraconjugal termina, porque o homem ganha honrarias e se sente no dever de ficar apenas com a esposa, a heroína começa a se perguntar: "Aquilo aconteceu mesmo ou foi tudo um sonho, uma fantasia?"

Boa pergunta, Edith. Eu estava voltando a questionar exatamente isso.

No fim, acho que não importa. Aquele romance me levou de volta ao mundo em que Edith viveu quando era jovem. Ler suas descrições detalhadas dos parques, restaurantes e mansões de Paris fazia com que me sentisse lá junto com ela. Nunca saberei quais detalhes eram verdadeiros e quais eram inventados.

Edith pode explicar isso bem melhor do que eu. O trecho a seguir é do prólogo do livro. A princípio eu não tinha entendido o que ela quis dizer, mas agora acho que é a última lição que ela deixou para mim:

> Quando comecei a recordar esta história, mais de trinta anos haviam se passado. Se uma memória é muito dolorosa, ela acaba sendo reprimida consciente ou inconscientemente – um instinto de sobrevivência, suponho. Entretanto, a natureza não me ofereceu esse artifício para fuga. Eu tento apagar essas lembranças, mas não consigo. Elas permanecem nos corredores do tempo tão vívidas quanto em seu nascimento, seguramente entrelaçadas com as recordações agradáveis, emocionantes e que fazem rir.
>
> Mas... depois desses longos anos persiste a sensação de ter vivenciado – em algum período singular – algo extraordinário que me proporcionou um conhecimento profundo do amor puro e de sua incrível magia; um sussuro de muito tempo atrás que paira remotamente sobre a estante de minha mente, e lança sobre meu olhar interior duas imensas luzes: tão profundas em intensidade, porém tão vagas em sua descrição.

O livro, no final, é sobre aquilo que lembramos e como o lembramos. Sobre como essas memórias, mesmo que esmaecidas pelo tempo, definem o que somos. Acho que foi assim com Edith e eu. A memória do tempo que passamos juntos é parte de quem sou agora. A heroína do romance dela não sabe se a história em si é verdadeira ou não. Da mesma forma que não sei o que é verdade ou fantasia na história de Edith.

Mas a heroína dela se sustenta, através dos tempos, pelos sentimentos profundos que aquelas lembranças lhe dão.

Eu também, Edith. Eu também.

Agradecimentos

ALGUNS ANOS ATRÁS, UMA JOVEM CHAMADA JENNY BENT, QUE ABRIU uma agência literária, ouviu falar da minha história. Ou melhor, da história de Edith, da qual eu faço parte. Ela entrou em contato comigo e sugeriu que eu tentasse colocar a história no papel – e se ela não tivesse feito isso e muito mais, você não estaria lendo este livro agora. Portanto, devo começar agradecendo a ela por ter tornado isso possível. Ela soube de nós através de Steve Hartman, o repórter que fez a matéria sobre Edith para a rede CBS. Então acho que foi ele quem deu o pontapé inicial, portanto quero agradecer-lhe também.

Devo um muito obrigado a Phil Lerman, por me ajudar a encontrar a forma certa de narrar o que aconteceu. Também preciso agradecer a Brenda Copeland, da editora St. Martin's Press, tanto por acreditar que valia a pena contar essa história quanto por suas boas ideias para fazer tudo ganhar mais sentido. Obrigado também a Laura Chasen, da St. Martin's.

Obrigado a Roger Wagner, por me convencer a ir trabalhar na obra de Ballard. Se não fosse por você, eu não teria estado lá para viver tudo isso. Obrigado também a Eddie Grande e Ed Pequeno, por terem ajudado Edith.

Quero agradecer a minha mãe e meu pai, por terem feito eu me tornar a pessoa que sou. Nada disso teria acontecido se vocês não tivessem me ensinado o que é importante. Mãe, a senhora deu o exemplo. Eu apenas o segui.

Mais do que tudo, quero agradecer a minha família, Evie,

Kelsey e Willy, por seu incrível apoio durante os anos que cuidei de Edith. Passei muitos dias e noites longe de vocês, mas nunca ouvi reclamações sobre isso. Não sei como tive tanta sorte, mas nunca esqueço que sou mesmo muito sortudo por ter vocês.

E, claro, tenho que agradecer a Edith. Quero que a senhora saiba que tentei contar essa história – a sua história – da melhor forma possível. Não sou escritor como a senhora e tenho certeza de que esqueci um detalhe ou outro ao longo da narrativa e já posso até ouvi-la reclamando disso. Obrigado, Edith, por me deixar escorregar um pouquinho. E obrigado, também, por um milhão de outras coisas.

Obrigado, Edith. Por todas as lições que me ensinou.
Por todas as suas histórias.
E por mudar a minha vida.

CONHEÇA OUTROS TÍTULOS DA EDITORA SEXTANTE

O que eu sei de verdade

OPRAH WINFREY

Entre os talentos de Oprah Winfrey está sua capacidade de compreender a natureza humana como poucos e, ao mesmo tempo, colocar essa sabedoria em palavras.

Desde que foi questionada sobre as coisas de que tinha certeza na vida, ela passou a escrever uma coluna mensal em sua revista com reflexões sobre relacionamentos amorosos, família, autoestima, medos, fracassos e superação.

Neste livro, você irá encontrar uma seleção, feita pela própria autora, das melhores crônicas lançadas ao longo dos 14 anos de existência da coluna.

Em textos curtos, Oprah oferece mensagens profundas que vão ajudá-lo a fazer as pazes com seu corpo, a construir relacionamentos mais harmoniosos e a mudar sua maneira de encarar os problemas.

Ao fim da leitura, você se sentirá inspirado a se tornar e extrair o máximo do que a vida tem a oferecer.

A última grande lição

MITCH ALBOM

Cada um de nós teve na juventude uma figura especial que, com paciência, afeto e sabedoria, nos ajudou a escolher caminhos e olhar o mundo por uma perspectiva diferente. Talvez tenha sido um avô, um professor ou um amigo da família – uma pessoa mais velha que nos compreendeu quando éramos jovens, inquietos e inseguros.

Para Mitch Albom, essa pessoa foi Morrie Schwartz, seu professor na universidade. Vinte anos depois, eles se reencontraram quando o velho mestre estava à beira da morte. Com o contato e a afeição restabelecidos, Mitch passou a visitar Morrie todas as terças-feiras, tentando sorver seus últimos ensinamentos.

Durante quatorze encontros, eles trataram de temas fundamentais para a felicidade e a realização humana. Através das ágeis mãos de Mitch e do bondoso coração de Morrie nasceu esse livro, que nos transmite maravilhosas reflexões sobre amor, amizade, medo, perdão e morte.

Com mais de 10 milhões de exemplares vendidos no mundo, esse livro foi o último desejo de Morrie e sua última grande lição: deixar uma profunda mensagem sobre o sentido da vida. Transmitida com o esmero de um aluno dedicado, essa comovente história real é uma verdadeira dádiva para o mundo.

CONHEÇA OS CLÁSSICOS DA EDITORA SEXTANTE

1.000 lugares para conhecer antes de morrer, de Patricia Schultz

A História – A Bíblia contada como uma só história do começo ao fim, de The Zondervan Corporation

Conversando com os espíritos e *Espíritos entre nós*, de James Van Praagh

Desvendando os segredos da linguagem corporal e *Por que os homens fazem sexo e as mulheres fazem amor?*, de Allan e Barbara Pease

Enquanto o amor não vem, de Iyanla Vanzant

Faça o que tem de ser feito, de Bob Nelson

Fora de série – Outliers, de Malcolm Gladwell

Jesus, o maior psicólogo que já existiu, de Mark W. Baker

Mantenha o seu cérebro vivo, de Laurence Katz e Manning Rubin

Mil dias em Veneza, de Marlena de Blasi

Muitas vidas, muitos mestres, de Brian Weiss

Não tenha medo de ser chefe, de Bruce Tulgan

Nunca desista de seus sonhos e *Pais brilhantes, professores fascinantes*, de Augusto Cury

O monge e o executivo, de James C. Hunter

O poder do Agora, de Eckhart Tolle

O que toda mulher inteligente deve saber, de Steven Carter e Julia Sokol

Os segredos da mente milionária, de T. Harv Eker

Por que os homens amam as mulheres poderosas?, de Sherry Argov

Salomão, o homem mais rico que já existiu, de Steven K. Scott

Transformando suor em ouro, de Bernardinho

INFORMAÇÕES SOBRE A SEXTANTE

Para saber mais sobre os títulos e autores
da EDITORA SEXTANTE,
visite o site www.sextante.com.br
e curta as nossas redes sociais.
Além de informações sobre os próximos lançamentos,
você terá acesso a conteúdos exclusivos
e poderá participar de promoções e sorteios.

www.sextante.com.br

facebook.com/esextante

twitter.com/sextante

instagram.com/editorasextante

skoob.com.br/sextante

Se quiser receber informações por e-mail,
basta se cadastrar diretamente no nosso site
ou enviar uma mensagem para
atendimento@esextante.com.br

Editora Sextante
Rua Voluntários da Pátria, 45 / 1.404 – Botafogo
Rio de Janeiro – RJ – 22270-000 – Brasil
Telefone: (21) 2538-4100 – Fax: (21) 2286-9244
E-mail: atendimento@esextante.com.br